CLAIRE KING

Der Nacht-regenbogen

Aus dem Englischen von
Katrin Behringer

BLOOMSBURY BERLIN

Die Arbeit der Übersetzerin an diesem Text wurde vom
Deutschen Übersetzerfonds gefördert.

MIX
Papier aus verantwortungsvollen Quellen
FSC® C083411
FSC
www.fsc.org

August 2013
Die Originalausgabe erschien 2013 unter dem Titel
The Night Rainbow bei Bloomsbury Publishing Plc, London

Umschlaggestaltung: HAUPTMANN & KOMPANIE Werbeagentur,
Zürich, unter Verwendung eines Fotos von © Ildiko Neer/Trevillion
Images und © Pamela Martin/Getty Images/Photodisc
Gesetzt aus der PF Agora Serif Pro durch Greiner & Reichel, Köln
Druck und Bindung: GGP Media GmbH, Pößneck
Printed in Germany
ISBN 978-3-8270-1125-1

www.berlinverlag.de

Eine Geschichte für wenn ihr älter seid, falls die Zeit euch die Erinnerungen nimmt. Damit ihr nicht vergesst, dass ihr immer schon die nötige Weisheit besaßt, um zu wissen, was wichtig ist, und die nötige Hoffnung, die Träume zum Leben erweckt.

Für Amélie und Beatrix, in Liebe

Kapitel 1

Mamans Bauch ist am Herd und ihr Hintern stößt gegen den Tisch, wo wir sitzen und malen. Ihr ausgestreckter Arm rührt Tomatengerüche aus der Pfanne in unsere Strümpfe. Sie singt nicht.

In der Küche ist es kühl, zumindest fast überall, nur einer Hälfte von mir ist warm, weil ich in einem schmalen Sonnenlichtstreifen sitze, der von draußen hereinfällt. Der Rest von mir sitzt in dem Schattengitter, den die Socken und Unterhosen auf dem Holzgestell über unseren Köpfen werfen. Sie hängen schon seit fünfmal schlafen dort, seit dem verregneten Nachmittag, als wir Maman die ganze Zeit in die Quere kamen, sogar als wir gar nicht im selben Zimmer waren.

Eine Fliege landet auf dem Rand der Butterdose, eine andere auf meinem leeren Teller. Dann hüpft mir eine auf den Arm, sodass die Härchen sich aufstellen. Margot schaut ihnen zu. Ihre Augen rollen herum, dass man fast nur das Weiße sieht, und ihre Augenbrauen zappeln. Zwei andere Fliegen landen schlitternd auf der Wachstischdecke.

Die Fliegen denken, unser Haus ist ein Flughafen, Pea, sagt sie.

Margot ist wie ich, aber sie ist auch nicht wie ich. Ich bin fünfeinhalb und Margot ist erst vier, aber sie ist groß für ihr Alter. Wir mögen beide Insekten und Knuddeln und Insekten knuddeln und wir haben beide Sommersprossen und grüne Augen, die blau und braun schimmern, wie die von Maman. Im Sonnenlicht sind Mamans Augen Kaleidoskope.

Wir sind aber nicht gleich, Margot und ich, das sieht man schon an unseren Träumen. Ich träume immer von Hexen, die mich jagen, oder von Picknicktagen am Strand, bevor das ganze Sterben passiert ist – das sind die besten Träume. Margot träumt von winzig kleinen Menschen, die in unseren Schränken wohnen und donnerstags immer Feste feiern, und von Puzzlespielen, die sich von selbst zusammenbauen.

Frauen sind wie Autos und Männer sind wie Motorräder, sagt Margot. Man muss Margot zuhören, denn sie erklärt einem immer Sachen.

Motorräder haben keine Türen, aber Autos schon, damit sich Leute reinsetzen können, erklärt sie mir. In Frauen passen auch Leute rein. Und sie haben Türen zum Rein- und Rausgehen.

Ich schaue auf Mamans großen dicken Bauch und stelle mir die Tür vor. Die Tür habe ich noch nie gesehen, was komisch ist. Aber den Türknauf, als er einmal zwischen den Kleidern hervorgeschaut hat, dort, wo früher ihr Bauchnabel war.

Klopf doch mal an, Pea, vielleicht macht das Baby dir auf, sagt Margot.

In meinem Kopf sehe ich, wie das Baby Mamans Bauch aufschließt, um Hallo zu sagen oder ein Paket anzunehmen. Bevor ich es aufhalten kann, blubbert mein Lachen zwischen meinen Lippen hervor wie eine Himbeere. Mamans Kopf dreht sich in meine Richtung.

Peony, sagt sie (denn das ist einer meiner Namen) und ihr Gesicht sind lauter graue Wolken. Dann dreht sie sich wieder weg und rührt schneller.

Maman, sage ich.

Sie dreht sich noch mal um. Aber ich habe nicht daran gedacht, mir was Wichtiges zu überlegen, was ich ihr sagen könnte, also sage ich schnell das Erstbeste, was mir einfällt.

Du hast eine Fliege am Fuß.

Das stimmt auch. Maman ist barfuß und unter einer Ferse sehe ich ein kleines Fliegenbein hervorschauen. Und einen kleinen Fliegenpopo.

Maman sieht mich einen Moment lang mit Augen an, die sagen: Das ist alles deine Schuld, und dann lehnt sie sich an den Tisch, um ihre Füße genauer zu untersuchen. Sie nimmt einen Fuß von den Fliesen hoch, verrenkt den Hals und mustert ihn über die Schulter hinweg; dabei fallen ihre Haare wie ein roter Vorhang an ihrem Rücken hinunter. Die Unterseite ihres Fußes ist schwarz. Mamans Füße werden schmutziger als meine, obwohl wir beide barfuß sind und über denselben Boden laufen.

Der andere, flüstere ich.

Sie wechselt den Fuß. Da ist sie: die zerdrückte Fliege. Sie pult sie mit den Fingerspitzen ab und setzt langsam den Fuß wieder auf den Boden. Ihr Mund wabbelt, als könnte er sich nicht für eine bestimmte Form entscheiden. Sie betrachtet den Fußboden; ihre Augen wandern über die Krümel, die kleinen Zwiebelstückchen und Knoblauchhäute, die Katzenhaare und den Schmutz von draußen. Auch der Tisch ist nicht besonders sauber. Wir versuchen eigentlich immer, nicht so viel Dreck zu machen, aber wenn es doch passiert, komme ich nicht ans Waschbecken, um ihn aufzuwischen.

Jetzt bin ich still und warte darauf, was als Nächstes passiert. Maman wirft die Fliege in den Mülleimer und hält sich dann mit beiden Händen am Tisch fest und wiegt sich vor und zurück, als ob in der Küche traurige Musik wäre, die nur sie hören kann.

Hinter ihr brutzelt die Tomatensoße in der Pfanne.

Ohne ein weiteres Wort zu sagen, richtet Maman sich auf und nimmt ihre Tränen mit nach oben.

Die Dunkelheit ist in meinem Bauch. Davor habe ich am meisten Angst.

Ich hätte Maman nichts von der Fliege sagen sollen, sage ich.

Ja, sagt Margot. Du hättest ihr sagen sollen, dass sie heute wunderschön aussieht.

Das wäre besser gewesen, sage ich.

Macht nichts, sagt Margot. Tomatensoße mag ich sowieso nicht. Sollen wir picknicken gehen?

Ich höre, wie oben die Dusche angeht. Auf dem Herd spuckt die Pfanne Tomatensoße in die Luft und auf den Boden. Manche Spritzer fliegen so hoch, dass sie Flecken auf unsere Kleider auf dem Wäschegestell machen. Unsere Kleider, Töpfe und Pfannen, Knoblauch- und Zwiebelzöpfe, aufgefädelte Chilischoten und getrocknete Würste, alle hängen an s-förmigen Haken mit spitzen Enden, aber so hoch, dass ich nicht herankomme. Alle kriegen Tomatenspritzer ab. Ich stehe vom Tisch auf und drehe das Gas ab.

Komm, Pea, sagt Margot. Ich hab Hunger.

Draußen müssen wir die Augen zusammenkneifen, so hell ist die Sonne. Ich habe meinen Hut vergessen und spüre schon, wie meine Haare warm werden. Manchmal wünsche ich mir, es würde nicht so heiß werden hier, aber Maman hat gesagt, dass französische Sommer viel schöner seien als die Sommer in England, wo sie herkommt. Zumindest kann man sich hier immer auf die Sonne verlassen, hat sie gesagt.

Wir stehen im Hof und überlegen, wo wir heute hingehen sollen, obwohl die Antwort seit zwei Sommern, einem Winter und einem Geburtstag immer die gleiche ist. Das mit dem Überlegen ging los, als Maman letztes Jahr aus dem Krankenhaus wiederkam. Sie war nicht mehr dick, sondern ganz dünn, aber sie hatte kein Baby dabei, obwohl sie es versprochen hatte. Sie hat es im Krankenhaus gelassen, zusammen mit ihrer Fröhlichkeit.

Wenn Papa zu Hause war, war trotzdem alles gut. Er umarmte Maman die ganze Zeit und zwischen ihren Ellbogen und Bäuchen gab es immer mädchenförmige Lücken, in die ich mich reinquetschen konnte, um mitzuknuddeln. Aber wenn er draußen bei der Arbeit war, mussten wir auch immer raus zum Spielen, wir durften nie drinnen bleiben. Meistens spielen wir auf der unteren Wiese und manchmal auch auf dem Windigen Hügel; die beiden Orte, zu denen Maman immer Spaziergänge mit uns gemacht hat, bevor das mit dem toten Baby passierte. An manchen Tagen frage ich sie immer noch, ob sie nicht mitkommen will, aber sie bleibt lieber drinnen. Obwohl gleich ein neues Baby in ihr gewachsen ist, ist die Fröhlichkeit nicht wiedergekommen.

Dann ist Papa gestorben. Eines Tages im Frühling ist er mit seinem Traktor über einen Hügel gefahren und heruntergefallen und wurde zerquetscht. Das war tragisch, hat der Pfarrer in der Kirche gesagt, aber danach war es eine Katastrophe. Jetzt, wo Papa nicht mehr hier ist, ist es nie besonders angenehm, zu Hause zu sein, also müssen wir uns jeden Tag überlegen, wo wir hingehen sollen.

* * *

Sonnige Seite oder schattige Seite?, will Margot wissen, womit sie die gleiche Frage stellt, nur auf andere Weise.

Wenn wir auf der sonnigen Seite um das Haus herumgehen, kommen wir auf den Weg, der durch die

Pfirsichgärten und über die Dorfstraße bis zur unteren Wiese führt. Wenn wir an der schattigen Seite entlang und hinten um die Scheune herumgehen, können wir die obere Weide überqueren und uns auf den Windigen Hügel setzen.

Schattige Seite, sage ich. Ich möchte zu den Winkturbinen.

Die Turbinen sind höher als Häuser. Sie stehen weiter drüben auf einem anderen Hügel, in zwei Reihen; wie Engel mit drei Flügeln. Sie stehen mit dem Rücken zum Meer und winken und wachen über die Dörfer und Wiesen. Sie machen den Strom, der in unsere Lichtschalter fließt, und deswegen weiß ich, dass es nachts, wenn ich im Bett liege, hinter meiner Tür immer noch ein bisschen Licht gibt, selbst wenn es sonst überall dunkel ist. Ich brauche also keine Angst zu haben. Die Dunkelheit ist einsam, die Turbinen winken sie weg. Wenn ich beobachte, wie sie sich bewegen, wenn ich sehe, dass sie immer noch da sind, wird alles um mich herum langsamer, bis es nur noch das gleichmäßige Im-Kreis-Drehen gibt, und ich vergesse, dass ich traurig bin.

Pea, schimpft Margot, du meine Güte, es ist Mittag. Auf dem Windigen Hügel gibt es kein bisschen Schatten. Wenn wir da jetzt hingehen, verbrennen wir wie Toast und bekommen einen Sonnenstich und schmelzen.

Ich will ihr gerade widersprechen, aber Margot unterbricht mich, was sie oft tut.

Heute bin ich die Maman, sagt sie, also musst du tun, was ich dir sage.

Aber wir sind schon so lange nicht mehr auf dem Windigen Hügel gewesen, sage ich.

Mensch, Pea, du hast doch noch nicht mal einen Hut auf. Wir gehen zur unteren Wiese, und keine Widerrede. Margot verschränkt die Arme. Außerdem können wir dort planschen, fügt sie hinzu und blickt nach unten auf meine gelben Sandalen.

Der Bach ist bestimmt kalt und ich habe ganz warme Füße. Bestimmt fühlt sich der Bach gut an. Margot weiß das. Margot weiß viele Dinge, noch bevor sie mir überhaupt einfallen.

Warum sind Mamans Füße so schmutzig und meine nicht?, frage ich sie.

Weil sie zu viel Zeit im Haus verbringt und es da schmutzig ist, sagt Margot.

Früher ist es nie so schmutzig gewesen.

Stimmt.

Früher war sie auch nie so viel drinnen.

Papa hätte das nicht gemocht.

Ich mag es auch nicht, sage ich.

Kannst du dich dran erinnern, ob Maman schon mal mitgekommen ist zum Planschen?

Ja, ist sie, sage ich. Ich kann mich genau erinnern. Ihre Füße haben in den Wellen ausgesehen wie große weiße Fische. Ihre Nägel waren rosa lackiert und sie hat mit ihren Zehen unter Wasser gewackelt.

Ja, sagt Margot. Und jetzt sind ihre Füße schmutzig, weil sie nämlich nicht genug planscht. Außerdem knurrt schon mein Bauch, komm, lass uns losgehen, Pea.

Ich habe Durst, sage ich.

Na, dann komm, sagt Margot.

Um aus dem Wasserhahn im Hof zu trinken, muss man sich darunterknien. Dann läuft einem das Wasser den Hals runter und die Kleider werden nass, aber sie trocknen ja schnell wieder in der Sonne.

Wir brauchen auch Brot, sagt Margot.

Sylvie, die Brotfrau, hat unsere Baguettes wie immer auf den Briefkasten gelegt. Es sind zwei Baguettes, warm, als wären sie gerade erst aus dem Ofen gekommen, und jedes ist in der Mitte mit etwas Papier umwickelt. Seit Papa gestorben ist, essen wir nur ein Baguette pro Tag, aber Sylvie bringt immer noch zwei. Die hart gewordenen lege ich in eine Kiste vor der Haustür und der Pfirsichmann nimmt sie später mit für seine Schweine.

Ich breche die knusprigen Enden des Brots ab, eins für Margot, eins für mich, und im Laufen pulen wir das weiche Innere heraus. Auf dem Weg durch den Obstgarten suchen wir unter den Bäumen nach heruntergefallenen Pfirsichen. Es gibt ganz viele, mehr als wir tragen können. Wir essen beide einen, reif und süß, dann mache ich aus meinem noch nassen Kleid eine Schürze, um die restlichen mitnehmen zu können.

Auf der unteren Wiese ist der Boden weicher und es gibt überall Schatten. Auf dem Weg, der von der Straße abgeht und nach unten führt, hüpfen wir zwischen den Brombeersträuchern herum und sehen nach, ob die Brombeeren schon reif sind, aber sie sind alle noch grün und rot. Am Ende des Wegs begegnen wir Josettes Eseln und wir schenken ihnen die knusprigen Reste unseres Brots. Dann setzen wir uns an eine Stelle nah am Bach, unter den Erlen und Eichen, wo lauter Löwenzahn wächst. Irgendwo hoch oben in den Bäumen bohrt ein Vogel Löcher.

Specht!, ruft Margot.

Das ist ja einfach, lache ich und am Kinn läuft mir Pfirsichsaft herunter.

Gurr, gurr, macht ein anderer Vogel und ich rufe: Taube!

Normalerweise gewinne ich bei diesem Spiel. Maman kennt alle Vogelstimmen und früher hat sie immer versucht, sie mir beizubringen: Kuckuck, Krähe, Amsel, Möwe, Singdrossel ... Auch die Federn hat sie mir beigebracht. Vögel lassen die ganze Zeit ihre Federn herumliegen, wie Geschenke. Früher, als Maman noch gesungen und Kuchen gebacken hat, sind wir immer zusammen auf Schatzsuche gegangen und haben Federn und Blumen gesammelt. Zu Hause haben wir sie dann auf Papier geklebt und Maman hat sie mit Magneten am Kühlschrank befestigt oder mit Reißzwecken an die Wand geheftet.

Margot und ich strecken unsere Ohren in den Himmel, lauschen nach noch mehr Vögeln und versuchen, ihre Stimmen auseinanderzuhalten. Es ist ziemlich schwierig und wir sind lange Zeit beschäftigt, bis eine große, dicke Hornisse angeflogen kommt und um mein Gesicht herumschwirrt und herumsummt. Ich springe auf. Sofort fängt Margot wieder an, mich herumzukommandieren.

Komm, schnell, sagt sie, wir müssen unsere Hände und unser Gesicht waschen. Sie nimmt meine klebrige Hand und führt mich nach unten zum Bach. Wir kauern uns an den Rand des bräunlichen Wassers, waschen uns in den Spiegelungen der Bäume die Hände und wirbeln dabei halb fertige Kaulquappenfrösche unter den Steinen auf.

Die Steine sehen anders aus, sagt Margot. Irgendwas stimmt nicht mit ihnen.

Sie gucken aus dem Wasser raus, sage ich. Das ist, weil es Sommer ist.

Ich weiß, was im Sommer passiert, sagt Margot, ich kenne mich aus mit Regen und Schnee und Bergen, aber sie gucken nicht nur aus dem Wasser raus. Sie haben sich bewegt. Sieh doch mal.

Steine bewegen sich nicht, sage ich. Aber zur Sicherheit gehe ich ein paar Schritte rückwärts. Von weiter hinten kann ich das Muster erkennen. Die Felssteine, die vorher überall im Bach verteilt waren, verlaufen jetzt im Zickzack von einer Seite auf die andere, von der unteren Wiese auf die untere Weide. Sie machen, dass das Wasser langsamer fließt, sich um sie herum ansammelt und an den Seiten herunterläuft. In dem ruhigen Wasser in der Mitte drehen sich Wasserläufer im Kreis, darunter glitzern silbrige Rückenschwimmer und winzige Fischchen.

Brückensteine!, rufe ich. Komm, wir probieren sie aus! Und ich stürme zum Rand des Wassers, strecke meine Arme aus und will schon fast losgehen und drüberbalancieren.

Steine, die sich bewegen, sagt Margot leise.

Stimmt, sage ich. Ich weiche ein paar Schritte zurück.

Margot hat recht. Irgendwas stimmt nicht mit Steinen, die sich bewegen. Ich sehe mir die Brückensteine noch mal an. Sieben große Steine, die sehr schwer aussehen. Zu schwer für Kinder.

Das war bestimmt eine Hexe, sage ich.

Hexen gibt es nicht, sagt Margot.

Auf der anderen Seite des Bachs stehen Nachtkerzen. Ich will hinübergehen und sie pflücken.

Es war doch eine Hexe, sage ich. Siehst du die Blumen?

Was ist mit den Blumen?

Das machen Hexen extra, sie tun Sachen, die man haben will, an Stellen, wo man nicht hingehen soll. Oder sie bauen Häuser aus Kuchen, um dich anzulocken, und dann stecken sie dich in einen Käfig und mästen dich.

Blumen sind aber keine Kuchen. Was willst du überhaupt mit den Blumen?, fragt Margot.

Ich will Maman damit glücklich machen.

Glaubst du, dass die Blumen sie glücklich machen?

Na ja, immerhin sind sie gelb, sage ich. Ich weiß nicht. Vielleicht gibt es ja gar nichts, das sie glücklich macht.

Ach Quatsch, sagt Margot. Es gibt mehr als tausend Sachen auf der Welt, irgendwas muss Maman doch glücklich machen.

Aber woher sollen wir wissen, was?

Ich hab's!, sagt Margot. Das ist unsere neue Aufgabe. Wir benutzen unsere Schlauigkeit, um Maman wieder glücklich zu machen. Wir können es ja erst mal mit gelben Blumen probieren.

Okay, dann geh ich jetzt ein paar pflücken, sage ich. Doch dann zögere ich. Nein, lieber doch nicht. Ich habe mich umentschieden.

Es war gar keine Hexe!, sagt Margot.

Ich gehe nicht! Wenn es keine Hexe war, wer war es denn dann?, sage ich. Das kann nur ein Erwachsener gemacht haben, aber von denen kommt doch nie einer hier runter. Nicht mal Josette. Sie ruft ihre Esel bloß her, wenn Fütterungszeit ist, und dann kommen sie hoch zu ihr an den Zaun.

Kein einziger Erwachsener?

Ich überlege. Der einzige Erwachsene, den ich je hier unten gesehen habe, war der Mann, der die schlurfenden Fußspuren im Schnee gemacht hat.

Als wir ihn zum ersten Mal gesehen haben, war ich vier Jahre alt. Maman war gerade aus dem Krankenhaus zurückgekommen und lag im Bett. Papa besprühte die Pfirsichbäume, weil er nicht wusste, was er sonst tun sollte. Das hat er zumindest gesagt. Wir konnten nicht bei Papa bleiben und Maman hatte eine schreckliche Laune, also gingen wir nachsehen, ob vielleicht die Esel bessere Laune hatten, und das hatten sie auch. Wir blieben den ganzen Tag auf der unteren Wiese und spät am Nachmittag kam er dann. Wir saßen gerade unter dem weißen Maulbeerbaum und spielten Arzt und Krankenschwester. Der Baum hat große Blätter und außerdem war er voller weißer Beeren. Er eignete sich also gut als Krankenhaus, aber man konnte sich auch prima darunter verstecken. Die Äste hingen sehr tief, fast bis zum Boden, und wir fühlten uns ziemlich sicher.

Wir spähten vorsichtig nach draußen und beobachteten den Fremden wie Spione. Der Mann hüpfte so halb, als hätte er einen Stein im Schuh, und neben ihm lief ein roter Hund. Den Mann fand ich blöd, aber seinen Hund mochte ich. Man konnte sehen, dass es ein netter Hund war, so wie er bei seinem Herrchen blieb, obwohl er wahrscheinlich viel lieber herumgetobt wäre und Gerüche gejagt hätte.

Genau in dem Moment, als ich dachte, sie würden umdrehen und wieder gehen, bellte der Hund dreimal, was mich zusammenzucken ließ, und dann rannte er auf den Maulbeerbaum zu. Er kroch schnurstracks drunter und beschnupperte uns mit seinem nassen Gesicht. Der Hund war ziemlich dünn und flink und sah freundlich aus. Sein Schwanz war ein wedelnder Wuschelpinsel. Ich wollte ihn streicheln, aber ich dachte, dass dann bestimmt auch der Mann kommen würde, wenn der Hund nicht wegging.

Schsch, geh weg!, flüsterte ich und versuchte, ihn zu verscheuchen.

Hau ab!, sagte Margot und machte ein böses Gesicht.

Der Hund wich ein paar Schritte zurück, schnüffelte, aber haute nicht ab. Stattdessen naschte er ein paar von den Maulbeeren, die am niedrigsten hingen; er aß sie direkt vom Baum. Die Füße des Mannes hatten sich die ganze Zeit nicht bewegt, sie standen einfach nur da und zeigten in unsere Richtung. Dann beugte sich der Mann herunter zu seinem Schuh, vielleicht auf der Suche nach dem Stein, und einen Moment lang sah es so aus, als würde er genau in unsere Richtung schauen. Ich blieb ganz still sitzen wie eine Statue und kniff die Augen zusammen, bis ich fast nichts mehr sah. Der Mann kniff auch die Augen zusammen. Sein Gesicht war voller Haare, bis auf eine Stelle über dem Ohr, wo ein ganzes Büschel fehlte und die Haut rotbraun war wie eine Kastanie. Ich hielt den Atem an, mein Herz klopfte gegen die Rippen.

Doch dann stand er wieder auf, sein Gesicht verschwand und er pfiff nach dem Hund, der mich ein letztes Mal mit seiner Nase stupste und dann zurück zu dem Mann lief und bei Fuß machte.

Letzten Winter, als der Schnee kam, war er auch hier. Ich folgte gerade meinen Fußstapfen vom Tag davor und versuchte, den Fuß immer genau in die Abdrücke zu setzen, ohne neue zu machen. Margot ging mit langsamen und vorsichtigen Schritten hinter mir her und probierte, keine Abdrücke auf dem neuen Schnee zu machen. Das kann sie richtig gut, besser als ich.

Ich entdeckte sie zuerst: große, frische Fußabdrücke mit einem Zickzackmuster, die eine Hälfte normal und die andere Hälfte lang gezogen und verwischt. Daneben ein Getrappel von Pfotenabdrücken, die alle hinunter zum Bach führten. Ich war gerade dabei, sie genauer zu untersuchen, als ich hörte, wie vor mir der Schnee knirschte, und als ich hochsah, war er ganz nah und machte immer noch dasselbe Muster, aber diesmal kam er den Hügel wieder hinauf. Bei jedem Schritt seines schlurfigen Gangs formte sich ein kleiner Schneehaufen. Der rote Hund lief genau wie damals neben ihm her, aber jetzt war er mit einer Frostschicht bedeckt, wie Zuckerguss auf einem Kuchen.

Ich blieb ruhig stehen und beobachtete, wie sie auf mich zukamen. Der Mann hinkte, sein Hund trottete neben ihm her, und ich überlegte, ob ich weglaufen sollte.

Keine Sorge, sagte Margot. Er sieht nicht besonders schlau aus. Wenn er versucht, uns zu entführen, können wir ihn bestimmt leicht austricksen. Mach ein grimmiges Gesicht, sagte sie.

Sie sagte es ziemlich laut und ich war sicher, dass der Mann höhnisch lachen und sagen würde, täuscht euch da mal nicht! Doch das tat er nicht. Wahrscheinlich hatte er uns nicht gehört.

Er kam genau auf uns zu und lächelte die ganze Zeit, sein Gesicht sah ganz stoppelig und grau aus, seine Augen waren innen dunkel und glänzend, aber außen faltig, und er hatte zwei Augendeckel auf jedem Auge, einen oben und einen unten.

In dem Moment fing mein Knochen ganz schrecklich an zu jucken; das weiß ich noch, weil ich zwei T-Shirts und meinen Pulli und meinen Mantel drüber anhatte und mich deswegen nicht kratzen konnte. An meinem Arm gibt es nämlich eine Stelle, wo er gebrochen war, als ich noch ein Baby war. Das hat Maman mir erzählt, obwohl man außen auf der Haut nichts sehen kann. Immer wenn ich Angst habe, juckt der Knochen innen wie verrückt. Als der Mann schlurfend näher kam, dachte ich, ich muss mich ausziehen, jetzt sofort, mitten im Schnee, nur um an die juckende Stelle zu kommen. Ich wollte gerade den Reißverschluss meines Mantels aufmachen, als er genau an mir vorüberging.

Er blieb nicht stehen, sondern nickte uns bloß zu und lief weiter, er folgte seinen eigenen Fußstapfen, den Weg hoch, weg von der Wiese, und sein roter Hund warf uns einen letzten Blick zu, als sie sich der Straße näherten.

Siehst du, sagte Margot, er hat schreckliche Angst vor uns.

Ich grinste seinem schlurfenden Rücken zu, stolz und erleichtert.

An dem Abend erzählte ich Papa von dem Mann. Dass seine Fußabdrücke ungleichmäßig waren und dass sein Hund immer neben ihm herlief, wie durch Zauberei. Ich erzählte ihm, wie wir ihn mit unserem besten grimmigen Gesicht verjagt hatten.

Papa runzelte die Stirn.

Pivoine, sagte er (denn das ist mein anderer Name), Kinder sollten nicht allein über die Felder wandern.

Ich lachte ihn aus, aber er hob mich hoch auf seinen Schoß, machte ein ernstes Gesicht und sah mir genau in die Augen.

Das meine ich ernst, Pea. Bitte versprich mir, dass du nicht mehr alleine dorthin gehst.

Versprochen, sagte ich und kuschelte mich in seine Arme.

Ich erzählte Papa nicht, dass der Mann mit seinem schwarzen Handschuh meine rosane Mütze berührt hatte, als er an mir vorbeiging.

Kapitel 2

Das sind die Regeln beim Versteckspielen: Erstens muss man am richtigen Ort spielen. Es ist Quatsch, mitten auf der Wiese zu spielen oder beim Eselstall. Denn dann ist es zu einfach und man muss sich bald ein neues Spiel überlegen. Nein, man braucht verschiedene Orte zum Verstecken. Die andere Regel ist, dass der, der zählt, nicht heimlich schauen darf. Nicht mal ein bisschen.

Ich und Margot suchen nach einer guten Stelle zum Zählen. Es ist früh am Morgen und noch nicht zu heiß, und während wir gehen, knacken Grillen um unsere Füße herum wie Popcorn. Als wir an die Kreuzung von zwei Feldwegen kommen, bleiben wir stehen und suchen nach der Stelle, wo die große Spinne ihr Netz quer über den Weg gewebt hat. Wir wollen es nicht kaputtmachen.

Da ist es auch schon, wie Wäsche zwischen hohen Grashalmen ausgespannt. Die Grillen knallern überall herum und manche landen sogar auf meinen Armen und meinen Kleidern. Ich schaffe es aber nie, sie zu berühren, weil sie gleich wieder weghüpfen.

Es dauert nicht lange, bis eine im Netz landet. Da hängt sie nun, eine pummelige kleine grüne, sie strampelt mit ihren langen Hinterbeinen und bringt das Netz zum Schwingen wie eine Hängematte. Wir beobachten, wie die Spinne angerast kommt. Sie ist groß und dick und gelb wie eine Aprikose mit Streifen. Sie flitzt um die Grille herum und spinnt sie in Seide ein. Dann repariert sie ihr Netz. Das geht sehr schnell. Wir beobachten, wie sie ihre ganzen Aufgaben erledigt und sich dann wieder in die Mitte ihres Netzes setzt. Später wird sie noch jede Menge Grillen fangen und sie dann alle einwickeln. Das weiß ich, weil wir sie jetzt schon seit drei Tagen beobachten. Morgens hat sie nie Hunger. Erst wenn die Sonne hinter den Bäumen am Ufer des Bachs versinkt und die Bäume ihre Schatten über die ganze untere Wiese ausrollen, kommen wir auf unserem Nachhauseweg wieder an ihr vorbei und dann isst sie gerade zu Abend.

Wenn wir Glück haben, hat Maman sich ein bisschen ausgeruht, bis wir nach Hause kommen, und dann kriegen auch wir unser Abendessen. Denn meistens schläft das Baby in Mamans Bauch nachts nicht, sondern schlägt stattdessen Purzelbäume. Das bedeutet, dass auch Maman wach ist, denn wie soll man schlafen, wenn jemand in einem drin Turnübungen macht? Morgens ist Maman dann normalerweise wegen allem böse. Heute Morgen war sie in so einer Stimmung. Zur Frühstückszeit kam sie nach unten und machte sich, ohne ein Wort zu sagen, einen Kaffee. Dann nahm sie den Kaffee und ein Stück Toast mit nach oben ins Schlafzimmer. Das isst sie dann im Bett, mit vier Kissen im Rücken, während sie darauf wartet, dass das Baby müde wird, damit auch sie endlich einschlafen kann.

Weiter unten auf der Wiese finden wir die perfekte Stelle zum Spielen. Es gibt verschiedene Wege zur Auswahl und Bäume und Heuballen, hinter denen man sich verstecken kann.

Okay, sagt Margot. Ich verstecke mich als Erste.

Das bedeutet, ich muss zählen. Ich kann schon bis über hundert zählen, aber für dieses Spiel zähle ich nur bis elf. Nachdem ich fertig gezählt habe – und zwar ohne heimlich zu schauen, nicht mal ein bisschen –, sehe ich mich um. Ich kann Margot zwar nirgendwo entdecken, aber ich kann sie ganz leicht hören. Sie versteckt sich hinter dem Kirschbaum am Rand der Wiese. Mittlerweile hängen keine Kirschen mehr dran, aber darunter liegen überall die verfaulten und ganz viele Steine herum. Margot ist viel zu laut, weil der graue Esel ihr gefolgt ist und jetzt an ihr schnuppert, um zu sehen, ob sie etwas zu essen dabeihat. Das kitzelt immer so. Ich renne lachend zu ihr rüber.

Hab dich!, singe ich, doch sie sieht mich mit ihrem ernsten Gesicht an, als hätte sie sich sowieso nie versteckt.

Herzlich willkommen in der Bücherei, sagt Margot mit wichtiger Stimme. Jeder darf sich nur ein Buch aussuchen und heute war ich dran. Ich habe mir dieses Buch ausgesucht. Es ist über Skelette.

Sie hält das Buch hoch. Natürlich ist es nur gespielt.

Mit Skeletten kenne ich mich aus. Einmal war ich im Museum und habe Skelette von Dinosauriern gesehen. Skelette sind wie Puzzlespiele für Wissenschafter. Wissenschafter sind Leute, die den ganzen Tag Experimente machen und Puzzles aus Knochen.

Sind das Dinosaurierskelette in dem Buch?, frage ich Margot.

Die Dinosaurier sind tot, antwortet sie. Früher gab es sie mal, aber jetzt sind alle tot. Nicht wie Hexen, die gibt es nämlich gar nicht.

Warum sind sie tot?, frage ich.

Lass mich doch bitte ausreden, sagt Margot. Alle sind irgendwann tot, aber jetzt sind erst mal nur die Dinosaurier und Papa dran.

Und das Baby, ergänze ich.

Ja, stimmt, und das Baby, nickt sie.

Hatten sie auch Skelette?

Na klar, jeder hat ein Skelett, sagt Margot. Bitte hör jetzt gut zu.

Also, sagt sie, so entsteht ein Skelett. Wenn man alt wird, verwandelt man sich in eine Maman und dann wird man noch älter und kriegt Falten und dann stirbt man. Margot hält inne.

Und dann?, frage ich.

Dann kann man nicht mehr reden und ist ein Skelett und dann wird ein großes Fest gefeiert mit belegten Broten, aber mit weniger Kuchen als an Weihnachten. Und dann wird man wieder geboren wie ein Baby und dann kommt ein Polizist und pumpt einen auf, bis man Erwachsenengröße hat.

Das stimmt, glaube ich, nicht so ganz, aber bevor ich nachfragen kann, sagt Margot schon: Keine weiteren Fragen, danke sehr. Und sie klappt das Buch wieder zu. Ich muss das Buch in die Bücherei zurückbringen, bevor sie zumachen, sagt sie und sieht auf die Uhr.

Bin ich jetzt dran mit Verstecken?, frage ich.

Ah, stimmt, das wollte ich auch gerade vorschlagen, sagt sie, aber ich glaube, sie hat überhaupt nicht mehr an das Versteckspielen gedacht.

Aber ich habe mir ein neues und sehr gutes Versteck überlegt, deswegen konnte ich es schon die ganze Zeit gar nicht erwarten, bis ich endlich dran bin. Margot hält sich die Augen zu und fängt an zu zählen. Heute zählt sie auf Französisch. *Un, deux, trois ...*

Ich renne den Weg wieder nach oben, springe über die Spinne und dann, statt dem Weg zurück nach Hause zu folgen, nehme ich die linke Abzweigung, als ob ich hoch ins Dorf gehen würde. Als ich um die Kurve stürme, stoße ich mit einem Mann zusammen und uns beiden entfährt ein Schrei.

Es ist er. Er ist groß wie ein Bär, größer als ein normaler Erwachsener, mit grauschwarzen Haaren und haarigen, verschrammten Beinen. Er hat Schuhe aus Gummi an, so ähnlich wie Gummistiefel, nur keine Stiefel. Seine Schuhe sind nass. Er hat eine große Nase, aus der Haare herausschauen wie Spinnenbeine. Sein roter Hund ist nirgends zu sehen.

Wir stehen da und starren uns mit offenem Mund an, ich sehe zu ihm hoch, er sieht auf mich herunter. Dann nimmt er die kleine graue Zigarette zwischen seinen trockenen Lippen hervor und zertritt sie mit dem Fuß. Weißer Rauch schlängelt sich aus seinen Mundwinkeln, wie Würmer.

Du bist doch Pivoine, sagt er langsam. Ich kenne deinen Papa. Er schüttelt den Kopf, als hätte er Sand im Haar. Entschuldige, ich meine natürlich, ich kannte ihn, sagt er.

Ich bin überrascht, dass er einen von meinen Namen kennt, und noch dazu den, der zu Papa gehörte. Manchmal nennt Maman mich Peony, was mein richtiger Name auf Englisch ist. Papa hat ihn auf Französisch gesagt, Pivoine, weil er hier geboren wurde. Beide Namen bedeuten dasselbe, nämlich Pfingstrose, also war es mir egal; aber wenn jemand, den ich gar nicht kenne, mich so nennt, klingt es komisch. Ich weiß nicht, warum ich überhaupt heiße wie eine Blume, noch dazu wie eine, die ich noch gar nie gesehen habe. Normalerweise heiße ich Pea. Pea ist keine Blume, sondern ein Gemüse. Pea heißt nämlich Erbse auf Englisch.

Meistens heiße ich Pea, sage ich zu dem Mann. Und wer bist du?

Inzwischen hat er sich vor mich hingekauert und sieht mir genau ins Gesicht, als ob er mich gleich ausschimpfen wollte. Ich heiße Claude, sagt er. Von Nahem sieht die Stelle an seinem Kopf ohne Haare sehr hässlich aus und er riecht nach Zigarettenrauch, wovon mir ein bisschen schlecht wird.

Dann wird mein Gesicht abgeschleckt.

Merlin! Lass das!, sagt Claude.

Sein Hund ist zu uns hergerannt, um Hallo zu sagen, aber sein Gesicht riecht noch ekliger als das von Claude.

Merlin ist ein lustiger Name für einen Hund, sage ich. Kann er wirklich zaubern?

Ja, in gewisser Weise schon, sagt Claude und streichelt Merlin dabei übers Fell.

Was machst du denn hier so alleine?, fragt er. Er sieht mir immer noch genau in die Augen und mein Knochen fängt an zu jucken, aber seine Stimme klingt freundlich.

Wir spielen Verstecken, antworte ich.

Versteckst du dich oder musst du suchen?

Ich verstecke mich.

Und wer sucht?, fragt er.

Ich frage mich, wo Margot steckt, aber da kommt sie auch schon durch das hohe Gras gerannt und bleibt direkt neben mir stehen. Ich bin also gefunden worden und das Spiel ist vorbei.

Ich habe eine gute Idee, sage ich zu ihr. Komm, wir führen was vor!

Margot und ich führen die ganze Zeit Sachen vor, das können wir nämlich gut. Margot kann am besten tanzen und ich kann am besten singen.

Au ja!, ruft Margot. Ich tanze einen Flamencotanz und du musst dazu klatschen.

Und ich singe ein Lied über Marienkäfer, erkläre ich Claude.

Und du musst zuschauen, befehlen wir ihm.

Gefallen dir unsere Kleider?, fragt Margot.

Ja, na gut, sagt er, runzelt ein wenig die Stirn und sieht mich an, als würde er erwarten, dass ich einfach so loslege mit dem Singen.

Hier doch nicht!, sage ich. Du musst erst auf deinen Platz und wir müssen auf die Bühne. Dort drüben, komm!

Claude ist ein komischer Erwachsener: Er macht, was man ihm sagt. Merlin läuft den ganzen Weg bis hinunter zum Kirschbaum neben ihm her und als Claude sich brav hinsetzt, nimmt Merlin neben ihm Platz und öffnet ein wenig den Mund, sodass es aussieht, als würde er lächeln.

Ich bin die Ansagerin der Vorstellung und kündige zuerst Margot an. Meine Damen und Herren, ich bitte um Applaus für Margot, die einzigartige spanische Flamencotänzerin!

Sie kommt in Wirklichkeit gar nicht aus Spanien, aber wir tun einfach so. Ich fange an, in die Hände zu klatschen, als würde ich mit Maracas rasseln, und Claude sieht zu.

Du musst auch klatschen!, fordere ich ihn auf. Er versucht es, aber ehrlich gesagt kann er es nicht so gut und außerdem sieht er sich ständig dabei um.

Als Margot fertig ist, macht sie eine tiefe Verbeugung und ich klatsche Beifall und juble. Claude klatscht ebenfalls. Dann kündigt Margot mich an und ich stehe auf der Bühne und bin ein bisschen nervös. Das Marienkäferlied ist ziemlich lang und manchmal verwechsle ich die Wörter und dann muss ich manche Stellen noch mal singen. Während ich noch singe, holt Claude ein glänzendes grünes Päckchen hervor und fängt an, sich eine Zigarette zu drehen.

Rauchen verboten!, schreit Margot, aber er hört trotzdem nicht damit auf. Also macht er doch nicht immer, was man ihm sagt.

Als wir fertig sind, machen wir Knickse und Verbeugungen und Claude macht einen Applaus. Dann steht er langsam auf und sagt, na gut, ich glaube, ihr müsst los, eure Maman fragt sich sicher schon, wo ihr steckt.

Nein, tut sie nicht, sagt Margot.

Ich bringe euch noch über die Straße, sagt er.

Wir können sehr gut allein über die Straße gehen, erkläre ich ihm. Ich bin schon fünfeinhalb.

Na gut, aber wärt ihr dann vielleicht so freundlich, mir Gesellschaft zu leisten? Claude reibt sich die Schweißtropfen vom Kopf und wischt die Hände an der Hose ab. Merlin leckt seine Hand.

Na klar, sage ich, weil das höflich ist.

Mit Claude kommt man nur langsam voran. Während er den Weg entlanggeht, rennen Margot und ich voraus und wieder zurück. Manchmal bleiben wir stehen und gucken uns Käfer und Blumen an.

Hast du Freundinnen aus dem Dorf, mit denen du spielst?, fragt Claude, als er uns eingeholt hat. Während er darauf wartet, dass ich antworte, beobachtet er mich scharf.

Margot ist meine Freundin, sage ich.

Ja, sagt er, aber was ist mit Kindern aus dem Dorf oder aus der Schule?

Seit Papa tot ist, bin ich nicht so oft in die Schule gegangen, sage ich.

Warum? Ging es dir nicht gut?

Doch, mir ging es gut, sage ich. Ich war damit beschäftigt, Mamans Freundin zu sein.

Claudes rote Haut schlägt Falten auf der Stirn wie Wellen an der Küste. Ich will keinen Ärger bekommen. Im September, sage ich, komme ich auf die große Schule und dann gehe ich jeden Tag.

Das ist schön, sagt Claude. Da wirst du ganz viele Freundinnen finden. Ein kleines Mädchen wie du sollte ganz viele Freundinnen haben.

Die Luft wird langsam kühler und in unseren Bäuchen donnert es, als wir zurück ins Haus rennen. Ich knalle die Tür zu, ich bin so aufgeregt, dass ich gar nicht mehr dran denke, dass Maman ja schlechte Laune hatte. Im Haus riecht es nach Mürbeteig und mir läuft das Wasser im Mund zusammen, und auf dem Tisch entdecke ich eine Quiche unter einer Fliegenhaube. Irgendwie ist eine Fliege darunter geraten, die jetzt wütend in ihrem Gefängnis herumschwirrt. Ich lasse sie raus und ein salzig-süßer Geruch kommt mir entgegen. Bevor ich sie aufhalten kann, bewegen sich meine Finger schnell zu der Kruste und brechen ein Stück ab.

Margot wackelt mit dem Finger. Die Fliege hatte Aa an den Füßen und ist damit über die ganze Quiche gelaufen, sagt sie.

Ich sehe nirgendwo Aa.

Margot zieht die Augenbrauen hoch. Ich kann es auch nicht sehen, aber Fliegen haben eben sehr kleine Füße.

Dann sind es bestimmt auch nur ganz kleine Stückchen Aa.

Ja, aber trotzdem ist es Aa. Vielleicht sind es ganz verschiedene Arten Aa. Hunde-Aa und Kuh-Aa. Und alles auf der Quiche. Iss lieber nichts davon, Pea.

Ich mustere die Kruste in meiner Hand, gold und bröselig. Ich sehe nirgendwo Aa. Die Fliege versucht, sich auf meine Hand zu setzen, und schnell stopfen meine Finger den Mürbeteig in meinen Mund.

Margot sieht mir zu. Und?

Lecker, sage ich.

Schmeckt es nicht nach Aa?

Überhaupt nicht.

Kann ich dann auch ein bisschen abbekommen?

Ich breche ein zweites Stück vom Rand ab, damit jeder gleich viel bekommt, und wir lecken uns die

Lippen. Dann sausen wir ins Wohnzimmer, wo wir Maman finden.

Maman sitzt seitlich am Sekretär, um sie herum sind überall Papiere und Ordner. Ihre Füße liegen auf einem Hocker und ihre Wangen sind rosa.

Maman, rufe ich, wir haben einen neuen Freund!

Sie blickt hoch und ihre Schultern seufzen. Ihre Haare sind mit einem grünen Schal zurückgebunden, kleine Schweißperlen laufen seitlich an ihrem Gesicht herunter. Sie riecht nach Zitrone.

Wo bist du gewesen?, fragt sie.

Auf der unteren Wiese, erzähle ich ihr. Wir haben eine riesengroße Spinne gesehen, die lauter Grillen gefangen hat, und die Äpfel sind fast reif zum Essen und wir haben einen neuen Freund gefunden.

Das ist schön, Pea, sagt sie und blättert die Papiere auf dem Schreibtisch durch. Sie seufzt wieder und wischt sich mit dem Arm über die Stirn. Dann betrachtet sie angestrengt irgendwas an einem der Balken an der Decke. Es ist alles so ein Durcheinander, sagt sie leise.

Ich sehe mich im Zimmer um. Ich habe ein paar Kuscheltiere und mein Kartenspiel auf dem Boden liegen lassen.

Entschuldigung, Maman, ich räume es gleich weg.

Nur einen Moment lang tauchen ihre Augen wieder in den Augenwinkeln auf und sie öffnet langsam die verschränkten Arme.

Hast du schon was gegessen?, sagt sie.

Ich glaube, dass wir uns gleich umarmen werden, strecke die Arme aus und komme ein paar Schritte näher. Brot, sage ich, und Pfirsiche. Aber genau in dem Moment, als ich so nahe bin, dass ich sie berühren kann, hüpft ihr Bauch und sie klappt ihren Oberkörper darüber wie den Teigdeckel auf eine Pastete.

Kapitel 3

Die Sonne steht schon hoch am Himmel, aber Maman ist immer noch im Bett. Wir sitzen unten in der Küche und unterhalten uns ganz leise, falls sie vielleicht schläft.

Heute ist der dritte Tag von unserer Aufgabe, sagt Margot. Heute helfen wir mit.

Und außerdem beschweren wir uns heute nicht, sage ich.

Genau, sagt Margot.

Ich schmiere Marmelade aufs Brot und gieße Milch in die Gläser. Als Papa noch da war, ist er immer aufgestanden, als wir noch schliefen, das Frühstück stand also jeden Morgen schon auf dem Tisch. Im Sommer pflückte er für uns Pfirsiche im Garten und im Winter knisterten die Holzscheite im Kamin, wenn wir herunterkamen, und auf dem Herd stand heiße Schokolade. Papa hat immer sehr gern gefrühstückt. Er schlürfte mit langen Schlucken seinen Milchkaffee aus einer großen weißen Schale, und wenn es Croissants gab, tunkte er sie ein, stopfte sich die aufgeweichten Stücke in den Mund und fischte mit den Fingern nach den abgeblätterten Bröseln, die noch obendrauf schwammen. Aber Papa ist nicht mehr da, weil wir ihn in der Erde begraben haben. Er kommt nie mehr zurück.

Schade, dass Papa tot ist, sage ich. Ich finde nicht, dass es Beschweren ist, wenn Maman mich nicht hören kann.

Ich weiß, Pea, sagt Margot. Aber die Leute müssen sterben, damit es wieder Platz gibt für die Babys. Wenn niemand sterben würde, dann wären alle Häuser und Betten voll und es gäbe nicht genug Marmelade zum Frühstück.

Ich denke darüber nach, lange und angestrengt.

Aber warum ist dann das Baby gestorben und hat Platz für ein anderes gemacht?, frage ich.

Margot ist eine Weile still. Während sie nachdenkt, lutscht sie an ihren Haaren. Schließlich sagt sie: Vielleicht ist das neue Baby ja besser?

Ich denke an das neue Baby in Mamans Bauch, das sie traurig macht und sie die ganze Nacht wach hält. Ich glaube nicht, dass das neue Baby gut genug sein wird.

Wir essen langsam, lecken uns die Marmelade von den Fingern und versuchen, das Brot in die Milch zu tunken, ohne eine Sauerei zu machen. Endlich höre ich, wie oben das Bett knarrt, und kurz darauf die Toilettenspülung.

Ich habe für Maman mitgedeckt, einen Teller und ein Messer, ein Glas für Saft und eine Serviette. Ich habe eine Tasse neben den Teekessel gestellt, aber noch kein Wasser gekocht. Die Milch ist noch im Karton, weil ich nicht an den Tonkrug rankomme. Außerdem habe ich Brot, Butter und zwei Sorten Marmelade hingestellt. Margot wird wahrscheinlich Kirsche nehmen, ich Aprikose. Wir sitzen artig am Tisch und warten.

Maman kommt die Treppe herunter; sie hat ein riesiges gelbes Sommerkleid angezogen, das über ihren Bauch fällt und um ihre Beine schwebt wie eine Wolke. Ihre Haare hat sie hochgesteckt mit einer glitzernden Schmetterlingsspange. Ihre Füße sind schon schmutzig.

Guten Morgen, sage ich und lächle mein bestes Lächeln. Margot lächelt auch, sie zeigt ihre Zähne und blinzelt freundlich vor sich hin.

Guten Morgen, sagt Maman und steuert direkt auf den Apfelsaft zu. Sie trinkt ihn schnell aus und schenkt sich gleich noch mal ein. Als sie ausgetrunken hat, schenkt sie sich ein drittes Glas ein und betrachtet nacheinander die Frühstückssachen.

Du hast aber schön den Tisch gedeckt, sagt sie, danke. Und sie lächelt mich an.

Margot grinst mir zu und plappert ihr nach: Ja, Pea, du hast aber schön den Tisch gedeckt!

Mein Gesicht fühlt sich heiß an und ich muss aufpassen, dass mein kleines Lächeln sich nicht zu einem großen ausweitet.

Gern geschehen, sage ich.

Maman stellt den Kessel auf den Herd und setzt sich dann an den Tisch.

Möchtest du, dass ich dir die Marmelade gebe?

Ja, bitte.

Kirsche?, murmele ich. Oder vielleicht leckere Aprikose?

Oh, dann vielleicht lieber leckere Aprikose. Danke, Pea. Maman lächelt wieder.

Ich reiche sie ihr, ganz vorsichtig, ich habe Angst, ihr Lächeln kaputtzumachen.

Sag was Nettes, flüstert Margot mir leise zu.

Du siehst sehr schön aus heute Morgen, Maman, sage ich.

Findest du?, sagt sie. Ich fühle mich nicht besonders schön.

Ich weiß nicht genau, was man darauf am besten antwortet. Ich versuche es mit: Dein Kleid ist sehr hübsch.

Maman sieht an ihrem Kleid herunter, als wäre sie überrascht, es anzuhaben. Danke, sagt sie.

Das Wasser im Kessel hat gekocht, sie schiebt den Stuhl, so weit es geht, nach hinten und man hört, wie die Beine knarrend über die Fliesen schrammen. Ihre

Arme hieven sie hoch und so steht sie langsam auf. Als sie sich aus der Lücke zwischen Stuhl und Tisch herausquetschen will, stößt ihr Babybauch gegen das volle Glas mit Apfelsaft und es kippt um.

Ich versuche, es aufzufangen, aber ich bin zu weit weg und der Apfelsaft schwappt über den ganzen Tisch. Maman sieht bloß zu, wie es passiert. Das Glas rollt auf sie zu, in Richtung Tischkante. Sie tut immer noch nichts, und es fällt herunter, knallt einmal gegen den Holzstuhl und zerspringt am Boden. Als ich hochblicke, steht Margot schon an der Tür. Sie winkt mit den Fingern, sie will, dass ich mitkomme.

Maman ist jetzt zwischen dem Tisch und dem Stuhl gefangen und rund um ihre Füße blitzen helle Glassplitter und warten darauf, dass sie losläuft, damit sie sich in ihre Haut bohren können.

Ich hole den Besen und die Schaufel, sage ich. Aber Maman setzt sich wieder an den Tisch und versteckt ihr Gesicht in den Händen.

Geh einfach spielen, Pea, sagt sie. Und tritt nicht in die Scherben.

Aber ich kann doch ...

Pea, schreit sie, geh einfach!

Wir stehen an der Straße, auf der ziemlich viel Verkehr ist, und warten, bis wir sie sicher überqueren können. Margot zählt die blauen Autos. Bis jetzt ist noch keins vorbeigefahren.

Das Frühstück war gut, sagt sie.

Das mit dem Glas war schlecht, sage ich.

Glas ist zu zerbrechig, sagt Margot.

Große Bäuche voller Babys sind zu tollpatschig, sage ich.

Vielleicht klappt es beim nächsten Mal besser, sagt Margot.

Oder vielleicht können wir das Baby dazu bringen, dass es rauskommt, damit Mamans Bauch nicht so tollpatschig ist?

Oder einen neuen Papa finden, der die Glasscherben wegräumt?

Oder vielleicht beides?

Ja, beides wäre gut, sagt Margot. Wir müssen uns einen Plan ausdenken.

Wie bekommt man Babys aus dem ..., fange ich an, aber Margot unterbricht mich.

Da ist eins!, ruft sie.

Sylvies Auto fährt mit angeschaltetem Blinker auf uns zu. Das heißt, dass sie abbiegen wird, wenn sie zu dem Schild für unser Haus kommt. Sie bringt uns unser Brot. Ihr Auto ist rund und so blau wie der Himmel und die Rücksitze sind voller Baguettes, die in braune Papiersäcke gestopft wurden. Sie bringt das Brot zu Leuten, die zu weit weg von der Bäckerei wohnen. Wir winken und sie hält an der Ecke an.

Hallo, sage ich.

Hallo. Na, alles klar? Sylvies Mund ist rosa wie ein Schweinchen.

Ja, es geht uns gut, danke.

Wo ist denn deine Maman?

In der Küche, sage ich. Sie kehrt die Glasscherben auf.

Sylvie nickt. Wo geht's denn hin?

Wir gehen zur unteren Wiese, sagt Margot.

Wir warten, bis wir die Straße überqueren können, sage ich.

Weiß deine Maman Bescheid? Sylvie runzelt die Stirn, als ob wir etwas angestellt hätten. Warum stellen uns alle Erwachsenen so dumme Fragen?

Wir schauen nach links und nach rechts und wir horchen, ob ein Auto kommt, und wir rennen auch nie, sage ich. Na ja, manchmal rennen wir bis zur Straße und dann rennen wir weiter, wenn wir die Straße überquert haben, aber nicht, während wir die Straße überqueren.

Wir bleiben immer zuerst stehen und schauen, sagt Margot.

Na gut, sagt Sylvie, dann bis bald.

Ja, sage ich. Tschüss!

Und Margot sagt: Sylvie, Papa ist tot, du brauchst also nicht mehr so viel Brot bringen.

Sylvies Augenbrauen sind immer noch hochgezogen, aber ihr rosaner Mund lächelt und sagt: Tschüss!

Claude und Merlin sind schon auf der unteren Wiese, als ob sie auf uns gewartet hätten. Claude sitzt mit dem Rücken an einen Baumstamm gelehnt und raucht eine Zigarette. Das stinkt. Merlin liegt neben ihm und lässt sich den Bauch trocken rubbeln, zwei nasse Beine hat er in die Luft gestreckt. Als wir den Weg hinunterhüpfen, bellt Merlin und zerrt an Claudes Ärmel. Ich winke und da kommt Merlin auch schon angaloppiert. Claude folgt ihm etwas schwerfällig und wir treffen uns auf der Hälfte, ungefähr in der Mitte des Apfelgartens.

Du solltest keine Zigaretten rauchen, ermahne ich ihn und sehe dabei auf meine Füße. Davon kann man sterben.

Hallo, Pea, sagt er. Bist du ganz alleine hier? Sollen wir dir Gesellschaft leisten?

Ich erinnere mich daran, was Papa gesagt hat.

Ich bin nicht alleine, sage ich und zeige nach oben auf Margot, die auf einen Apfelbaum geklettert ist.

Claude guckt hoch und lächelt. Oh, hallo, Margot!, ruft er. Dann sieht er wieder zu mir. Als ich ein kleiner Junge war, bin ich immer gerne auf Bäume geklettert. Kannst du das auch?

Nicht besonders gut, sage ich.

Soll ich es dir beibringen?

Ich weiß nicht genau, ob ich das möchte, aber in dem Moment kommt Margot heruntergeklettert, springt das letzte Stück und macht dann eine tiefe Verbeugung. Du bist dran!, sagt sie.

Ich setze meinen Fuß auf die Stelle, wo der Stamm sich öffnet wie eine Hand. Dann ziehe ich mich hoch, sodass ich in der Mitte des Baums stehe.

Das war der leichte Teil, sage ich.

Gut, sagt Claude. Jetzt musst du einen Ast auswählen. Du musst also ein bisschen vorausdenken. Welcher eignet sich am besten? Du brauchst einen schönen, starken Ast, auf dem dein Fuß einen guten Halt hat und auf den du dich setzen kannst, wenn du keine Lust mehr hast, weiterzuklettern.

Ich verstehe, was er meint. Manche Äste sehen aus, als würden sie sich eignen, aber dann teilen sie sich sehr schnell und werden dünner und haben viele Blätter. Ich wähle einen großen, dicken aus und fange an, ihn hochzuklettern. Doch dabei sind mir die Blätter und die Äpfel im Weg und ich sehe nicht, wo ich meinen Fuß hinsetzen kann. Ich strecke die Arme nach oben, als ich auf einmal spüre, wie mein Fuß auf genau der richtigen Höhe an etwas Festem Halt findet, und ich stoße mich daran ab. Doch als ich versuche, meinen Fuß weiterzubewegen, fühlt es sich an, als wäre er eingeklemmt. Ich sehe nach unten und merke, dass ich auf Claudes großer Hand stehe und dass seine Finger immer noch meinen Schuh umschließen.

Du kannst jetzt loslassen, sage ich.

Ab da ist es einfach und schon bald sitze ich auf dem Ast, halte mich gut fest und lasse die Beine baumeln. Mein Gesicht ist ungefähr auf derselben Höhe wie das von Claude und es fühlt sich an wie erwachsen sein.

Fall nicht runter!, sagt Margot.

An Runterfallen habe ich noch gar nicht gedacht, aber jetzt tue ich es und fange an zu schwanken. Huch!

Keine Sorge, sagt Claude. Du fällst nicht runter. Er blickt mich prüfend an. Wie geht es deiner Maman?, sagt er.

Maman ist traurig, sage ich.

Wegen deinem Papa, sagt Claude. Das ist keine Frage, aber es ist auch nicht die richtige Antwort.

Ich denke eine Minute lang nach und spiele mit den Blättern.

Maman ist traurig, weil das Baby gestorben ist, sage ich, weil es nämlich nicht gut genug war. Aber trotzdem wollte sie nicht, dass es Platz macht für das neue. Ich glaube, sie wollte lieber das erste behalten. Und sie ist traurig, weil das neue sie tritt und sie nicht schlafen lässt und sie wegen ihm nicht richtig laufen kann. Und sie ist traurig, weil ihr eine Fliege am Fuß geklebt hat und weil ihr Bauch den Saft umgeworfen hat und sie sich nicht bücken konnte, um es aufzuwischen, und weil Papa nicht da ist, um ihr zu helfen. Und außerdem wollte sie auch Papa behalten, aber er ist gestorben.

Es war ein tragischer Unfall, sagt Margot. Sie spielt gerade Ballerina, genau unter meinen Füßen, sie dreht sich im Kreis und macht Sprünge. Vielleicht will sie, dass Claude ihr auch Fragen über Maman stellt, aber er fragt nun mal mich.

Lass mich mal ausreden!, sage ich. Wir versuchen seit drei Tagen, Maman glücklich zu machen, aber auf unserer Liste stehen ungefähr tausend Sachen, also dauert es wahrscheinlich noch ziemlich lange, erkläre ich Claude. Aber am liebsten ist es ihr sowieso, wenn sie zu Hause ist und wir nicht.

Das glaube ich nicht, sagt Claude.

Doch, ganz bestimmt, sage ich. Deswegen kommen

wir entweder hierher oder wir gehen zum Windigen Hügel. So sind wir Maman eine Hilfe.

Und noch dazu macht es Spaß, sagt Margot.

Es macht sehr viel Spaß, sage ich.

Weißt du, wo wir einen neuen Papa finden können?, fragt Margot.

Der Windige Hügel, sagt Claude. Wo ist denn das?

Das ist der Hügel hinter der oberen Weide, sage ich, von dort aus kann man die Winkturbinen und das Meer sehen.

Ach so, sagt Claude. Er verzieht den Mund, sodass er halb traurig und halb glücklich aussieht. Er hat ein sehr hässliches Gesicht, aber seine Augen sind freundlich. Seine Hand streckt sich nach vorne in Richtung Ast und ich glaube, dass er gleich meine Schulter berühren wird. Nicht, um mich zu schubsen, sondern eher wie eine Art freundlicher Klaps oder eine winzige Umarmung. Das würde sich wahrscheinlich ganz schön anfühlen. Aber das macht er dann gar nicht. Er stützt sich nur mit der Hand am Baumstamm ab und lehnt sich ein bisschen nach vorne. Ich rieche Kaffee auf seinen Lippen.

Komm, sagt er. Ich muss dir was zeigen.

Claude hat uns hinunter zum Bach geführt. Er will, dass wir über die Brückensteine gehen.

Weißt du, was auf der anderen Seite ist?, sage ich.

Claude nickt. Ja, sagt er.

Weißt du, wer die Brückensteine hier hingesetzt hat?

Ja, sagt Claude, das weiß ich.

Waren es Hexen?

Nein.

Warst du es?

Claude lächelt und sieht hoch. Margot ist schon vorausgegangen über die Steine, sie hält die Hände ausgestreckt wie eine Seiltänzerin. Merlin läuft neben ihr her und platscht durch die Kaulquappenschwärme.

Komm!, sagt Margot.

Mit wackligen Schritten fange ich an, die Steine zu überqueren. Auf dem dritten Stein bin ich von beiden Seiten gleich weit entfernt, doch dann kommt der vierte, der nicht besonders flach ist, deshalb weiß ich nicht genau, wo ich als Nächstes meinen Fuß hinsetzen soll.

Ich schaffe es nicht!, sage ich.

Warte, ich helfe dir, sagt Claude. Er watet in den Bach hinein und streckt die Hand aus.

Deine Füße werden ja ganz nass!

Das macht nichts, sagt Claude. Ich trage meine wasserdichten Schuhe und außerdem fühlt sich das Wasser schön frisch an!

Ich lege meine kleine Hand in seine große und schon bald sind meine Füße sicher am anderen Ufer angekommen.

Die untere Weide ist hauptsächlich eine Wiese mit wenig Bäumen. Die Wiese ist breit und hoch, ein Meer von Gras, das über meinen Kopf reicht, bunt angemalt mit Blumenfischen. Kühe oder Schafe gibt es keine; sie sind alle auf den Berg hochgestiegen und machen dort Sommerferien. Nur ihr Aa ist noch da.

Guck mal, so viele Blumen!, sage ich.

Keine Esel, sagt Margot, keine Kühe, keine Schafe. Deshalb.

Wir können auf dem Nachhauseweg einen großen Strauß pflücken, sage ich. Mit allen Farben. Aber können wir bitte zuerst die Überraschung sehen?

Claude nickt.

Wo ist sie denn?, frage ich ihn.

Er zeigt auf etwas am Rand der Wiese.

Siehst du irgendwas?, frage ich Margot.

Margot schüttelt den Kopf.

Komm mal her, sagt Claude. Er greift mit den Händen unter meine Arme und hebt mich hoch über das Gras. Schau, dort drüben in der Ecke, sagt er.

Dort steht eine Baumgruppe. Aber ich kann nichts Spannendes daran erkennen. Nur dass manche von den Farben keine Baumfarben sind.

Geht doch einfach hin und seht nach, sagt Claude. Merlin zeigt euch den Weg.

Na, dann los!, sagt Margot und stürmt davon, wusch-wisch-wusch. Ich renne hinter ihr her, hinein in das hohe Gras, das ich beim Laufen mit den Armen beiseiteschiebe. Merlin läuft mit großen Sprüngen neben mir her.

Der Baum hat einen so dicken Stamm, dass meine Arme gar nicht drumpassen. Daran lehnt eine kleine Holzleiter, die mit einem blauen Strick an dem Stamm festgebunden ist. Hoch oben in den Blättern fehlen ein paar kleinere Äste, die weggeschnitten wurden, dafür hat jemand große Holzbretter hingenagelt und sogar Seitenwände, wie ein großer Korb aus Holz. Eine grünrote Decke hängt ein Stück heraus.

Das ist ja ein Nest, ruft Margot, für Mädchen!

Dürfen wir hochklettern?, sage ich.

Wir sollen sogar hochklettern, das ist doch klar, sagt Margot. Das ist bestimmt die Überraschung! Und ihr dicker Po ist in meinem Gesicht, als sie den Baum hochklettert wie ein Äffchen. Ich folge ihr dicht dahinter.

Von dem Mädchennest aus kann ich, wenn ich in Richtung untere Weide blicke, durch das Meer von Gras und über den Bach bis hinüber zur Wiese sehen. Ich kann außerdem die obere Hälfte von Claude sehen, der langsam der Schlange aus zertretenem Gras folgt, die wir vorher beim Rennen gemacht haben. Es gibt auch noch andere Schlangen, die ich von hier aus sehen kann, andere Wege zu unserem Baum. Ich bin jetzt ein

Vogel auf einem Ast, der die Menschenorte von hoch oben betrachtet. Alles sieht seltsam und anders und spannend aus.

Ich wohne ab heute hier, sage ich.

Das kannst du auch! Margot wedelt mir mit Geschirrtüchern zu.

Wirklich?

Ja, sagt Margot. Sieh doch mal!

Auf dem Holzboden liegt die große karierte Decke ausgebreitet wie für ein Picknick. Margot hat schon eine Flasche Limonade und Kuchen gefunden. Aus den anderen Geschirrtüchern wickeln wir Schüsseln und Teller und dann finden wir sogar noch mehr Schätze. Es gibt ein Baguette, Chips und Käsewürfel in glänzendem Papier. Es gibt keinen Salat und keine belegten Brote, nur leckeres Essen, wie für ein Fest. Es gibt auch ein paar Ameisen, aber das Baguette ist zu groß für sie zum Wegtragen. Ich stopfe mir ein ganzes Kuchenstück in den Mund.

Hallo, ihr da oben!, sagt Claude.

Ich gucke über den Rand und hinunter zu Claude. Schnell kaue ich und schlucke den Kuchen runter. Das ist ja ein Mädchennest, rufe ich zurück.

Claude setzt das größte Lächeln auf, das ich je in seinem Gesicht gesehen habe. Sein Gesicht wird noch pfefferroter.

Gefällt es dir, Pea?, sagt er. Die Wörter sind weich in seinem Mund, wie früher die Gutenachts von Maman und Papa. Kurz bevor sie gesagt haben: Ich hab dich lieb und *Je t'aime*.

Es ist toll!, sage ich. Feiern wir ein Fest?

Hast du Geburtstag?, sagt Margot.

Ja, Merlin hat Geburtstag, sagt Claude.

Wie alt wird er?

Er wird elf.

Dann ist er ja noch nicht mal erwachsen.

Für einen Hund ist das ziemlich alt.

Alles Gute zum Geburtstag, Merlin!, sagt Margot.

Wer kommt noch zu dem Fest?, sage ich.

Nur du, Margot, Merlin und ich.

Merlin lässt sich mit einem Ächzen unter den Baum plumpsen.

Ach so, sagt Claude, Merlin möchte lieber hier unten bleiben.

Ist doch klar, dass er das möchte, sagt Margot, Hunde können nicht auf Bäume klettern.

Es ist ja auch sein Geburtstag, da darf er machen, was er will, sage ich.

Ich glaube, ich bleibe besser hier unten bei ihm, sagt Claude. Lass mich nur kurz hochkommen und unsere Teller holen.

Sowieso gibt es hier oben nicht so viel Platz; ich glaube, Claude würde gar nicht mehr reinpassen. Als sein Gesicht am oberen Ende der Leiter auftaucht, sagt Margot: Hallo, Herr Claude, willkommen in unserem Café, was hätten Sie denn gerne?

Hätten Sie gerne etwas Wein, Herr Claude?, sage ich.

Ja, bitte, sagt er und ich reiche ihm eine Tasse. Könnte ich auch ein Stück Geburtstagskuchen für Merlin und mich bekommen? Oh, und eine Schüssel für Merlins Wasser.

Bitte schön, Herr Claude, guten Appetit, sage ich, reiche ihm zwei Plastikteller und lache. Claude ist wirklich ein lustiger Erwachsener.

Claude verschwindet wieder und bald darauf steigt der Geruch von Zigarettenrauch den Baum hinauf. Heute stört es mich nicht mehr so.

In dem Kuchen sind Kirschen drin, und weil ich jetzt nicht mehr so hungrig bin, pule ich sie heraus und esse sie zuerst. Als mein Bauch so voll ist, dass ich keine einzige Kirsche mehr essen kann, klettere ich die Leiter wieder hinunter und setze mich neben Merlin in den Schatten. Merlin lässt sich den Bauch streicheln und macht kleine glückliche Geräusche.

Claude, sage ich, hast du das Mädchennest gebaut?

Ja, sagt er.

Und die Brückensteine, damit wir hierherkommen können?

Die auch.

Für uns?

Ja. Claude sieht zu mir herüber. Seine Finger wandern zu weit über Merlins Bauch und berühren mein Knie und es kitzelt.

Warum hast du uns ein Mädchennest gebaut?

Claude zuckt mit den Schultern und streichelt weiter Merlin. Seine kratzigen Fingerspitzen streifen meine Haut, vor und zurück. Alle kleinen Mädchen brauchen ein Geheimnis, sagt er.

Kapitel 4

Heute ist Mittwoch und mittwochs gehen wir immer auf den Markt. Na ja, genauer gesagt kommt der Markt zu uns.

Wir gehen zusammen hinunter bis zur Dorfstraße, auf dem Weg, nicht durch die Pfirsichbäume. Maman geht voraus, sie lehnt sich nach hinten, während sie den Hügel hinabgeht, sie läuft so schnell, dass ihre Haare gar nicht nachkommen. Die Luft ist warm und feucht und vom schnellen Laufen fange ich an zu schwitzen. Maman sieht hoch in den weißen Himmel und eilt weiter. Als wir an der Straße ankommen, bleibt sie keuchend stehen, um zu verschnaufen.

Früher mochte ich den Markttag sehr gerne. Den ganzen Morgen lang schlängelten wir uns zwischen den Ständen durch, befühlten die geschnitzten Holzspielzeuge und versteckten uns zwischen den Kleiderständern mit den bunten Flickenhosen. Wir machten einen Spazierbummel zu allen Ständen, wo man Sachen probieren durfte: Honig, Obstsaft, Oliven und Marmelade. Manchmal setzten wir uns einfach in die Sonne und aßen sogar auf dem Markt zu Mittag. Jeder Mittwochmorgen im Dorf war wie ein Fest. Aber jetzt machen wir bloß unsere Einkäufe, sprechen mit niemandem und gehen dann wieder nach Hause.

Ich frage mich, flüstert Margot, ob sie merken würde, dass wir weg sind, wenn wir einfach hier drüberklettern?

Das frage ich mich auch. Das Gatter, über das wir normalerweise drübersteigen, um auf die untere Wiese zu kommen, ist genau auf der anderen Straßenseite. Die Esel hängen ihre Köpfe darüber und grinsen uns an. Der braune schiebt seine Nase nach vorne und macht ein lautes *Iii-aah*! Sie freuen sich, uns zu sehen.

Komm, wir gehen, sagt Margot. Sie nimmt mich an der Hand und wir bleiben stehen und schauen nach links und rechts und wollen gerade die Straße überqueren.

Aber da hat Maman auch schon ihre Puste zurückbekommen. Sie schnappt sich meine andere Hand und läuft los, nach rechts in Richtung Dorf. Margot und ich werden mitgezogen wie Entenküken, die hintereinander herwatscheln. Wir müssen nah am Rand bleiben, weil der bröckelige Asphaltweg schmal ist und die Autos so schnell kommen.

Zwischen unserem Weg und dem Anfang des Dorfs steht nur ein Haus und das ist weit weg von der Straße. Wenn man durch die Lücken zwischen den Bäumen späht, kann man bloß die roten Dachziegel sehen. Während wir die Gartenmauer entlanggehen, gucken wir hinein und fragen uns, wer wohl dort wohnt. Ab und zu kann ich die Süße von Jasmin schmecken, obwohl man gar keine Blüten sehen kann. Wir fahren mit den Fingern über die rauen Steine. In den Ritzen sonnen sich dünne braune Eidechsen. Sobald sie sehen, dass unsere Hände heranschleichen, blinzeln sie mit ihren glänzenden schwarzen Augen und flitzen davon.

Schon lange bevor man ankommt, kann man den Markt hören und riechen. Plaudernde Erwachsene und lachende Kinder, Hundegebell und brutzelnde Paella – die ganzen Gerüche und Geräusche strömen uns schon auf der Straße entgegen, um uns zu begrüßen. Als wir ankommen, tanzt der Dorfplatz vor lauter Farben. Viele

Leute gehen von Stand zu Stand; die mit den Körben kaufen ein, aber es gibt auch welche, die nur schauen. Manche sitzen auch draußen im Café unter der Platane und trinken aus klitzekleinen Kaffeetassen oder Biergläsern. Die Wolken scheinen sie nicht sonderlich zu kümmern. Ich erkenne einige Gesichter, die jede Woche hier sind, aber manche sind auch neu.

Im Sommer ist der Markt größer und voller Leute, die hier Urlaub machen. Man kann leicht erkennen, wer wer ist. Die Leute, die hier geboren sind, bewegen sich, wenn überhaupt, nur langsam. Sie haben braune Haut und lächeln sich zu und sagen Hallo. Sie bleiben mitten in einer Menschenmenge stehen und unterhalten sich, während die Urlaubsleute herumhetzen, in der Sonne rot werden und sich anschnauzen. Manchmal hat man das Gefühl, als gäbe es zwei Märkte, die beide gleichzeitig stattfinden; einer für die normalen Leute, die einkaufen gehen, und einer für die, die Urlaub machen. Auf dem Markt vermischen sich alle, aber trotzdem sind wir so verschieden wie Äpfel und Orangen in einer Schüssel.

Auch Maman ist vor langer Zeit hierhergekommen, um Urlaub zu machen. Sie war auf der Suche nach Ruhe und Entspannung, hat sie gesagt. Doch stattdessen hat sie Papa gefunden und ist für immer geblieben. Immer wenn Maman mir erzählte, wie sie Papa kennengelernt hat – und ich habe sie schon ganz oft danach gefragt –, bekam sie rosane Wangen und lächelte so sehr, dass ihr Tränen in die Augen traten. Sogar noch bevor er gestorben ist. Papa war ihr wunderschöner Prinz, hat sie immer gesagt.

Mit dem Bauch voran schiebt sich Maman durch die Menge. Sie hat die Hände draufgelegt, damit niemand gegen das Baby stößt, aber irgendwie sieht es so aus, als hätte jemand ein Seil an ihren Bauchnabel gebunden und würde sie jetzt hinter sich herziehen. Die Leute weichen zurück, wenn sie zwischen ihnen durchmarschiert, und dann bilden sie eine Luftblase um uns, sodass es sich anfühlt wie ein Käfig.

Ich sehe ein paar Kinder aus meinem alten Kindergarten. Ich winke ihnen zu, während ich an ihnen vorbeigezerrt werde und rufe: *Coucou!* Aber sie winken nicht zurück. Sie fangen an zu lachen.

Papa war eine Orange, aber wir sind Äpfel, sage ich.

Weißt du, warum du superschlau bist?, sagt Margot.

Bin ich nicht.

Bist du wohl.

Warum?

Weil du alle Sprachen sprechen kannst und sie können nur eine.

Ich kann nicht alle Sprachen sprechen, sage ich. Was ist mit Spanisch?

Na gut, dann eben fast alle Sprachen.

Inzwischen sind wir an einer Straßenecke angekommen, wo ein Mann Hähnchen auf Spießen grillt. Die Luft ist voller Grilldüfte und die Ecke ist vollgestopft mit Leuten, die sich um den Stand drängen, nur um den Hähnchengeruch zu schmecken, selbst wenn sie gar keins kaufen. Wir haben noch nie ein Hähnchen dort gekauft, aber ich kann mir genau vorstellen, wie lecker es schmecken würde. Ich gehe langsamer und spüre, wie der salzige Geschmack meinen Mund ausfüllt und wie meine Ohren das brutzelnde Geräusch aufessen. Maman packt mich an der Hand und zieht mich weiter.

Als wir um die Ecke biegen, sehe ich Claude. Er steht mit Merlin vor dem Metzgerwagen. Der Metzger wickelt gerade Fleisch in weiße Papierpakete ein. Merlin beobachtet ihn genau, dann hält er die Nase in die Luft, schnuppert und dreht den Kopf in meine Richtung. Als er uns erblickt, bellt er ein lautes Hallo und wedelt mit seinem wuscheligen Pinselschwanz.

Claude dreht sich ebenfalls um und blickt in unsere Richtung und sagt dann etwas zu Merlin. Er sieht Maman an, dann mich und Margot, dann wieder Maman. Er lächelt ein halbes Lächeln. Es sieht aus, als würde er versuchen, freundlich zu sein, aber als hätte er gleichzeitig Angst, dass Maman ihn vielleicht beißt. Mit dem Gesicht, das sie heute trägt, macht sie das vielleicht wirklich, fürchte ich.

Aber er braucht sich keine Sorgen zu machen, denn Maman sieht ihn überhaupt nicht; sie ist damit beschäftigt, ihre Liste durchzugehen. Als wir an ihm vorbeilaufen, hebe ich den Kopf. Er hat sich wieder dem Metzger zugewandt, um seine Würstchen zu bezahlen, aber vorher hat er Margot und mir noch zugezwinkert.

Auf dem Markt haben wir eine feste Routine. Das heißt, dass wir jede Woche genau dasselbe machen. Zuerst holen wir unser Fleisch und das kommt zuunterst in den Korb. Dann gehen wir zum Gemüsestand und kaufen etwas Grünes, je nachdem, wie das Wetter ist. Im Sommer zum Beispiel Zucchini und Artischocken, grüne Bohnen und Erbsen in der Schote. Danach gehen wir zu Marcel, dem Obstmann, unter seiner gelb gestreiften Markise. Er ist ziemlich dick und hat weiße Haare und ein rotes Gesicht und eine Schürze voller Kerne und Saft. Und einen Goldzahn hat er auch. Seine Frau ist auch da. Sie ist dünn und sieht fröhlich aus und sagt nicht viel. Marcel wirft Pflaumen hoch und fängt sie zum Abwiegen in braunen Papiertüten auf, und sie sortiert in der Zeit die Früchte und holt neue Kisten mit Sachen aus einem weißen Lieferwagen.

Während Maman zwischen verschiedenen Sorten von Pflaumen und Aprikosen auswählt, zwischen runden Strauchtomaten oder solchen, die aussehen wie kleine rote Kürbisse, stehen wir in der Schlange – es gibt nämlich immer eine Schlange. Margot sucht sich eine Obstsorte aus und zählt sie dann; sie ist schlau und kann schon alle Zahlen, aber ihr Spiel wird ziemlich schnell langweilig. Und was noch blöder ist, wenn jemand etwas von der Sorte kauft, die sie gerade zählt, muss sie noch mal von vorne anfangen. Ich dagegen mag es, einfach meine Nase ganz nah an das Obst zu halten, um die warmen, reifen Gerüche einzuatmen. Marcel sieht mich immer und kommt dann angelaufen, um mir zu sagen, was für ein hübsches Mädchen ich bin.

Heute liegt auf dem Stapel Cantaloupe-Melonen eine aufgeschnittene, sie ist außen grün, aber innen orange. Sogar von Weitem kann ich ihre Honigsüße riechen. Ich halte mein Gesicht so nah davor, dass ich meine Zunge rausstrecken und ihren Saft damit auffangen könnte. Jemand kneift mir in die Nase.

Hallöchen, Grünauge, sagt Marcel, wie geht es denn deinen Locken heute? Und Püppchen (so nennt er mich, aber es ist kein guter Spitzname: Ich bin nämlich überhaupt kein Püppchen, ich bin ein fünfjähriges Mädchen). Und Püppchen, was hättest du denn heute gerne von Marcel? Normalerweise bekomme ich Aprikosen oder Pfirsichschnitze von ihm und einen Kniff in die Wange. Heute reicht mir Marcel eine Nektarine, die ich mit Margot teile. Er lacht und sagt: Geh besser schnell nach Hause, Püppchen, nachher soll es ein Gewitter geben.

Als Maman fertig ausgewählt hat, ändert Marcel seine Stimme zu einer Spezialstimme und sagt zu ihr: Guten Tag *Madame*, wie geht es Ihnen denn heute? Dann nickt er ihrem Bauch zu und sagt: Bald ist es so weit!

Wie immer in letzter Zeit macht Maman ein Lächeln, das keins ist, und sagt: Guten Tag. Sie blickt hoch in den Himmel, der immer dunkler wird.

Nach dem Obst kaufen wir grüne Oliven; die werden in ein sauberes Glas gefüllt, das Maman aus ihrem Korb holt. Danach kaufen wir Käse, normalerweise Ziegenkäse, den wollte nämlich Papa immer, und dann gehen wir zum Bäcker, um Croissants für den nächsten Tag zu kaufen. Früher, wenn Maman gut gelaunt war, kaufte sie uns immer was zum Naschen, ein *pain au chocolat* oder eine *brioche*, die wir uns teilten, aber heute holen wir bloß die Croissants und gehen schnell weiter.

So, sagt Maman, wir können ja noch was trinken, bevor wir nach Hause gehen.

Aaau ja, sagt Margot, ich hätte gern ein Glas Limonade, bitte, mit einem Eiswürfel und einem rosanen Strohhalm.

Aber das hat Maman nicht gemeint. In der Mitte des Dorfplatzes steht ein Brunnen, in dessen unteren Becken die Tauben baden. Rundherum speien dunkle Metallfische Wasser aus ihren Mündern und wir fangen es in unseren auf, auch Maman. Die Urlaubsleute sehen uns seltsam an, als ob wir Wilde wären, weil wir das Wasser trinken, aber man kann sehen, dass sie gerne mitmachen würden. Maman spritzt es sich ins Gesicht und auf den Hals und ich mache es ihr nach. Das kühle Wasser fühlt sich herrlich an auf meiner Sommerhaut.

Maman schnauft und keucht, während wir den Weg zum Haus hochgehen. Mit einer Hand hält sie den Korb fest, die andere hat sie auf ihren Rücken gelegt. Jetzt sind Margot und ich die, die vorangehen, und Maman trottet langsam hinterher. Sogar ohne die Sonne wird der Tag immer heißer und wir müssen alle schwitzen. Ungefähr auf halber Höhe bleibt Maman stehen und setzt sich einfach mitten auf den Weg. Sie zieht die

Schuhe aus und reibt ihre Füße, die riesig und ganz rosa sind. Sie atmet so: Hii-huh, hii-huh, hii-huh.

Wir brauchen sehr lange, um sie nach Hause zu bringen, und als wir endlich in der Küche ankommen, stellt Maman den Korb ab und lässt sich auf einen Stuhl fallen. Ich bringe ihr etwas zu trinken aus dem Kühlschrank und breite dann alles auf dem Tisch aus für unser Markttagmittagessen: Brot und Butter mit Salz drauf, Tomatenscheiben, Käse und Oliven. Maman trinkt und beobachtet mich, ohne zu lächeln. Den Kopf hat sie in die Hand gelegt, den Ellbogen auf dem Tisch aufgestützt.

Tut mir leid, Pea, sagt sie schließlich. Ich glaube, ich lege mich ein bisschen hin. Ich sehe zu, wie sie sich nach oben schleppt, ohne einen Bissen gegessen zu haben.

Sollen wir essen oder spielen gehen?, sagt Margot.

Beides, sage ich muffig. Zuerst Mittagessen. Schon seit den Hähnchen habe ich Hunger.

Ich bereite zwei Teller mit Essen vor, mit unseren ganzen Lieblingssachen. Ich tue mehr Salz auf das Brot, als ich darf, und lasse den Käse weg. In der Vorratskammer finde ich eine Flasche Limonade und schaffe es, sie aufzukriegen. Ich esse meine Tomate wie einen Apfel, der Saft tropft mein ganzes Kleid voll und ich nehme die Oliven mit den Fingern, ich lecke das Öl ab und fasse immer wieder in das Glas, ohne meine Hände zu waschen. Als wir fertig sind mit Essen, lasse ich die Essenssachen alle stehen und wir gehen raus zum Spielen, ohne die Teller wegzuräumen.

Früher kamen die ganze Zeit Kinder aus dem Dorf hierher, um auf den Feldern zu spielen. Sie bauten Höhlen und Baumhäuser und die größeren ließen manchmal Flaschen und Abfall liegen. Unsere Scheune steht mit dem Rücken zu den Feldern und hat ein rundes Auge, durch das man auf die obere Weide und bis hinüber zu den Winkturbinen sehen kann. Rund um unseren Hof stehen viele Obstbäume: ein kleine Gruppe Apfelbäume, die vielleicht mal ein Apfelgarten waren, zwei Granatapfelbäume, ein Feigenbaum und daneben ein Quittenbaum, ein Olivenbaum, der alleine steht, und ein riesengroßer Kirschbaum.

Das Obstspiel fing mit dem Quittenbaum an. Quitten kann man überhaupt nicht essen und sowieso ist der Baum krank und alle Früchte werden braun und knubbelig. In dem Sommer, als ich drei Jahre alt war, pflückten ein paar Jungen aus dem Dorf alle Quitten vom Baum und warfen sie gegen die Rückwand der Scheune; sie versuchten, durch das Bullenauge Tore zu schießen. Die meisten Früchte blieben vor der Scheune liegen und verfaulten, nur ein paar hatten es nach drinnen geschafft. Papa fand sie neben seinem Traktor und lachte. Lustiges Spiel, sagte er.

Im Herbst fingen sie mit den Granatäpfeln an. Wir pflücken nur ganz wenige zum Essen oder zum Verkaufen; normalerweise bleiben sie einfach am Baum hängen, bis sie aufplatzen. Dann picken die Elstern an den Juwelen innen drin herum, bis die Früchte herunterfallen und auf dem Boden aufprallen. Mittlerweile waren die Jungen besser geworden bei dem Obstspiel und viele Granatäpfel flogen durch das Loch. Die, die nicht reingingen, explodierten an der Wand und die Kerne bildeten einen glitzernden roten Teppich vor der Scheune. Papa schimpfte leise, als er die Sauerei aufkehrte.

Im nächsten Frühling holten die Jungen die Kirschen vom Baum, alle, an die sie drankamen. Aber die Kirschen waren zu lecker, um sie zu verschwenden, also aßen sie sie erst und probierten es dann mit den Kernen, die sie entweder warfen oder spuckten. Aber mit den Kernen ging es nicht so gut, also fingen sie an, die unreifen Äpfel zu nehmen. Das war kurz nachdem Maman aus dem Krankenhaus zurückgekommen war, was Pech war für die Jungen, weil Papa nämlich explodierte.

Jetzt reicht es aber!, schrie er sie an. Ich habe ihn noch nie vorher schreien hören, kein einziges Mal.

Wir essen diese Äpfel, brüllte er. Sie sind nicht zum Spielen da, genauso wenig wie meine Scheune. Sucht euch doch bitte einen sinnvolleren Zeitvertreib am Wochenende, und wenn ich euch je dabei erwische, wie ihr euch an meinen Pfirsichen vergreift, dann könnt ihr euch auf was gefasst machen.

Die Jungen kamen nie wieder, also fielen die Granatäpfel letztes Jahr wie üblich von den Bäumen und am Kirschbaum hingen jede Menge Kirschen, die ich mit dem Wischmopp herunterschlagen konnte. Aber trotzdem war es schön, dass andere Kinder zu uns kamen, auch wenn sie nicht meine Freunde waren. Manchmal sieht das Obst jetzt einsam aus.

Margot, sage ich. In mir drin ist die Dunkelheit und am Himmel sind überall Wolken. Komm, lass uns zum Windigen Hügel gehen. Ich sage es nicht wie eine Frage, weil ich keine so gute Laune habe.

Ja okay, sagt Margot und nimmt meine Hand.

Auf dem Windigen Hügel wachsen Pinien und Pappeln, Feigenbäume und Eichen. Es riecht nach Salz und Kräutern und der Haut von Tieren, und jetzt im Sommer riecht es, als würde die Erde kochen. Dann gibt es noch Stechginstersträucher mit gelben Blüten, die aussehen wie kleine Taschen und nach Kokosnuss riechen. Zwischen den großen Felsbrocken wächst Lavendel und Rosmarin; die kann man kauen, wenn man Hunger hat.

Heute weht ein starker Wind, was sich angenehm anfühlt in meinen Haaren, und ich bleibe eine Weile stehen und lasse mich bepusten und gucke hinüber zu den Turbinen. Der Boden ist hart und steinig hier und unbequem zum Sitzen. Sogar im Frühling, wenn die Pappeln wirbelnde Flaumbälle abwerfen und ein weicher weißer Teppich auf dem Hügel liegt und man denken würde, es wäre bestimmt schön, sich da draufzusetzen, kommen die Steine durch und machen lilarot leuchtende blaue Flecken auf den Beinen.

Weiter draußen, hinter den Winkturbinen, kann man normalerweise das Meer sehen, wenn man ein bisschen die Augen zusammenkneift. Wenn man seine Fantasie benutzt, kann man sogar rosane Flamingos erkennen, die auf ihren Steckenbeinen durch die *étangs* waten und das salzige Wasser nach Essen absuchen. Wenn man früh am Morgen kommt, kann man den Sonnenaufgang sehen, der alles von grau in rosarot verwandelt.

Aber heute ist nichts rosarot. Oder blau. Am Himmel sind nur tief hängende graue Wirbel und die Luft ist warm und schwer. Wir können nicht so lange bleiben, sage ich.

Wir haben schon ewig keine guten Wolken mehr gesehen, sagt Margot. Komm, wir gucken mal, was es gibt.

Also nehme ich meine Augen weg von den Turbinen und fange an, den Wolken Namen zu geben, auch wenn sie dunkel und niedrig und nicht besonders schön sind.

Elefant, Libelle, Haus, sage ich.

Würstchen, Roboter, Unterhose, sagt Margot.

Dann macht sie mit den Wolken direkt über ihr weiter; dabei streckt sie ihr Gesicht so weit nach oben, dass sie fast nach hinten kippt.

Huch! Komm, leg dich auf den Rücken, sagt sie.

Nein, das tut weh!

Doch, komm, probier's einfach, sagt sie. Und sie legt sich auf den stoppeligen, schmutzigen Boden.

Ich lege mich neben sie, unsere Füße berühren sich und der Boden bohrt sich in meinen Rücken. Wir blicken hoch in den düsteren Himmel.

Die Wolken, die über unseren Köpfen vorbeiziehen, sehen im Liegen nicht mehr aus wie Tiere, sondern wie Monster. In der Ferne hört man ein Grollen von sehr leisem Donner, was es noch schlimmer macht. Wir liegen da und fürchten uns, bis eine riesige lilaschwarze Wolke angesegelt kommt und direkt über uns einen Schatten wirft; sie hat einen kalten Wind mitgebracht, der den Staub aufpeitscht und mir ins Gesicht bläst. Aber ich bin noch ganz mit Nachdenken beschäftigt. Unter der Wolke schwebt ein seltsamer Nebel, als würden Teile von der Wolke abbrechen und mit dem Wind davonfliegen. Ich versuche herauszukriegen, was die Wolke da macht, als mich ein Stück Himmel zwischen den Augen trifft.

Zuerst denke ich, die Jungen sind zurückgekommen und bewerfen uns mit Pfirsichkernen, bis ich neben meinen Füßen ein Stück Eis sehe, was merkwürdig ist. Ich setze mich auf und rufe: He! Aber da ist niemand. Ein zweites Stück trifft mich oben am Kopf und ein anderes knallt mir auf den Rücken. Jetzt fallen ringsum große Eisklumpen herunter. Es fängt als leises Prasseln an, wird aber schnell ein Hämmern und Trommeln von Eissteinen, die auf den felsigen Hügel und auf meinen weniger felsigen Kopf prallen. Dort, wo sie auf meine nackten Arme und Beine prallen, sticht und brennt es.

Komm!, sagt Margot und zeigt auf eine große Tanne in der Nähe. Wir rasen unter den Regenschirm der Zweige und drängen uns eng an den Stamm. Die Zweige sind dick und ragen weit nach draußen, aber das Eis kommt von der Seite herein und schlägt neben meinen Füßen auf.

Plötzlich lässt ein riesiger Blitz den Himmel aufleuchten, ein krachender Donner dröhnt und ich muss weinen.

Mach dir keine Sorgen, sagt Margot. Es dauert bestimmt nicht lange.

Es soll aufhören.

Es zieht gleich vorbei, sagt Margot. Du hast doch gesehen, wie stark der Wind weht.

Aber der Himmel ist ganz dunkel um uns herum und so viele Hagelkörner prasseln so schnell herunter, dass ich nicht weiter sehen kann als bis zu den Astspitzen.

Margot, ich will meine Maman, weine ich.

Bleib ruhig, Pea.

Schon wieder ein greller weißer Blitz und ein Krachen, als ob jemand neben meinen Ohren zwei Becken zusammenschlägt. Ich überlege, auf den Baum hochzuklettern, aber man kann nirgendwo die Füße abstützen, die Nadeln sind stachlig und schütteln sich im Wind. Ich drücke mich dicht dagegen, presse ein Ohr an die kratzige Rinde und halte das andere mit der Hand zu. Margot drängt sich von hinten gegen mich. Sie fängt an zu singen.

Es regnet, es regnet, es regnet seinen Lauf. Und wenn's genug geregnet hat, ... Sie hört auf, ohne das Lied zu Ende zu singen.

Durch den feiner werdenden Eisschauer hindurch sehe ich, wie auf dem Weg ein Schatten auftaucht. Er kommt rasch näher, mit einem leuchtenden weißen Auge und einem schwarzen Mantel, der im Wind flattert. Eine Sturmhexe! Ich schreie. Doch der Schatten kommt weiter auf uns zu und ich weiß nicht, was ich tun soll. Ich schreie und schreie, während er immer näher kommt. Dann sehe ich: Es ist überhaupt keine Hexe, sondern Claude, der einen Mantel über seinen Kopf hält und schwankend auf uns zugeht, mit schnellen Schritten.

Was machst du denn hier?, rufe ich, denn Claude gehört doch zu der unteren Wiese und nicht zum Windigen Hügel. Aber er antwortet nicht. Er packt mich fest am Arm, zerrt mich vom Baum weg und unter sein Manteldach.

Zwischen keuchenden Atemzügen ruft er: Lauf!

Der Donner scheint jetzt von allen Seiten zu kommen und der Himmel grollt wütend, während wir durch das herabprasselnde Eis die obere Weide und dann einen Feldweg hinunterstolpern. Aber es ist nicht der Weg, der zu unserem Haus führt.

Das ist der falsche Weg!, rufe ich, aber Claude bleibt stumm.

Wir laufen so schnell, dass ich ihm nicht ins Ohr schreien kann. Ich halte mich an Claudes T-Shirt fest und werde irgendwie mitgeschleppt. Das gefällt mir ganz und gar nicht, aber noch bevor ich genauer darüber nachdenken kann, was ich jetzt lieber täte, kommen wir schon an einem großen Haus aus Stein an. Ich erkenne es wieder – es ist das Haus, das wir heute Morgen von der Straße aus gesehen haben. Aber Claude führt uns nicht in das Haus, sondern zu einer Scheune nebenan. Während er an dem Riegel des großen Holztors rüttelt, lässt ein weiteres Donnergrollen meine Füße erzittern und der Himmel leuchtet auf, als hätte jemand den Deckel hochgehoben. Endlich geht die Tür auf und ich werde hineingeschubst. Ich bleibe am Eingang der Scheune stehen und mir ist schwindlig und schon wieder nach Weinen zumute.

Alles in Ordnung?, fragt Claude.

Wir nicken betrübt. Obwohl Claude ein Erwachsener ist, weiß er anscheinend nicht, was er als Nächstes tun soll. Eine Minute lang steht er einfach da und japst wie ein Hund. Die Hagelkörner prasseln auf das Dach und gegen die Holzfensterläden. Claude wirft den Regenmantel auf den Steinboden und dreht sich um, um die Tür zuzumachen.

Hast du vielleicht Handtücher?, frage ich ihn.

Er kehrt mir den Rücken zu und antwortet nicht. Dann dreht er sich um und mustert mich scharf.

Könnten wir bitte ein paar Handtücher bekommen?, frage ich noch mal.

Claude blickt sich um. Im hinteren Teil der Scheune sind mehrere Heuballen entlang der Wand aufgeschichtet.

Setz dich dort drüben hin, Pea, sagt er. Ich sehe mal nach. Und er geht wieder nach draußen in den Sturm und schlägt die Tür hinter sich zu.

Das Heu riecht muffig und fühlt sich kratzig an meinen nackten Beinen an. Ich schlage die Beine unter, ziehe mein nasses Kleid darüber und schlinge zitternd die Arme um meinen Körper.

Komm, wir sehen uns mal um, solange er weg ist, sagt Margot.

Ich trau mich nicht, sage ich. Was ist, wenn er zurückkommt? Er hat gesagt, wir sollen uns hier hinsetzen.

Nur du, nicht ich, sagt sie. Ich hab keine Angst. Und sie hopst vom Heu herunter, um auf Erkundungstour zu gehen. Ich folge ihr mit den Augen.

An einer Wand lehnt ein großer Stapel Holzscheite, ordentlich aufgereiht. Margot schnüffelt daran, aber ich kann es sogar von hier aus riechen. Es duftet genau wie das Brennholz, das wir zu Hause haben, kleingehacktes

Eichenholz. An der Tür, durch die wir hereingekommen sind, stehen zwei Säcke mit Hundefutter, ein paar Dosen mit tropfender Farbe an den Deckeln, weiß und gelb, und ein Stapel blauer Eimer. Margot guckt in die Eimer und zuckt mit den Schultern. Leer.

An der anderen Wand beim Fenster, das außen mit Fensterläden geschlossen ist, steht ein alter *armoire* und eine Menge Werkzeuge hängen an Nägeln, genau solche, die Papa auch zu Hause hat: Sägen und Messer, Schaufeln und Harken und Hämmer.

Die andere Hälfte der Wand nimmt das Heu ein, und dann gibt es noch, nicht weit von dort, wo ich sitze, einen unordentlichen Winkel voller großer Sachen, die man nicht an Nägeln aufhängen kann. Margot bleibt genau dort stehen und zeigt auf etwas.

Schau mal, Pea! Schau!

Ich sehe eine Schubkarre, eine Leiter, ein paar Stricke und Planen, und ganz hinten sehe ich zwei kleine, glänzend rote Fahrräder.

Kapitel 5

Dürfen wir damit fahren? Wegen der Fahrräder denke ich gar nicht mehr an die blauen Flecken an meinem Hals und an meinem Rücken.

Claude, der gerade wieder mit Handtüchern beladen durch das Scheunentor hereingekommen ist, sieht hinüber zu den Fahrrädern.

Ach so, sagt er. Wir müssen aber erst eure Maman fragen. Er reicht mir ein Handtuch und ich binde es mir um. Er wickelt mir ein zweites um den Kopf, sodass ich aussehe, als würde ich heiraten.

Maman hat bestimmt nichts dagegen, sagt Margot.

Maman hat wirklich nichts dagegen, solange wir ihr nicht auf die Nerven gehen, füge ich hinzu.

Claude blickt stirnrunzelnd auf die Fahrräder. Er geht in die Hocke und kommt mit seinem nassgeregneten Kopf ganz nah heran.

Das müssen wir mal in Ruhe ausprobieren, sagt er. Seine Stimme klingt, als ob ein Knurren aus seinem Bauch hochkommt. Das sind nämlich ganz besondere Fahrräder. Ich leihe sie nicht jedem. Er zwinkert mir zu. Claude zwinkert oft. Er ist sehr lustig.

Aber die sind doch viel zu klein für dich, sagt Margot.

Und außerdem gibt es zwei und du bist nur einer.

Da ist was dran, sagt Claude. Kannst du Fahrrad fahren?

Ich weiß es nicht, gebe ich zu.

Ich wette, du könntest es, wenn du es probierst, sagt er. Du bist doch ein kluges Mädchen, du würdest dich bestimmt geschickt anstellen. Ich könnte es dir beibringen. Claude runzelt leicht die Stirn. Aber nicht heute.

Warum nicht heute?

Du bist doch noch ganz nass. Da fängt ja sonst der Lenker an zu rosten.

Auch Merlin ist inzwischen in die Scheune gekommen, vielleicht, um zu sehen, was die ganze Aufregung soll, und er trottet zu uns her. Ich bin zwar in die Handtücher eingewickelt, aber mein Kleid ist immer noch nass und mir ist kalt. Ich drücke Merlin fest an mich. Sein Schwanz schlägt gegen den Heuballen. Jetzt fühlt es sich gemütlicher an. Das Prasseln auf dem Dach hat aufgehört und man hört nur noch ein Tröpfelgeräusch. Ein Vogel zwitschert draußen vor dem Fenster. Eine Amsel, glaube ich.

Claude kratzt sich am Kopf. Seine nassen Haare sind nach hinten geklatscht und man sieht die hässliche Stelle.

Claude, was hast du da Komisches am Kopf?

Claude sieht ganz überrascht aus, als hätte er sich gerade zum ersten Mal im Spiegel gesehen. Seine Hand fährt nach oben, wo keine Haare sind.

Hast du das gar nicht gewusst?, sage ich.

Doch, schon, sagt Claude. Aber du bist die Erste, die mich je danach gefragt hat.

Wirklich?

Wirklich.

Das Problem mit den meisten Leuten ist, sagt Margot, dass sie nicht auf die wichtigen Dinge achten.

Tut es weh?, sage ich.

Jetzt nicht mehr, nein, sagt Claude.

Aber wie ist es so geworden?

Ein Tiger hat mich gebissen, sagt er.

Du lügst. In Frankreich gibt es gar keine Tiger, sagt Margot.

Gibt es Tiger in Frankreich?, frage ich Claude.

Er ist aus dem Zoo entlaufen, sagt er.

Ach so!, staunen wir.

Er hat mir auch ins Bein gebissen; ich habe Glück gehabt, dass ich mit dem Leben davongekommen bin.

Ja, das stimmt, sagt Margot. Vor Tigern sollte man sich hüten. Und vor Löwen auch.

Und vor Bären, ergänze ich, und Schlangen.

Das ist ein sehr guter Tipp, vielen Dank.

Ich will ihm gerade von anderen wilden Tieren erzählen, doch da werden meine Wörter zu einem großen Breitmaulgähnen. Ich lege den Arm über Merlin und kuschle mich in den Heuballen. Sonnenlicht schwappt durch die Fenster, macht meine Gedanken fröhlich und wärmt mich in die Schläfrigkeit hinein. Ich fliege hoch in meinen Kopf, um mit meinen Gedanken zu spielen.

Als ich aufwache, liegt ein weiteres Handtuch auf mir drauf wie eine Decke. Merlin ist noch da, aber er liegt auf dem Boden und schnarcht. Margot hat einen dünnen Strick gefunden, mit dem sie seilhüpft. Sie ist schon wieder ganz trocken.

Claude steht mit einen Lumpen in der Hand am *armoire* und poliert ein großes Messer, das geformt ist wie eine Banane; seine Finger bewegen sich in winzigen Kreisen über das Metall. Er ist ganz in seine Arbeit vertieft, wieder und wieder reibt er über dieselbe Stelle, als wäre ein Fleck drauf, den er nicht wegbekommt. Dabei ist das Messer blitzeblank. Ein Sonnenstrahl fällt schräg durch die Fensterläden und bringt die Kante der Klinge zum Glänzen. Der Sommer ist zurückgekommen, während ich geschlafen habe.

Ich bin wach, sage ich.

Merlin wacht auf und bellt ein freundliches Bellen.

Sechsundsechzig, siebenundsechzig, achtundsechzig, sagt Margot. Sie zählt sogar beim Seilhüpfen.

Claude sieht zu mir hoch. Hast du gut geschlafen?

Ich nicke und bin ein bisschen verlegen. Wofür ist das?, frage ich.

Claude nimmt das Messer in die andere Hand und lässt es durch einen staubigen Sonnenstrahl sausen. Um sich durch den Dschungel zu schlagen, wenn man Elefanten jagt, sagt er.

Ach so, sage ich.

Wenn ich ein Elefant wäre, sagt Margot, könntest du mich nicht fangen. Ich wäre viel zu schnell für dich.

Und wenn ich ein Tiger wäre, würde ich dich nicht beißen.

Nein?

Wahrscheinlich nicht.

Claude lächelt schief und sagt dann: Hört mal zu, ich will euch eine Geschichte erzählen. Er hängt das Messer zurück an den Nagel und legt den Putzlappen in eine Schublade. Dann kommt er herüber zu den Heuballen und setzt sich neben mich. Er ist nass und riecht nach Badetag. Margot kommt auch und setzt sich auf den Boden neben seine Füße, zu Merlin. Wir mögen Geschichten.

Es war einmal, sagt Claude, ein kleiner Junge namens Gaston, der sehr gerne Abenteuer erlebte. Eines Tages war der kleine Junge draußen auf einem Hügel, als ein Sturm aufkam und es ganz heftig blitzte und donnerte.

Genau wie bei uns heute!, rufe ich.

Was ist dann passiert?, fragt Margot.

Was glaubt ihr, was er dann getan hat?, fragt Claude.

Wir schütteln den Kopf und zucken mit den Schultern.

Also, erst einmal hat er unter einer hohen Eiche Schutz vor dem Sturm gesucht, weil er nämlich große Angst hatte. Aber dann, als er darunter stand, ist ihm wieder eingefallen, was ihm sein Papa einmal beigebracht hat.

Claude macht eine Pause.

Was denn?, frage ich.

Sein Papa hat gesagt, Gaston, falls du je in einen Sturm gerätst, darfst du dich nie und nimmer unter einen Baum unterstellen. Claude sieht zu mir hoch.

Nie und nimmer, sagt er langsam.

Warum?, fragen Margot und ich, beide zur gleichen Zeit.

Weil der Blitz nach großen Gegenständen sucht, in die er einschlagen kann, sagt Claude.

Ich frage mich, warum der Blitz keine großen Gegenstände mag, aber da erzählt Claude schon weiter: Also nahm Gaston seine ganze Courage zusammen – das heißt Mut – und kroch unter dem Baum hervor und rannte den ganzen Weg nach Hause durch Blitz und Donner und Regen. Als er zu Hause ankam, war er ganz nass, aber dafür in Sicherheit.

So eine blöde Geschichte, sagt Margot.

Ich trete ihr gegen die Füße und blicke sie böse an. Manchmal sagt sie sehr unhöfliche Sachen, sogar zu Erwachsenen. Sie steht auf und schleicht zwischen den Fahrrädern herum.

Ich bin noch nicht fertig, sagt Claude. Wisst ihr, was der Junge entdeckte, als er am nächsten Tag wieder auf den Hügel stieg?

Nein, sage ich.

Er entdeckte, dass in die große Eiche der Blitz eingeschlagen hatte und dass nichts mehr von ihr übrig war, außer einem kleinen schwarzen Stumpf, aus dem noch Rauch aufstieg.

Ich mache mit meinem Mund ein überraschtes O, obwohl ich gar nicht so überrascht bin. Claudes Geschichte war eine typische Erwachsenengeschichte, die man Kindern erzählt, um etwas komplizierter zu machen, als es ist. Dabei könnte man einfach die Sache an sich erzählen, das ginge viel schneller.

Ist das eine wahre Geschichte?, frage ich.

Aber sicher, sagt Claude. Und sie soll euch sagen, dass ihr gut auf euch aufpassen müsst. Er klingt wie Papa und ich spüre, wie die Musik seiner Wörter von innen an mir zerrt.

Okay, sage ich. Wir werden ganz vorsichtig sein.

Claude sieht auf die Uhr. Na gut, Pea, der Sturm ist vorbei und eure Maman macht sich sicher schon Sorgen um dich und Margot, ihr solltet jetzt also besser nach Hause gehen. Er nimmt sein Bananenmesser von dem Nagel herunter und öffnet mit einem Quietschen das Scheunentor, damit der warme Tag uns wiederfinden kann.

Nach euch, sagt er.

Draußen ist es süß und grasig. Die Wolken sind weit weg und über uns hat der blaue Himmel den Garten wieder bunt gemacht. Zwischen der Scheune und dem Haus wachsen mehrere Reihen Tomaten, Erbsen und gelbe Zucchini an Stangen. In einem viereckigen Beet kann man außerdem lauter hellgrüne Salatbüschel und Radieschen mit schlaff herunterhängenden Blättern sehen. Radieschen mag ich eigentlich nicht so gern, die brennen so auf der Zunge, aber sie gehören zu den Gemüsesorten mit der schönsten Farbe.

Dürfen wir uns den Garten anschauen?, frage ich.

Warum nicht?, sagt Claude. Lauft einfach hinter mir her und bleibt schön auf dem Weg.

Wir gehen langsam durch den Gemüsegarten. Mein Kleid klebt mir feucht und kalt an den Beinen und meine Füße sinken in den nassen Boden ein. Claude zupft währenddessen mit den Fingerspitzen kleine Büschel Unkraut aus dem Boden und streift mit der Hand, die nicht das Bananenmesser hält, winzige Insekten von den Tomaten ab. Er lässt einen Marienkäfer auf seinen Finger krabbeln und gibt ihn an mich weiter; der Marienkäfer benutzt Claudes Fingernagel als Brücke zwischen unseren Händen.

Darf ich auch mal sehen?, sagt Margot und kommt vorsichtig näher. Sie fängt an, die Punkte zu zählen. Eins, zwei, drei, vier, fünf. Einfach, sagt sie.

Ich drehe mich zu ihr und sie beobachtet, wie der Marienkäfer meinen Arm hochkrabbelt; die kleinen Härchen sind für ihn wie ein winziger, insektengroßer Wald.

Das ist meine Freundin, sagt Claude. Sie frisst böse Käfer.

Sie ist wunderhübsch, sage ich.

So heißt sie auch, sagt Claude. *Belle la coccinelle.* Er lächelt.

Das reimt sich!, rufe ich.

Setz sie aber wieder zurück, wenn du fertig gespielt hast, sagt Claude. Ich brauche sie für meine Pflanzen.

Also lasse ich sie von meinem Finger auf den Tomatenstrauch laufen. Wir gehen weiter durch den Garten. Aber nur herumzulaufen ist ziemlich langweilig, also fangen Margot und ich an, vorauszurennen. Wir sind richtig schnell, wie Leoparden, die durch das Gras jagen. Schon bald kommen wir zu einer kleinen Gruppe von Oleandern, die um eine viereckige Mauer herum wachsen.

Oleander sehen schön aus, sagt Margot, aber in Wirklichkeit sind sie sehr gefährlich und man kann von ihrem Gift sterben.

Ich weiß, sage ich.

Du darfst sie nicht mal berühren!

Was ist mit dem Geruch? Ist der auch giftig?

Margot zuckt mit den Schultern. Wahrscheinlich, wenn man ganz viel davon einatmet.

Wir finden eine Lücke zwischen den Sträuchern, wo wir nicht die Blätter oder Blüten berühren müssen, und erkunden die Lage. Die Mauer ist ein kleines bisschen zu hoch zum Drüberschauen, sogar wenn ich mich auf die Zehenspitzen stelle, aber ich schaffe es, mich daran hochzuziehen, sodass meine Beine herunterbaumeln und ich halb nach vorne hänge und über den Rand sehen kann. Es riecht nicht so gut. Innen drin ist lauter schwarzgrünes Wasser und darüber schwirrt eine Wolke von Stechmücken. Ich wackle vor und zurück. Margot ist kleiner als ich und schafft es nicht, hochzuklettern und über die Mauer zu gucken.

Komm, sage ich, du musst versuchen, hochzuspringen. Da drinnen ist ein Schwimmbecken. Ich mag aber nicht drin schwimmen.

Was für ein Becken?, fragt Margot, die immer noch versucht, an der Mauer hochzuklettern und mit den Füßen Halt zu finden. Sieht es aus wie ein Trinknapf für Elefanten?

Pass auf, dass du nicht abrutschst, sage ich.

Dann brüllt Claude auf einmal: Nein!, und seine laute Stimme macht, dass ich gefährlich schwanke und dann loslasse. Ich rutsche von der Mauer runter, stelle die Füße wieder auf das nasse Gras und sehe zu ihm hinüber. Er kommt schnell näher. Eine Hand ist ausgestreckt und die andere hält immer noch das Bananenmesser, glitzernd-scharf. Mein Knochen fängt an zu jucken. Ich kratze die darüberliegende Haut und beobachte, wie die roten Striche erst weiß und dann wieder dunkelrot werden. Claude sehe ich nicht an. Merlins Nase taucht vor meinen Füßen auf.

Das. Ist. Gefährlich, sagt Claude zu meinem Gesicht. Er ist in die Hocke gegangen und ich werde von seiner Spucke getroffen.

Ich mag es nicht, wenn man mich anschreit. Ich schaue böse und halte meine Augen starr auf ihn gerichtet, damit die Tränen nicht rauskommen können.

Gibt es Elefanten in deinem Garten?, fragt Margot.

Claudes Gesicht ist eine hässliche große Pflaume. Bleib da weg, sagt er mit seiner Knurrstimme. Du hättest ertrinken können.

Entschuldigung, sage ich leise. Trinken hier die Elefanten?

Was für Elefanten?

Die Elefanten, die du jagst. Mit deinem Bananenmesser.

Ach so. Claude atmet einen tiefen Atemzug. Nein, hier gibt es keine Elefanten. Und auch keine Tiger. Aber im Sommer sieht mein Garten manchmal wirklich aus wie ein Dschungel und dafür brauche ich dann das Messer. Claude kratzt sich an den Schnitten auf seinem Bein. Tut mir leid, dass ich dich angeschrien habe. So, sagt er, jetzt wird es aber langsam Zeit, nach Hause zu gehen, bevor noch mehr passiert. Wenn ihr hier hochgeht, kommt ihr wieder dort heraus, wo ich euch gefunden habe und wo der Baum steht oder vielleicht schon nicht mehr steht ...

Margot fängt an, auf der Stelle zu hüpfen, und ich weiß genau, was sie gerade denkt.

Nein, Margot, sage ich, wir können jetzt nicht hingehen und nachsehen.

Ach, menno. Margot verschränkt die Arme.

Wenn ihr hier entlanggeht, sagt Claude und zeigt auf einen Flickenteppich aus Gras, Ringelblumen und Rosen, kommt ihr auf die große Straße und dann hinüber auf die Wiese.

Und wenn ihr hier entlanggeht – er zeigt auf eine hohe Hecke hinter dem Brunnen – seht ihr auf der anderen Seite den Bewässerungskanal, über den könnt ihr drüberspringen, ihr seid ja schon groß, und auf der anderen Seite ist dann der Pfirsichgarten von eurem Papa. Das ist der schnellste Weg nach Hause.

Es sieht ein bisschen piksig aus, sage ich.

Hier. Claude zeigt uns eine perfekte, mädchengroße Lücke. Ab mit euch, sagt er.

Auf Wiedersehen, rufen wir und springen über den kleinen Bach und rennen lachend durch den Garten zurück nach Hause.

Der Küchentisch ist ordentlich, alles ist weggeräumt, gespült und abgewischt.

Ich habe die Aufgabe vergessen, stimmt's?, sage ich. Maman ist garantiert böse. Bestimmt werde ich bestraft für die Unordnung.

Sollen wir in unserem Zimmer spielen?, sagt Margot.

Ich will lieber schnell ausgeschimpft werden, sage ich.

Dann müssen wir sie suchen. Wer will raten, wo sie ist? Margot grinst.

Ich hebe den Finger. Ich! Ich!

Ja, Peony?

In ihrem Schlafzimmer, sage ich.

Gut geraten, sagt Margot. Komm, wir sehen nach.

Wir gehen leise nach oben, falls sie vielleicht schläft. Mamans Schlafzimmertür steht einen Spalt offen, also stoße ich sie ein bisschen weiter auf und spähe hinein. Drinnen ist es halb dunkel, nur durch eine Ritze in den Fensterläden fällt ein Lichtstrahl. In dem schimmernden Licht fliegen Feen herum.

Maman liegt im Bett und hat noch ihr Kleid an. Sie liegt auf der Seite, mir zugewandt. Sie schläft tief und fest und ist wunderschön, wie eine Königin. Ich muss an Papa denken. Er hat sie immer die Königin meines Herzens genannt, was klingt wie ein Lied, und manchmal nannten sie mich Prinzessin. Während ich Maman betrachte, wie sie auf dem Bett liegt, frage ich mich, ob es vielleicht stimmt. Hier auf dem Hügel könnte unser Schloss sein, erbaut aus Gold und Stein, mit einer schönen Aussicht auf unser Königreich und weit weg von allen anderen Leuten. Könige und Königinnen und Prinzessinnen brauchen nämlich nicht mit normalen Leuten zu reden, nur mit Elfen und sprechenden Katzen.

Bist du eine Königin?, flüstere ich.

Ist das hier dein Turm?, sagt Margot.

Bist du von einer Hexe verzaubert worden?, sage ich.

Maman antwortet nicht, sondern schnarcht nur ein bisschen. Der Ventilator bläst kleine Wellen in ihr gelbes Kleid. Der Ventilator ist braun, aber er hat drei Flügel, die sich drehen, genau wie die weißen Winkturbinen. Ich stelle mir vor, wie schön es wäre, beim Einschlafen dabei zuzusehen, wie sie sich drehen, drehen, drehen.

Das Telefon klingelt. Einmal. Zweimal. Ich überlege, ob ich rangehen soll. Aber dann wäre Maman bestimmt böse. Oder soll ich es weiter läuten lassen? (Aber dann wird sie vielleicht davon wach und ist bestimmt auch böse.)

Geh doch ran, sagt Margot. Ich krieg schon Kopfschmerzen von dem Lärm.

Geh doch selber ran, blaffe ich. Aber dann renne ich doch schnell los, um den Hörer abzunehmen.

Hallo?

Hallo, sagt Mamie Lafont, ist deine Mutter da?

Ich mache mein Ekliges-Essen-Gesicht und Margot macht eins zurück. Ich versuche, nicht zu kichern.

Mamie Lafont ist meine Oma. Sie lebt zusammen mit Tante Brigitte auf der anderen Seite des Dorfs. Bevor Papa gestorben ist, wollte sie immer mit Papa sprechen, wenn sie angerufen hat. Jetzt ruft sie Maman an, aber meistens gehe ich ans Telefon. Mamie Lafont ist nicht besonders freundlich und sie plaudert auch nicht gern. Ihre Hände sind dünn und knochig, wie bei einer Hexe, und meistens sind sie kalt, sogar im Sommer. Kinder mag sie nicht so gern, glaube ich. Wenn wir sie mit Papa besucht haben, gab es dort nie was zum Spielen und sie hatte auch nie gute Kekse da. Ich finde es nicht schön, dass Papa tot ist, aber immerhin müssen wir sie jetzt nicht mehr besuchen.

Papa hat mir erzählt, dass er und Tante Brigitte und Mamie Lafont und Papi Lafont früher alle zusammen in unserem Haus gewohnt haben. Damals ist Papi mit dem Traktor gefahren und Papa hat ihm geholfen. Aber das war vor langer langer Zeit, als Papa noch klein war. Ich frage mich, ob Mamie Lafont damals netter war und ob Papi sie auch die Königin seines Herzens genannt hat. Vielleicht hatte sie ja auch ein totes Baby oder vielleicht werden alle Mamans eines Tages böse und schlecht gelaunt.

Hallo Mamie Lafont, sage ich. Maman schläft gerade.

Und wer passt dann auf dich auf?, fragt Mamie Lafont.

Margot ist doch da, sage ich.

Was? Mamie Lafont klingt wütend.

Es geht uns gut, sage ich.

Gut? Soso. Na gut, könntest du deiner Mutter ausrichten, dass sie mich anrufen soll? Sag ihr, es ist dringend. Sag ihr, so einfach lasse ich mich nicht abspeisen.

Ich denke einen Augenblick nach, weil das verwirrend klingt. Was denn für Speisen? Bei Mamie Lafont gibt es doch sowieso nie was zu essen. Und sie bringt uns auch nie etwas vorbei. Ich werde Margot später fragen.

Wie bitte?, frage ich.

Richte ihr einfach aus, sie soll mich anrufen, ja?, sagt sie.

Ich stelle mir vor, wie ich Maman das ausrichte. Ich stelle mir Mamans Gesicht vor. Noch angeekelter als meins und das von Margot.

Ich werd's versuchen.

Gut, sagt sie. Auf Wiederhören. Dann sagt sie, mit einer neuen Stimme und einem weichen Singsang-Klang: Ach so, habt ihr eigentlich schon zu Mittag gegessen?

Mamie Lafont, sage ich, heute war doch Markttag. Wir haben Oliven und Käse und Brot gekauft und ...

Gut, gut, sagt Mamie Lafont. Das reicht.

Ich schicke ihr einen Kuss durchs Telefon, aber da hat sie schon aufgelegt.

Maman taucht oben an der Treppe auf, sie sieht verschlafen und zerknautscht aus.

Wer war das?, sagt sie.

Mamie Lafont, sage ich. Sie will, dass du ...

Peony, wo bist du gewesen? Maman klingt wie ein kläffender Hund. Sie mustert streng mein Kleid. Ich sehe an mir herunter und merke, dass mein Kleid immer noch nass ist. Margot hat ihres trockengehüpft, aber ich bin ja eingeschlafen.

Margot grinst und streckt mir die Zunge heraus.

Es hat einen Sturm gegeben, sage ich zu Maman. Aber es war nicht schlimm, wir haben uns ganz schnell in Sicherheit gebracht. Und wir haben uns auch nicht unter einen Baum gestellt und sind nicht vom Blitz verbrannt worden. Entschuldigung, dass ich Unordnung gemacht habe und nicht aufgeräumt habe. Mamie

Lafont hat gesagt, du sollst sie anrufen, und kann ich mich jetzt bitte umziehen gehen?

Nachdem ich aufgehört habe zu reden, gibt es erst mal eine lange Pause. Dann seufzt Maman. Dann zieh dir doch gleich deinen Schlafanzug an, sagt sie. Es ist sowieso bald Schlafenszeit. Ich mache uns Abendessen.

Als ich wieder runterkomme, hat Maman den Tisch für ein Picknick gedeckt, aber nicht in der Küche, sondern im Wohnzimmer, auf dem Couchtisch. Es gibt grünen Salat, kalte Würstchen, Chips und Streichkäse und Maman hat einen Erwachsenenfilm angemacht. Bestimmt schaut Maman den Film an, bis sie weinen muss, und dann schaut sie weiter, bis ihr die Augen zufallen. Ich werde den Film wahrscheinlich nicht verstehen und auch nicht weinen. Stattdessen werde ich Maman aus den Augenwinkeln beobachten und ihre Sommersprossen zählen. Margot wird in einer Ecke sitzen und so tun, als würde sie ein Buch lesen. Sie kennt alle Geschichten auswendig, von früher, als Maman und Papa uns immer vorgelesen haben. Aber sie kann noch nicht richtig lesen. Außer ein paar Wörter wie PEONY und LAIT und STOP.

Maman sitzt auf dem Sofa, die Füße hat sie auf einen Hocker gelegt und ihr Teller balanciert auf ihrem Bauch wie ein Hut. Ich sitze neben ihr, zwischen Mamans Wärme und meine Wärme passt nur ein winzig kleiner kühler Spalt. Es fühlt sich an wie alles und nichts.

Kapitel 6

Ich wache mit einem Schrei auf, ich hatte nämlich das Gefühl, jemand hätte das Licht angemacht. Aber in meinem Zimmer ist schwarze Nacht. Bestimmt habe ich es nur geträumt. Ich will mich gerade wieder unter die Bettdecke kuscheln, als ein lautes Dröhnen meine Tür zittern lässt. Ich habe Angst vor der Dunkelheit und ich habe Angst vor Donner, deswegen habe ich besonders viel Angst, wenn es nachts donnert. Der Regen prasselt laut auf das Dach. Ich versuche, über den Regen nachzudenken. Er klingt wie das Klatschen von Leuten; als hätten die Wolken ein Kunststück gemacht. Oder vielleicht klatschen sie für mich und Margot nach einer unserer Vorstellungen. Oder vielleicht haben die Schwalben Schuhe angezogen und tanzen jetzt auf unserem Dach. Ich stelle mir vor, wie sie mit ihren kleinen blauen Holzschuhen einen Stepptanz auf den Ziegeln aufführen, und muss lächeln. Ich schlüpfe unter das Laken und versuche, wieder einzuschlafen, aber jedes Mal, wenn ich gerade einschlafen will, fange ich an, einen schlimmen Traum zu träumen. Ich stehe oben auf dem Windigen Hügel unter einem Baum. Ich halte mich an dem Baumstamm fest und der Blitz fährt seine Krallen aus, um mit seinen weißen Skeletthänden den Baum zu schütteln. Durch die Dunkelheit kommt eine kreischende Sturmhexe mit Claudes Gesicht auf mich zu, aber als ich ihr die Hand gebe, ist es eine knochige Hexenhand und ich werde in den stürmischen Himmel hochgehoben. Ich versuche, mich aus ihrem Griff zu winden, und sie lässt mich los, doch dann falle ich in die Sturmwolken hinein. Bevor ich rausfinde, was als Nächstes passiert, wache ich auf. Darüber bin ich froh und ich beschließe, eine Weile wach zu bleiben. Ich kratze mich am Arm, liege einfach da, lausche dem Regen und höre zu, wie er sich ausregnet. Jedes Mal, wenn es blitzt, erschrecke ich ein bisschen, aber dann zähle ich, bis der Donner kommt, so wie Papa es mir beigebracht hat. Ein Elefant, zwei Elefant, drei Elefant. Man kann nicht einfach nur eins, zwei, drei sagen, sonst funktioniert es nicht. Jedes Mal, wenn ich die Sekunden zwischen Blitz und Donner zähle, sind es mehr Elefanten, was gut ist.

Aber dann muss ich Pipi machen, was überhaupt nicht gut ist. Wenn ich auf die Toilette gehen will, muss ich nämlich die Füße aus dem Bett herausnehmen und auf den dunklen Fußboden stellen, wenn er überhaupt noch da ist. Wenn nicht, werde ich in die Tiefe stürzen. Ich versuche, nicht daran zu denken. Außerdem, selbst wenn der Boden noch da ist, weiß ich nicht genau, was unter meinem Bett ist. Ich versuche, auch daran nicht zu denken, aber das Nicht-daran-Denken lässt mich noch mehr daran denken.

Ich beschließe, mir einen Plan zu überlegen. Wenn ich es bis in den Flur schaffe, brennt dort noch Licht für mich, was gut ist, aber trotzdem ist das Haus dann leer und still; das Einzige, was man hört, sind knacksende und knarrende Geräusche. Der Boden im Flur ist nämlich aus Holz und federt, wenn man darauf läuft. Genau vor meinem Zimmer, auf der anderen Seite der Wand, wo mein Bett steht, gibt es außerdem eine knarrende Stelle. Wenn Maman nachts auf die Toilette geht, höre ich das Knarren und dann warte ich auf die Spülung. Ich habe immer ein bisschen Angst, bis die Spülung kommt und ich sicher sein kann, dass vor meinem Zimmer keine Monster lauern.

Jetzt liege ich im Bett, habe die Beine zu einem Knoten verschlungen und die Hand dazwischengeklemmt, damit mein Pipi nicht kommt, ich lausche dem Tröpfeln draußen vor dem Fenster und denke an früher, als alles noch schöner war. Am schönsten war, dass Maman meine beste Freundin war. Maman fand es auch schön. Sie nahm mich immer an der Hand, außer wenn meine Hände beschäftigt waren mit Kuchenteigrühren oder Blumeneinpflanzen. Und sie nannte mich immer *Sweet Pea*, also süße Erbse, was auf Englisch aber kein Gemüse ist, sondern eine Blume. Jede Nacht badete sie mich, seifte mir den Rücken ein und wusch meine Haare. Dann las sie mir ein Bilderbuch vor und küsste mich und deckte mich zu. Später kam sie dann noch mal in mein Zimmer, um nachzusehen, ob ich richtig zugedeckt war. Sie schlich auf Zehenspitzen an mein Bett und küsste mich auf die Stirn und sagte mir, wie hübsch ich sei. Wenn sie dann wieder ging, flüsterte sie: Ich hab dich lieb. Jede Nacht tat ich so, als würde ich schlafen, sogar, wenn ich wach war. Jetzt wünsche ich mir, ich hätte ihr auch einen Kuss gegeben und ihr gesagt, dass ich sie liebhabe. Ich kann mich nicht mal mehr dran erinnern, wann sie mich zum letzten Mal geküsst hat, weil ich ja damals nicht wusste, dass ich mich dran erinnern muss.

Jetzt halte ich es nicht mehr aus und ich habe es auch nicht geschafft, meine ganze Courage zusammenzunehmen wie Gaston, deshalb strömt das Pipi nun heiß an meinen Beinen herunter. Maman wird sehr böse sein. Und jetzt kommen auch noch die Tränen. Das warme Wasser kommt von überall in mir drin und die Nässe ergießt sich langsam in mein Bett, wie in ein Boot, das ein Leck hat.

Margot, flüstere ich. Aber sie antwortet nicht.

Margot!

Kein Mucks. Bestimmt macht sie sich über mich lustig, wenn ich sie aufwecke, nur weil ich Angst im Dunkeln hatte oder weil ich vor lauter Angst im Dunkeln ins Bett gemacht habe. Margot hat nämlich vor gar nichts Angst. Also warte ich lieber in der heißen Schwärze meines Zimmers, bis sie aufwacht, und halte dabei die Luft an. Das Fenster ist einen Spalt geöffnet und während ich die Luft anhalte, höre ich das *Quaaaak* der Frösche und das *Trrrrp* der Grillen. Draußen sind mehr als einhundert Frösche und bestimmt fast genauso viele Grillen. Dann höre ich das Ein- und Ausströmen der Luft, als ich sie nicht länger anhalten kann. Ich lausche, bis die Pfütze im Bett langsam kalt wird und mein fleckiger Schlafanzug mir an den Beinen klebt.

Margots Stimme klingt weich in der Dunkelheit. Pea? Geht es dir gut?

Ich muss Pipi, erkläre ich ihr.

Dann geh aufs Klo, sagt sie.

Ist der Boden noch da?, frage ich. Kannst du mal nachsehen?

Natürlich ist der Boden noch da, sagt Margot.

Nur zur Sicherheit?

Ts, ts, sagt Margot, aber ich sehe, wie sich ihr Schatten bewegt und ihre Beine herauskommen, bis sie vor ihrem Bett steht. Sie fällt nicht hinunter in die Küche.

Ist da, sagt sie.

Danke, flüstere ich. Ich sehe mich gründlich im Zimmer um. Ein paar Mal atme ich tief ein und dann springe ich aus dem Bett, so schnell ich kann, und renne zur Tür und hinaus auf den Flur. Ich muss schwer schnaufen, aber alles ist in Ordnung. Der Flur ist fremd, klein und still, als würde er ebenfalls schlafen. Im Badezimmer ziehe ich meinen Schlafanzug aus und lege ihn in den Wäschekorb. Ich wasche mir die Beine mit einem Waschlappen und trockne mich ab.

Auch in Mamans Zimmer ist es dunkel. Ich lasse die Tür auf, damit ich den Boden sehen kann. Maman liegt auf ihrem Laken und hat vergessen, die Unterhose auszuziehen. Sie liegt mit dem Rücken zu mir und der Ventilator bläst Luft über sie drüber und bringt ein paar lange Haare zum Flattern. Die Fenster stehen weit offen und in ihrem Zimmer hört man dieselben Geräusche wie in meinem. Ich gehe noch näher ran. Sie liegt zusammengerollt da wie eine Katze in ihrem Körbchen. Unter ihrem Bauch liegen ganz viele Kissen, für das Baby.

Ich klettere ganz leise auf das Bett und kuschle mich an ihren Rücken. Ich versuche, sie nicht aufzuwecken, aber es klappt nicht. Sie dreht mir ihren Kopf zu und sieht mich an und dann setzt sie sich auf, wobei sie schnauft und schnauft, und dann legt sie sich wieder hin, mit dem Gesicht zu mir. Ihr Bauch ist riesig zwischen uns, ihr Gesicht ist zu weit weg. Sie stopft die Kissen zurück unter ihren Bauch und zieht das Laken hoch und über uns beide drüber.

Pea, flüstert sie verschlafen.

Ich hab dich lieb, Maman, erwidere ich.

Ihre Hand nimmt meine und sie hält sie, ein bisschen zu fest. Sie zittert, als ob sie lachen würde, und drückt noch fester.

Ich schmiege mich an ihre Bauchkissen, meine Knie berühren die von Maman, mein Gesicht ist ganz nah an ihren Brüsten. Als ich noch ein Baby war, habe ich Milch aus ihren Brüsten getrunken, aber daran erinnere ich mich nicht. Ich rieche die Seife auf Mamans Haut und versuche, nicht einzuschlafen, aber ich bin so müde und sie ist so warm und weich.

Entweder schlafe ich und träume oder ich bin wach

oder halbwach, aber habe die Augen zu, als etwas mir einen harten Schlag in die Brust versetzt. Einen Augenblick lang weiß ich nicht, wo ich bin, aber dann fällt mir wieder ein, dass ich an Mamans Bauch gekuschelt liege. Ich frage mich, ob ich es nur geträumt habe, aber dann passiert es noch mal und ich erschrecke. Es ist das Baby, es tritt mich. Es will, dass ich es in Ruhe lasse. Ich bin eigentlich gar nicht an Mamans Bauch gekuschelt, sondern an das Baby im Bauch, das alles bestimmen will. Nicht weich, sondern hart, nicht freundlich, nicht lustig.

Du bist unhöflich, flüstere ich.

Das Baby sagt nichts.

Es ist nicht nett, Leute zu treten, sage ich.

Der Babybauch tritt mich noch mal.

Ich will nicht dauernd getreten werden, aber Mamans Hand liegt auf meiner Schulter, also bleibe ich eben die ganze Nacht hier und lasse mich treten, wenn es sein muss. Früher war *ich* in ihr drin, sicher und warm an ihre Haut gekuschelt, aber von innen. Und das ganz schön lange. Überall, wo sie hingegangen ist, hat sie mich mitgenommen. Ich glaube, dass ich das sehr gemocht habe, und auch wenn ich mich eigentlich nicht dran erinnern kann, bin ich mir sicher, dass ich Maman nicht so von innen getreten habe, wie das Baby es jetzt tut.

Du bist schuld an allem, sage ich. Du bist schuld an allem.

Ich schaue nach oben zu dem Ventilator, um mich wieder gut zu fühlen, aber er dreht sich zu schnell und alles ist ganz verschwommen in der Dunkelheit. Maman bewegt sich leicht und dreht sich wieder um. Dazu muss sie sich aufsetzen. Sie sagt nichts, lässt einfach nur meine Schulter los, setzt sich auf, legt sich wieder hin. Ihr Hintern stößt ganz leicht gegen meine Knie.

Dann stöhnt sie und dreht sich noch mal um. Das Bett wackelt und knarrt. Es sieht anstrengend aus, als wäre ihr Bauch schwerer als eine Einkaufstasche.

Pea, sagt Maman mit offenen Augen, geh doch bitte wieder zu dir ins Bett. Ich kann sonst nicht bequem liegen.

Ich kann mich auf die andere Seite legen, schlage ich vor. Draußen vor dem Fenster tröpfeln die letzten Regentropfen vom Dach.

Sie schüttelt den Kopf. Pea, mir ist warm, ich kriege keine Luft, das Baby bewegt sich die ganze Zeit, ich bin müde. Bitte geh wieder in dein Zimmer.

Ich atme ein letztes Mal ihre Haut ein und klettere langsam aus dem Bett.

Ich lasse meine Tür offen, damit ein bisschen Licht hereinfällt, und ich nehme mein Kissen vom nassen Ende des Betts und lege es auf die andere Seite. Wenn ich mich nicht gerade hinlege, sondern zusammenrolle so wie Maman, schaffe ich es, dass ich ganz im Trockenen liege.

Trotzdem ist es immer noch zu dunkel im Zimmer und in mir drin. Noch bevor ich es verhindern kann, kämpfe ich schon mit meinem Gesicht. Ich presse die Hand gegen den Mund. Ich kneife die Augen fest zusammen und schniefe, damit keine Tränen aus der Nase herauskommen.

Hey, Pea, flüstert Margot, was ist denn los?

Nichts, sage ich.

Das kann nicht sein, du weinst doch.

Ich bin nur ein bisschen sauer.

Hmpf, sagt Margot. In diesem Haus gibt es schon genug schlecht gelaunte Leute, da musst du nicht auch noch damit anfangen.

Ich bin nicht schlecht gelaunt, sage ich. Ich mag

bloß die Dunkelheit nicht. Ich schniefe noch mal und das Schniefen geht mir auf die Nerven, also lass ich die Tränen einfach aus den Augen herauskullern. Ich versuche immer noch, nicht mit dem Mund zu weinen.

Dunkelheit?, lacht Margot. Pea, es ist doch überhaupt nicht dunkel. Heute ist eine wunderschöne Nacht.

Was redest du für einen Quatsch?, sage ich. Schlaf wieder ein.

Aber das tut sie nicht. Stattdessen setzt sich Margot im Bett auf, überkreuzt die Beine und stemmt die Hände in die Hüften. Meine Augen gewöhnen sich langsam an die Dunkelheit und ich sehe sie grinsen wie die Grinsekatze aus *Alice im Wunderland*.

Ich weiß was, was du nicht weißt, sagt sie.

Nein, weißt du nicht. Das kann gar nicht sein.

Das kann wohl sein. Guck mal aus dem Fenster, Pea, sagt sie. Da ist ein Regenbogen.

Ein Regenbogen? Margot, es ist doch Nacht.

Ja, sagt sie. Guck mal raus, siehst du nicht den Nachtregenbogen?

Jetzt habe ich keine Angst mehr vor dem Fußboden. Auf Zehenspitzen tapse ich hinüber zu dem offenen Fenster und spähe durch die halb geschlossenen Fensterläden. Ein dicker Vollmond macht weiße Ringe in der Nach-dem-Sturm-Luft. Der schwarze Himmel ist glänzend-frisch, als hätte ihn jemand abgewaschen und die Sterne blank geschrubbt.

Siehst du, er ist wunderschön, sagt Margot, sogar noch besser als ein Tagregenbogen. Die Farben glänzen viel schöner in der Nacht.

Und ich stehe da und ich schaue und da ist er. Ein Nachtregenbogen, der sich über die Scheune wölbt, sieben Farben, die vor einem schwarzen Himmel funkeln.

Darf ich ihn behalten?, frage ich.

Und Margot sagt: Er gehört dir.

Kapitel 7

Heute rennen wir zur Abwechslung mal überallhin, sagt Margot und stellt sich neben mich ans offene Fenster.

Ich hatte gehofft, dass der Nachtregenbogen noch da wäre, aber er war schon verschwunden. Über der Scheune ist nichts als blauer Himmel.

Was hast du denn gedacht?, sagt Margot. Es ist doch schon Tag.

Die Luft ist frischer heute. Es ist zwar immer noch heiß, aber auf eine schöne Art, als hätte der Sturm den schwülen Sommer in eine Waschmaschine gestopft, ihn geschleudert und dann zum Trocknen aufgehängt. Es stimmt, es fühlt sich wie ein guter Tag zum Rennen an.

Zieh doch auch dein grünes Kleid an, sage ich, damit wir zusammenpassen. Mein grünes Kleid ist fröhlich und hat vorne Taschen. Außerdem sind auf das Kleid gelbe Gänseblümchen aufgenäht, was aussieht, als würden sie aus den Taschen herauswachsen.

Ich habe eine gute Idee fürs Frühstück, sagt Margot.

Sag.

Es ist grün und klebrig, sagt sie, bläst die Backen auf und macht Glupschaugen.

Igitt!, sage ich, obwohl ich die Antwort weiß.

Vergiss den Wischmopp nicht!, sagt Margot.

Wir galoppieren die Treppe hinunter, aus dem Haus heraus und um die Scheune herum zu den Obstbäumen.

Ich bleibe am Hühnerstall stehen, weil die Hühner langsame Kreise im Schatten laufen; dabei strecken sie ihre Flügel aus und gackern leise. Es sieht aus, als ob sie tanzen.

Das bringt mich auf eine Idee. Ich pflücke eine Handvoll Salbeistängel und stecke sie mir hinten in die Unterhose.

Ich bin eine Ente!, sage ich. Schau!

Margot kichert, als ich meine Ellbogen nach außen strecke und den Ententanz mache. Sie findet, das ist der beste Witz aller Zeiten. Sie lacht und lacht. Je mehr Margot lacht, desto alberner wird mein Tanz. Ich wackle mit dem Hintern und meine Federn hüpfen.

Eigentlich, sagt Margot, sehen die Hühner nicht besonders fröhlich aus.

Das stimmt, ihr Tanz ist kein lustiger Tanz wie bei mir, sondern eher ein bisschen traurig.

Sollen wir nachsehen, ob es Eier gibt?, sagt Margot.

Ich überlege. Wir dürfen nicht ohne Maman zu den Hühnern reingehen, aber vielleicht hat sie ja in letzter Zeit gar nicht mehr an sie gedacht.

Ja, sage ich, komm.

Die Hühner wachen ein bisschen auf, als wir in den Hühnerstall gehen. Sie scharen sich um meine Füße; sie denken, dass ich ihnen was zu essen mitgebracht habe. Eier gibt es keine. Außerdem haben sie kein Wasser mehr zum Trinken.

Wir müssen uns ab jetzt um die Hühner kümmern, sage ich.

Ja, sie können was von unserem Frühstück abhaben, sagt Margot.

Es ist anstrengend, Feigen mit dem Wischmopp vom Baum zu schütteln; ich schaffe bloß drei, bevor ich müde und muffig werde und aufgebe. Wir setzen uns unter die Honigsüße des Baums und teilen sie uns, die Blätterhände malen fingerförmige Schatten auf unsere nackten Beine. Unsere Feigen sind noch grün und die Haut ist ziemlich dick, also essen wir das rosane Fleisch, das voller Kerne ist, heraus und heben die Haut für die Hühner auf.

Nachdem wir die Hühner gefüttert und ihnen Wasser gegeben haben, was sie sehr glücklich gemacht hat, rennen wir nach draußen und über die obere Weide. Unsere Füße machen eine plattgedrückte Spur durch das hohe Gras, bis hinauf zum Windigen Hügel.

Ich bin ganz sicher, sagt Margot, gar nicht außer Atem, dass der Blitz die große Tanne weggebrannt hat.

Glaub ich nicht, sage ich.

Doch als wir näher kommen, bin ich trotzdem enttäuscht, den Baum noch stehen zu sehen. Es wäre viel aufregender gewesen, zu denken, dass Claude uns das Leben gerettet hat und dass der Baum vom Blitz weggebrutzelt wurde.

Vielleicht ist er nur ein bisschen verbrannt, sagt Margot. Wir müssen ihn genauer untersuchen.

Wir gehen um den Stamm herum und beäugen die Rinde. Sie ist nicht mal das kleinste bisschen verbrannt, sage ich.

Stimmt, sagt Margot. Der Baum hat noch mal Glück gehabt. Aber schau mal da!

Margot zeigt auf die Rinde. Während des Sturms ist es mir nicht so aufgefallen, aber sie ist wirklich ungewöhnlich – sie blättert ab wie Schorf, in handabdruckgroßen Stücken. Jede Schuppe sieht aus wie ein Schildkrötenpanzer: glänzend, mit ganz vielen ineinanderliegenden Ringen, und unter den Ritzen wuseln Hunderte kleiner roter und schwarzer *gendarmes* herum. *Gendarmes* nennt man hier Feuerwanzen.

Die Polizei ist da, sagt Margot. Sie machen auch eine Untersuchung!

Das sind aber viele, sage ich. Aber sie sind ja auch so klein, deswegen vielleicht. Ich beobachte, wie sie herumflitzen. Komisch, dass die Polizei nach Insekten benannt ist, sage ich.

Und noch was ist komisch: Warum hat die Uniform der Menschenpolizei nicht die richtige Farbe?

Keine Ahnung, sage ich. Rot ist viel schöner als Blau.

Ja, sagt Margot. Man sollte meinen, dass den Erwachsenen so was auffällt.

Erwachsenen fällt nicht so viel auf wie uns, sage ich.

Wahrscheinlich ist ein Banküberfall passiert.

In der Insektenbank, sage ich, aber ich lache nicht. Die *gendarmes* sind interessant, aber jetzt habe ich genug von dem Baum. Ich will den Winkturbinen zusehen.

Die Winkturbinen drehen sich langsam. Die Flügel bewegen sich alle unterschiedlich, sie sind gar nicht im Einklang. Es sieht aus, als würden sie alle von verschiedenen Winden angetrieben werden. Ich zähle hinüber bis zu meiner Lieblingsturbine. Meine Lieblingsturbine ist die Nummer fünf, weil das meine Zahl ist, so viele Jahre, wie ich alt bin. Margot hat die Nummer vier, genau neben meiner. Ich suche mir einen Flügel aus und sehe ihm dabei zu, wie er sich dreht. Wenn er genau nach oben zeigt, atme ich ein, und sobald er eine ganze Umdrehung gemacht hat, atme ich wieder aus. Dann warte ich, bis er nach oben zeigt, und atme wieder ein und so weiter. Es fühlt sich sehr einschläfernd an, dazustehen, die Turbine anzusehen, über das Atmen nachzudenken und dem Geräusch zuzuhören, das aus meiner Nase rein- und wieder rausfließt.

Dann frage ich mich, was passieren würde, wenn ich jetzt aufhören würde zu atmen. Würde die Turbine aufhören, sich zu drehen? Also atme ich nicht aus, als die Schaufel wieder auf zwölf Uhr zeigt, sondern halte einfach die Luft an. Zuerst passiert gar nichts, doch dann spüre ich ein Brennen im Hals, etwas, das nach vorn in meinen Mund drückt, als ob in mir eine Dunkelheit gefangen wäre, die versucht, zu entweichen. Das mag ich überhaupt nicht und deshalb lasse ich die Luft schnell wieder heraus. Nachdem ich eine Weile wieder mit der Turbine geatmet habe, will ich es auch mal andersherum probieren, also atme ich aus und versuche, nicht einzuatmen. Fast sofort spüre ich ein Kochen in mir und mein Kopf fängt an zu pochen, außerdem kribbelt mein Gesicht.

He, sagt Margot.

Doch ich schüttle den Kopf.

Pea!, sagt sie. Du hast vergessen zu atmen!

Ich schüttle den Kopf doller und sie nickt sehr doll zurück. Ich schüttle und sie nickt und ich schüttle und sie nickt, bis mein Mund sich von ganz allein öffnet und die Luft einsaugt. Ich finde es sehr merkwürdig, dass wir atmen, ohne überhaupt darüber nachzudenken, und dass wir nicht damit aufhören oder damit anfangen können wie bei anderen Sachen, die wir machen. Ich frage mich, wie es Leute schaffen, die Luft anzuhalten, bis sie sterben, wo es doch so schwierig ist, mit dem Atmen aufzuhören.

Margot hat inzwischen angefangen, zwischen mir und den Turbinen Räder zu schlagen.

Komm, mach mit!, sagt sie. Das ist ein sehr gutes Training und außerdem macht es großen Eindruck.

Das stimmt, es macht wirklich großen Eindruck, sage ich. Und ich fange auch an, Räder zu schlagen. Der Boden macht Dellen in meine Handflächen, aber der Teil mit dem Sich-Überschlagen macht es wieder wett. Wir sind Engelsflügel und überschlagen uns wieder und wieder, hier oben auf unserem eigenen Hügel. Als wir aufhören, lachen wir und sind außer Puste.

Ich setze mich hin und sehe zu den *étangs* hinüber. Der Sonnenschein malt weiße Kleckse auf das blaue Wasser.

Glaubst du, sie wird sich bis in alle Ewigkeit verstecken?, frage ich Margot.

Vielleicht, vielleicht auch nicht, sagt Margot. Sie legt den Kopf schief, was normalerweise bedeutet, dass sie gleich was Interessantes sagen wird.

Ich glaube, das kommt auf das Baby an.

Ich hebe einen Stock auf und beginne, meinen Namen auf den Boden zu schreiben. Ich mache ein großes P und höre dann auf.

P wie Pelikan, sagt Margot.

Nein, sage ich. P wie mein Name, ich weiß nur nicht genau, welcher.

E, sagt Margot.

Ich male das E und kratze dabei auf dem steinigen Boden herum, damit die Kanten gerade werden. Jetzt kann nur noch das A kommen. Danach schreibe ich Margot, dann male ich eine Spinne mit Zickzackzähnen. Das Baby ist wahrscheinlich ziemlich klein, wenn es kommt, sage ich. Ich glaube nicht, dass es uns viel helfen kann.

Nein, aber vielleicht hat das Baby Mamans Fröhlichkeit, sagt Margot. Vielleicht hat sie die Fröhlichkeit doch nicht im Krankenhaus gelassen, sondern sie ist in ihrem Bauch geblieben?

Oder vielleicht bin ich wieder dran und darf Mamans Freundin sein, wenn das Baby auf die Welt kommt?

Kann sein, sagt Margot. Kann aber auch nicht sein.

Weißt du, was wir in Wirklichkeit brauchen?, sage ich.

Einen Papa, antwortet sie.

Ich weiß immer noch nicht, wo wir einen herbekommen können. Das ist eine Frage zum Länger-drauf-

Herumkauen, also betrachte ich noch eine Weile die winkenden Engel und frage sie in meinem Kopf, ob sie vielleicht irgendwelche Ideen haben.

Margot taucht vor meinem Gesicht auf. Willst du ein *bonbon*?, sagt sie.

Au ja, gerne, sage ich.

Margot gibt mir eine Handvoll lilaner Samen. Ich kaue darauf herum. Sie sind ein bisschen hart, aber der Geschmack ist sehr lecker. Während ich kaue, kratze ich noch ein bisschen mit dem Stock auf dem Boden herum. Der Boden hier ist obendrauf sandfarben, aber darunter ist es dasselbe Rotbraun wie das von Merlin. Er ist auch genauso warm wie Merlin, aber nicht so wuschelig. Merlin würde ich jetzt gerne sehen. Und Claude auch.

Margot, sage ich, sollen wir bei Claude vorbeigehen und fragen, ob er mit uns spielen willen?

Er ist doch ein Erwachsener, Pea, sagt sie.

Papa war auch ein Erwachsener, sage ich, und er hat immer mit uns gespielt.

Ja, aber Papa war auch ein Papa. Wenn man kein Papa ist, ist das was anderes. Dann findet man Kinder langweilig und man will lieber mit Erwachsenen sprechen und sich mit Frauen treffen. Nicht mit Mädchen, sagt sie. Normalerweise jedenfalls.

Normalerweise ist doof, sage ich. Und außerdem findet Claude uns überhaupt nicht langweilig.

Tja, aber wir können nicht bei ihm vorbeigehen, sagt Margot. Das steht in den Regeln.

Was denn für Regeln?, sage ich.

Na, die Regeln!, antwortet Margot.

Kannst du sie mir noch mal sagen?, frage ich.

Margot stellt sich gerade hin. Also, sagt sie. Das sind die Regeln.

1. Nicht alleine auf die untere Wiese gehen.
2. Nicht die Finger ablecken und sie dann wieder ins Olivenglas stecken.
3. Jungs müssen braune, grüne und blaue Sachen tragen und Mädchen dürfen die schönen Farben anziehen.
4. Man fragt Erwachsene nicht, ob sie mit einem spielen wollen.
5. Nur solche Sachen tun, die Maman glücklich machen.

Ich frage mich, ob sie überhaupt schon aufgestanden ist, sage ich. Und dann spucke ich den Lavendel aus, weil er kratzig im Mund schmeckt, und sehe wieder hoch zu meiner Turbine.

Wetten, dass Sylvie schon das Brot gebracht hat, sagt Margot.

Ich sage nichts.

Wetten, dass es außen warm und knusprig ist und innen weich und fluffig.

Ich lächle ein kleines bisschen. Zeit für unser zweites Frühstück.

Wir sitzen neben dem Briefkasten – immer noch zwei Baguettes – mit den Bäuchen voller Brot und horchen auf die Stille im Haus. Ein winziges Flugzeug hinterlässt eine lange Wattespur am Himmel. Ich versuche mir die Leute im Flugzeug vorzustellen, mit ihren Koffern und Sonnenbrillen. Vielleicht sind es die, die kommen, und wir sehen sie nächste Woche auf dem Markt. Oder die, die gehen, mit roten Nasen und Heimweh.

Komm, sagt Margot. Ich bringe dir ein Spiel bei.

Hier?

Nein, im Obstgarten. Komm schnell, sagt sie. Heute ist doch unser Renntag, also renn!

Wir rasen um die sonnige Seite des Hauses herum und weiter in den Garten. Margot ist sehr schnell und ich komme gar nicht nach.

Buh! Sie springt hinter einem Baum hervor, um mich zu erschrecken.

Buh!, rufe ich zurück, einfach so.

Na gut, sagt Margot, also, das Spiel ist sehr kompliziert, du musst gut zuhören.

Ich bin gerade viel zu beschäftigt für so komplizierte Spiele, sage ich. Wir können es ja später spielen.

Ach Quatsch, sagt Margot. Also, hör zu. Zuerst, sagt sie, musst du alles auf den Kopf stellen, so. Und dann klappt sie nach vorne, stellt die Hände auf den Boden und schaut durch ihre Knie hindurch nach hinten und nach oben. Dann, sagt sie, müssen wir rennen, wie Krebse.

Probier du mal, sagt sie.

Ich beuge mich nach unten und nehme die Augen zwischen die Knie. Hoch oben im Himmel hängen rote Pfirsichbälle zwischen den grünen Tränentropfenblättern. Aber mit den Pfirsichen stimmt was nicht und das liegt nicht nur daran, dass sie verkehrt herum hängen. Sie haben Schatten und schwarze Punkte. Ich falte mich wieder auseinander, um nachzusehen.

Die Pfirsiche sind voller Löcher, als hätte jemand auf sie geschossen. Ameisen marschieren in breiten Reihen die Bäume rauf und runter und in die Pfirsiche rein. Sie stehlen unsere Früchte, Ameisenbiss für Ameisenbiss.

Pea, du musst dich konzentrieren, sagt Margot. Renn! Also bin ich wieder ein Krebs und wir flitzen zwischen den Bäumen umher und uns wird ganz schwindlig und manchmal zertreten wir dabei ein paar von den Ameisen.

Knirsch, knirsch, knirsch, den Weg hinauf kommt uns ein Holpern von Reifen entgegen. Ein weißer Lieferwagen hält am Rand des Feldwegs an und der Mann, der immer die Pfirsiche kauft, steigt aus. Er hat kein Hemd an und auch keinen Hut. Seine Haut ist braun, er hat haarige Brustwarzen und er trägt einen Gürtel an der Hose.

Das ist der Pfirsichmann. Alle paar Tage kommt er und pflückt unsere Pfirsiche. Letztes Jahr hat er sie immer zusammen mit Papa geerntet, an heißen Nachmittagen, beide ohne Hemden. Danach haben sie sich in den Schatten gesetzt und *pastis* getrunken, was nicht für kleine Mädchen ist, und Maman hat ihnen Oliven gebracht. Jetzt kommt er nur noch an die Tür und gibt uns ein bisschen Geld, dann nimmt er die Pfirsiche mit zum Verkaufen. Maman lässt immer mich die Tür aufmachen; sie will nämlich nicht gestört werden.

Der Pfirsichmann hat den Motor angelassen, die Autotür ist offen und das Radio läuft, aber es kommt nichts, wozu wir tanzen können, nur Leute, die über langweilige Sachen reden. Er bindet eine Leiter vom Dach los und geht in den Obstgarten.

Wir krebsen rückwärts zu ihm hin und sehen ihn durch unsere Beine hindurch an; er ist verkehrt herum und sein Kopf schwebt wie eine graue Wolke im blauen Himmel.

Hallo, sage ich.

Wie geht es dir?, sagt Margot.

Der Pfirsichmann antwortet nicht gleich, sondern zupft erst noch ein paar Früchte ab. Normalerweise sucht er sich die reifen Pfirsiche raus und legt sie in sorgfältigen Reihen in eine Holzkiste. Heute pflückt er nur alle ab, die Löcher haben, also die meisten, und wirft sie auf einen Haufen auf die Kisten. Alles ruiniert, sagt er.

Was ist mit den Pfirsichen passiert?, sage ich.

Die Hagelkörner sind passiert, sagt er.

Sind sie alle kaputt?, frage ich.

Margot starrt ihn mit dem Kopf nach unten an und reißt ihre Augen weit und weiß auf. Ich kichere.

Wo ist eure Maman?, sagt der Pfirsichmann.

Weiß ich nicht, erkläre ich ihm. Dürfen wir vorbeikommen und deine Schweine anschauen?

Mit deiner Maman?

Nein, nur ich und Margot.

Nein, sagt er. Wenn, dann muss deine Maman mitkommen. Sag ihr, sie ist immer willkommen. Amaury hätte gewollt, dass jemand ein Auge auf sie hat.

Sein Lächeln ist verwirrend.

Ich mag ihn nicht mehr, sagt Margot.

Ich ihn auch nicht.

Komm, sagt Margot, und wir stehen auf und rennen davon, ohne Auf Wiedersehen zu sagen.

Warum will der Pfirsichmann ein Auge auf Maman haben?, sage ich.

Maman ist doch erwachsen, sagt Margot. Er redet Quatsch.

Glaubst du, Maman würde mich mitnehmen zum Schweineanschauen?, frage ich.

Pea, sagt Margot, stell doch nicht so doofe Fragen. Es gibt viel interessantere Sachen, über die wir nachdenken müssen.

Wie zum Beispiel?

Als wir wieder am Weg ankommen, erinnern mich die Leute, die im Radio sprechen, daran, dass die Autotür offen ist.

Sollen wir eine kleine Spritztour in seinem Auto machen?, sagt Margot.

Ich überlege. Es gibt gute Gründe, das zu tun, wie zum Beispiel, dass es Spaß machen würde. Aber es gibt auch gute Gründe, es nicht zu tun, wie zum Beispiel, dass ich nicht weiß, wie man zum Strand kommt, und dass Maman furchtbar wütend werden würde. Aber ich bin auch böse, weil Maman nicht mit uns zu den Schweinen geht, und ich bin auch böse auf den Pfirsichmann.

Wir tun nur so?, fragt Margot lachend.

Wir klettern hinein. Das Metall verbrennt meine Finger und der Ledersitz versengt meine Beine. Sogar die klimperigen Schlüssel unter dem Lenkrad sind knalleheiß.

Au! Au!, sage ich.

Ich versuche, mich anzuschnallen, aber auch der Gurt ist heiß. Ich habe das Lenkrad und die zwei Schalter, Margot ist der Beifahrer. Ich komme zwar mit den Beinen nicht ganz zu den Pedalen runter, aber fast.

Ich würde gerne zu einem Restaurant fahren, sagt Margot.

Selbstverständlich, *Madame*, sage ich. Zu welchem?

Zu einem, in dem es Lammkoteletts und Pommes und Eis gibt, sagt sie. Und Limonade.

Und das machen wir dann, bis es im Restaurant zu heiß wird und wir ganz verschwitzt sind und ein kühleres Plätzchen finden müssen.

Wir gehen hinten um das Haus herum. Unser Plan ist, auf dem Weg zur Küchentür das restliche Baguette mit reinzunehmen. Wir heben das Brot auf, aber noch bevor wir es in den Hof schaffen, höre ich die Schreie.

Das Scheunentor steht sperrangelweit offen. Maman steht an der Tür mit einer Kiste Pfirsiche. Sie wirft sie auf jemanden in der Scheune, den ich nicht sehen kann, aber die meiste Zeit trifft sie den Traktor. Die Pfeile auf seinen großen schwarzen Reifen zeigen nach unten auf eine klebrige Sauerei aus zermanschten Pfirsichen. Maman schreit und weint, als ob sie gleichzeitig böse und erschrocken und traurig ist. Als ob sie ein kleines Mädchen ist und nicht eine Erwachsene.

Maman kann nicht gut werfen, sagt Margot. Zum Glück bin ich nicht der Traktor. Sie lächelt mir zu, als ob das mit Maman und den Pfirsichen was Lustiges wäre, aber ich kann gerade mein Lachen nicht finden.

Ich sage nichts. Ich habe das Brot fallen gelassen und kratze mich am Arm. Meine Fingernägel machen weiße Kratzer auf die braune Haut, dann rosane und jetzt kommt schon Blut. Aber trotz des Bluts hört das Jucken nicht auf. Das Jucken ist nämlich innen drin. So schlimm war es noch nie. Es kommt vor, dass Maman schreit, aber so wütend habe ich sie noch nie erlebt. Ich lutsche das Blut weg, beiße in die Schrammen. Vielleicht kann ich das Jucken wegkauen.

Pea, sagt Margot. Lass das. Sie nimmt meine Hand. Das Blut macht mir nichts aus, sagt sie.

Verdammt! Verdammt!, schreit Maman. Sie hat Pfirsich in den Haaren und Wespen fliegen um sie herum. Ihre Beine stehen weit auseinander und ihr Schatten streckt sich lang über den Hof. Sie sieht aus wie eine Hexe. Wir stehen am Rand des Innenhofs, dort, wo der Hof zu Erde wird. Es gibt nichts, wo wir sonst hinschauen könnten. Margot schaut durch ihre Finger. Ich schaue unter meinem Pony hervor. Wir halten uns an den Händen und machen große Augen.

Eins, sagt Margot, zwei, drei ...

Maman bückt sich hinunter zu der Kiste und hebt noch mehr von den Hagelsturmpfirsichen auf. Die Löcher sind immer noch schwarz und es wimmelt darin von Ameisen. Sie wirft noch einen, mit Wucht. Fliegende Ameisen, fliegender Pfirsich, aber ich sehe nicht mal, wo er landet, weil Maman Ah! schreit, sobald er aus ihrer Hand heraus in die Luft fliegt. Sie lässt die restlichen Früchte fallen und fasst sich an ihren Bauch. Schließlich krümmt sie sich zusammen und alles hört auf.

Ah! Ahhh!, stöhnt sie. Aber sie bewegt sich nicht. Dann setzt sie sich langsam und schwerfällig auf den schmutzigen Boden neben der Scheune. Sie sieht aus wie ein Kamel, das versucht, sich hinzulegen. Ein schweres seitliches Plumpsen in den Staub. Die Wespen schwirren um die Pfirsiche herum und Margot und ich rennen los.

Es tut mir leid, es tut mir leid, sagt sie jetzt. Und dann: Ahhh. Dann wieder: Es tut mir leid, es tut mir leid, bitte nicht jetzt ...

Geht es dir gut, Maman?, rufe ich, noch bevor ich bei ihr bin, nur damit sie weiß, dass ich es bin. Ich kann nicht anders; es sieht aus, als wäre sie verletzt und vielleicht wurde sie von einer Wespe gestochen und ich soll ihr etwas bringen. Aber Maman hat sich über ihren Bauch geklappt und atmet schwer.

Nein!, sagt sie.

Maman? Ich bin's doch.

Es geht schon, Pea. Es ist ...

Aber es sieht überhaupt nicht so aus, als ob es geht. Es sieht aus, als wäre Maman verletzt oder vielleicht angeschossen oder als hätte jemand sie verhext. Wespen surren um uns herum, während wir uns beide auf den Pfirsichboden setzen.

Hat jemand auf dich geschossen?, sage ich.

Nein, sagt Maman. Das war das Baby.

Hat es dich getreten? Schlimmer als sonst?

Aber Maman redet nicht mehr. Sie ist jetzt auf Händen und Knien, wie früher, als sie mit uns Blumen und Federn gesammelt hat. Sie macht einen Buckel wie eine dickbäuchige Katze, ihre Augen sind geschlossen. Waauuuuuuuuuh!, macht sie.

Margot und ich sehen uns an. Maman benimmt sich oft seltsam, aber jetzt ist sie ein Kamel und eine Katze und ein Wolf. Sie ist ein wütender Pfirsichwerfer. In der Zwischenzeit habe ich ganz vergessen, mich zu fürchten vor dem, was bei dem Traktor in der Scheune ist. Ich sehe hinüber zu dem weit offen stehenden Tor, aber drinnen ist es still. Ich wünsche mir, Claude wäre hier.

Wer ist da?, flüstere ich.

Komm lieber raus, sonst werfen wir die restlichen Pfirsiche auf dich, ruft Margot, und wir können viel besser werfen als Maman!

Noch immer rührt sich nichts.

Und außerdem können wir uns besser verstecken als du, fügt Margot hinzu. Sie wirft den Kopf zurück. Sie ist viel zu bestimmerisch, um vor irgendwas Angst zu haben.

Maman, wer ist da in der Scheune?, sage ich. Haben sie auf dich geschossen?

Red keinen Quatsch, sagt Margot. Wenn Leute aufeinander schießen, machen die Pistolen ganz laut Peng, so: PENG! Sie richtet ihre Finger auf mich und schießt. Sie hat recht, es kann niemand mit einer Waffe sein.

Und sag jetzt bloß nicht, dass du glaubst, eine Hexe hätte sie verzaubert, weil HEXEN GIBT ES NICHT, sagt sie und macht dabei ihr spezielles Gesicht, das sagen soll: Kapierst du das nie? Immer muss sie sich aufspielen und mich herumkommandieren.

Das Heulen hat aufgehört. Maman macht jetzt ihr keuchendes Atmen: Hii-huh, hii-huh, hii-huh. Sie öffnet die Augen und sieht sich stirnrunzelig um, als ob sie nicht mehr genau weiß, wo sie eigentlich ist.

In der Scheune ist niemand, sagt sie zwischen einzelnen Atemstößen.

Wen hast du dann angeschrien?, frage ich. Ihr Gesicht verzieht sich und mir wird klar, dass ich das Falsche gesagt habe. Ich kratze mich am Arm und schaue, wo die Pfirsiche liegen. So oder so, wenn sie anfängt, sie auf mich zu werfen, kann ich ganz schnell wegrennen und sie kann mich nicht fangen, weil sie viel zu dick ist und voller Baby.

Niemanden, sagt Maman. Nur den Traktor.

Margot und ich betrachten den Traktor. Er ist voller Pfirsich.

Traktoren haben doch keine Ohren, sagt Margot. Er kann dich gar nicht hören.

Schon gut, sagt Maman. Lass uns reingehen. Als hätte er auf ihr Kommando gewartet, saust der Wind auf einmal um die Scheune herum und in unsere Haare und bläst die heiße Sonne weg. Ich muss an eine Geschichte denken, die Papa mir mal erzählt hat, über einen Wettstreit zwischen der Sonne und dem Wind, wer zuerst einem Mann den Mantel ausziehen kann. Aber wir haben heute gar keine Mäntel an. Also zerzausen bloß unsere Kleider, während wir darauf warten, dass Maman vom Boden aufsteht. Sie stützt sich ein bisschen auf mich, aber ich bin zu klein und sie ist zu schwer. Ihre Hand berührt das Blut an meinem Arm und sie zieht sie schnell zurück.

Was hast du mit deinem Arm gemacht?

Nichts, ich ...

Das sieht aber nicht aus wie nichts, sagt sie und steht endlich wieder gerade, eine Hand liegt auf dem Rücken, die andere dreht meinen Arm, sodass sie die blutende Stelle sehen kann.

Das tut weh!, sage ich. Maman starrt auf die blutenden Schrammen.

Das hat ein Tiger gemacht!, sagt Margot.

Es hat gejuckt, sage ich. Entschuldigung.

Gejuckt?

Sie runzelt wieder die Stirn. Einmal, als wir alle noch glücklich waren, sind mir die Striche aufgefallen, die Maman um die Augen hat, und ich wollte wissen, was das ist und warum ich keine habe. Maman hat mir erklärt, dass jedes Mal, wenn man lächelt, ein winzig kleiner Teil des Lächelns im Gesicht hängen bleibt, und wenn man dann älter wird, zeigen sich im Gesicht die ganzen winzig kleinen Teile von jedem einzelnen Lächeln und man sieht aus, als würde man die ganze Zeit lächeln, selbst wenn man nur überlegt, was es zum Frühstück geben soll. Sie hat auch gesagt, dass, wenn man oft die Stirn runzelt, stattdessen das ganze Stirnrunzeln im Gesicht kleben bleibt. Wenn man alt ist, hat man dann ein ganz stirnrunzeliges Gesicht, als ob man die ganze Zeit sauer wäre, und die Leute haben Angst vor einem. Es gibt eine Frau, die so aussieht und der wir manchmal begegnen, wenn wir einkaufen gehen. Zuerst habe ich gedacht, sie wäre eine Hexe, weil sie so hässlich ist und weil es so aussieht, als würde sie einen die ganze Zeit böse anstarren. Aber Maman meinte, sie wäre wahrscheinlich gar keine Hexe, sondern hätte nur ganz oft böse geguckt, als sie noch jünger war, und deswegen sagt ihr Gesicht jetzt: Hässlich! Hässlich!, selbst wenn sie eigentlich denkt: So ein hübsches Mädchen!

Maman, sage ich, mach nicht so ein böses Gesicht. Ich will, dass du wunderschön aussiehst, auch wenn du älter bist, und nicht wie die böse Frau im Laden.

Maman seufzt. Sie lässt meinen Arm los und reibt ihren Bauch, durch ihr Kleid hindurch. Sie wiegt sich vor und zurück, Ferse, Zeh, Ferse, Zeh.

Es tut mir leid, dass dein Arm so gejuckt hat, sagt sie. Es tut mir leid, dass ich dir einen Schrecken eingejagt habe. Aber versuch, nicht wieder zu kratzen. Bitte. Ihre

Hände wandern wieder nach hinten zu ihrem Rücken. Sollen wir reingehen?

Mamans Beine sind nicht fest genug. Sie wabbeln, als wir zusammen zum Haus zurücklaufen. Sie hält mich an der Hand, ganz fest, und wir laufen ganz langsam. Ein Husten hinter der Scheune lässt mich zusammenzucken, und ich höre das weiche Geräusch von schlurfigen Schritten, die sich langsam entfernen. Ich lächle und drücke Mamans Hand, damit sie weiß, dass alles in Ordnung ist.

Draußen hat es sich so angefühlt, als würde meine Haut langsam verbrennen und als würde mein Kopf schwindlig werden. In der kühlen Küche fühlt es sich schon besser an. Ich blinzle die weißen Punkte weg, während sich meine Augen an die Dämmrigkeit gewöhnen. Maman macht das Licht an und lässt dabei meine Hand los. Doch sie hat sie so fest gehalten, dass es sich anfühlt, als wären ihre Finger immer noch da.

Willst du was trinken?, frage ich sie.

Nein, lass mal, sagt sie. Sie dreht sich mit dem Rücken zu uns und geht langsam die Treppe hoch; dabei zittern ihre Beine bei jedem Schritt.

Ich glaube, sie hat vergessen, ihr Skelett reinzutun, sagt Margot.

Ich lege mich ein bisschen hin, flüstert Maman.

Du bist ganz klebrig, sage ich.

Sie dreht sich um und sieht mich mit dunklen Augen an.

Vielleicht würde es dir nach einer Dusche besser gehen, füge ich hinzu.

Ach so ... ja, stimmt sie mir zu.

Margot lächelt mich an. Gerade noch rechtzeitig, sagt sie.

Pea, sagt Maman.

Ja?

Geh bitte nicht nach draußen. Bleib erst mal hier.

Okay, Maman, sage ich.

Nur bis ich eingeschlafen bin, sagt sie.

So, und was machen wir jetzt?, sage ich, nachdem sie weg ist und oben die Dusche angeht.

Ha, sagt Margot mit listig-strahlenden Augen, ich habe eine ausgezeichnete Idee.

Kapitel 8

Unser Haus ist von oben bis unten und von rechts nach links und von vorne bis hinten groß. Es gibt sehr viele Zimmer, die Scheune ist dabei noch nicht mal mitgerechnet, und sie riechen alle anders. Wenn man durch den Hof hereinkommt, steht man in der Küche. Dort passieren die meisten Dinge und es riecht nach unserer Familie. An der Tür stehen Papas gute Stiefel. Manchmal ziehe ich sie an, wenn Maman schläft, und laufe damit über den Küchenboden und bin Papa. Danach riechen meine Füße nach Papa und ich muss mich hinsetzen und an meinen Zehen schnuppern. Papa hat auch mehrere Traktor-Fahr-Stiefel. Sie liegen versteckt in einer Traurigkeitsschachtel, oben in Mamans Schlafzimmer. Das darf ich eigentlich nicht wissen, aber ich weiß es trotzdem.

Von der Küche aus kann man entweder ins Wohnzimmer gehen, wo man sich weich hinsetzen kann und wo ich meine Spielsachen habe und wo der Fernseher und der Schreibtisch stehen, oder man kann die Treppe hochgehen zu unseren Schlafzimmern und den Badezimmern.

Mamans Schlafzimmer riecht nach Maman. Papas Geruch war eines der ersten Dinge, die mit ihm zusammen weggegangen sind.

Mein Zimmer ist gelb und riecht nach gar nichts, außer wenn ich die Fenster aufmache. Dann riecht es nach draußen. Ich weiß nicht, wie es im Babyzimmer riecht; die Tür ist nämlich abgeschlossen, damit die Erinnerung drinnen eingesperrt bleibt.

Von der Küche, die wirklich sehr viele Türen hat, kommt man außerdem in die Speisekammer; die ist weiß gestrichen und die Fenster haben keine Scheiben, nur ein Drahtgitter. Die Speisekammer riecht nach Käse. Es gibt noch eine andere Tür, die in die Sommerzimmer führt. Die liegen ein paar Treppenstufen tiefer und sind ziemlich dunkel und riechen nach verfaultem Obst. Sie sind kälter als die Zimmer oben, was schlecht ist im Winter, aber gut ist im Sommer. Aber unsere ganzen Sachen sind ja sowieso in unseren Zimmern, also schlafen wir immer dort, im Sommer und im Winter. Nur manchmal gehe ich in die Sommerzimmer, um zu sehen, ob sich was verändert hat. Doch das passiert nie.

Von der Küche aus kommt man außerdem in die Waschküche. Sie heißt *buanderie* und riecht nach Waschpulver und von dort aus geht eine Tür zur unteren Toilette, die langweilig ist, außer dass es dort einen Toilettenpapierhalter gibt, der aussieht wie ein Breitmaulfrosch, und weiße Fliesen mit lilanen Veilchen an der Wand. Von der unteren Toilette geht noch eine Tür ab, die aber immer verschlossen ist. Unten drunter ist die Tür eigentlich braun, sie wurde bloß übermalt. Doch die Farbe blättert schon ab, in glänzenden Flocken, die aussehen wie Salbeiblätter. Der Griff ist alt und fühlt sich schmierig an. Ich weiß, dass die Tür in den Keller führt, und Kinder dürfen dort nicht hinunter. So oder so komme ich nicht an das Schloss ran.

Dinge wandern hinunter in den Keller und wir bekommen sie dann lange Zeit nicht mehr zu Gesicht. Dinge wandern hoch aus dem Keller als Überraschung für uns. An Weihnachten kommt Papa mit Lametta und Christbaumkugeln und einem kleinen Stall mit einer Krippe und Schafen aus dem Keller hoch. Immer wenn

Maman und Papa glücklich waren, brachten sie abends Weinflaschen mit nach oben, staubig und mit einem Geruch nach nicht gewaschenen Haaren. Papa wischte sie immer sorgfältig ab und zog dann den Korken heraus, *ploc*. Dann setzten sie sich nebeneinander, an den Küchentisch, drehten ihre Erwachsenengläser in der Hand und kuschelten ihre Füße aneinander, wenn sie dachten, ich schaue nicht hin. Und eines Tages, nachdem das Baby gestorben war, verschwanden alle Sachen aus dem Babyzimmer und wurden vom Keller verschluckt.

Die Sonne steht jetzt hoch über dem Innenhof und ist heiß wie ein Backofen. Maman ist in ihrem Zimmer und schläft oder versucht, zu schlafen, ihr ganzer Pfirsichsaft ist weggewaschen und man hört auch keine Tiergeräusche mehr. Heute gibt es wahrscheinlich kein Mittagessen, also trinke ich ein bisschen Milch. Milch ist toll, denn sie ist gleichzeitig gut gegen Durstigkeit und gegen Hungrigkeit und ich komme im Kühlschrank an sie ran. Dann gehe ich auf die Toilette.

Margot ist schon da und lehnt sich an die Veilchenfliesen, mit einem riesengroßen Lächeln im Gesicht.

Meine gute Idee ist noch besser geworden, sagt sie, während ich Pipi mache.

Was für eine Idee? Aber dann muss sie mir gar nichts mehr erklären, weil ich es selber sehen kann.

Siehst du? *Génial!*, sagt sie. Sollen wir?

Ich nicke. *Génial!*, flüstere ich.

Die Tür wird durch einen Karton aus Pappe offen gehalten. Jemand hat das Licht angelassen und eine Treppe aus Metall windet sich wie eine von Mamans langen Locken nach unten in die muffigen Kellergerüche. Margot geht voran und ich folge ihr. Ich vergesse zu spülen.

Die Treppenstufen machen beim Hinuntergehen ein schepperndes Geräusch. Ich versuche, leiser zu gehen, auf Samtpfoten, aber man kann trotzdem noch bei jedem Schritt ein leises Klirren hören. Margot wird es langweilig. Schnell geht sie voraus nach unten, ohne auch nur das kleinste bisschen auf ihre Füße zu achten. Je tiefer wir in den Keller hinabsteigen, desto kälter und salziger wird die Luft. Die Kühle ist eine angenehme Überraschung. Ich wusste nicht, dass es einen Ort gibt, wo es zur Mittagszeit im August noch so kühl ist.

Der Keller ist riesig und sehr still. Es gibt keine Fenster, keine Geräusche von draußen. Keine Vögel oder Grillen, nichts. Es gibt Spinnweben und Winkel. Die Wände sind grau und unfreundlich. Kisten stehen in hohen Stapeln herum und große schwarze Säcke, prall gefüllt, sind nebeneinander aufgereiht.

Sollen wir reinschauen?, sagt Margot. Aber ich kann schon mein Herz gegen meine Brust pochen hören, wie wenn jemand an eine Tür klopft.

Ich blicke nach oben; über meinem Kopf muss die Toilette sein, die Küche, die Speisekammer, das Wohnzimmer, alles. Was, wenn es einfach einstürzt?

Es stürzt nicht ein, sagt Margot.

Ich gehe auf Zehenspitzen um eine Ecke herum und da sieht der Keller schon wieder anders aus. Zwei riesige Holzfässer liegen umgekippt auf der Seite, vornedran sind Löcher, groß genug zum Durchkrabbeln.

Wenn du dich traust, trau ich mich auch, sagt Margot.

Durch die Spinnweben?, sage ich. Igitt.

Graue Spinnweben hängen von der Decke bis auf die Oberseite der Fässer und dann hinunter bis auf den Betonboden, wie Vorhänge. Im Keller riecht es schrecklich.

Margot durchstöbert einen Stapel Schuhkartons. Auf manchen stehen Namen, die ich nicht lesen kann; der, der ganz obendrauf liegt, ist mit »ALT« beschriftet. Der Deckel lässt sich leicht hochheben, er ist nicht zugeklebt. Die Schachtel ist bloß halbvoll. Innen liegen Papierfotos auf ordentlichen Stapeln. Auf dem obersten ist ein Baby in einem gelben Wäschekorb zu sehen. Es ist wach und sieht mir genau in die Augen. Das Baby hat ein gelbes Kleid an, aber es reicht nicht weit genug herunter. Man kann seine Windel sehen und die dicken Babybeine, die herausstehen wie eine stumpfe Schere. Es hat nicht sehr viele orangene Haare, die in lustigen Zacken nach oben stehen, und grüne Augen, mit blauen und braunen Sprenkeln wie Kaleidoskope. Wie Maman.

Ich halte das Foto eine Weile in der Hand, lege es dann zur Seite und sehe mir die anderen an. Es gibt noch mehr Babybilder und Bilder von Maman alleine, mit glücklichem Gesicht. Auf einem Foto steht Maman unter dunklen Wolken an einem See, der Regen kommt von der Seite und ihre Haare wehen in dieselbe Richtung wie der Regen, ein paar Strähnen kleben ihr im Gesicht. Ihre Haare sind das einzig Bunte in dem Foto. Sie hat einen schwarzen Mantel an und sieht wütend aus.

Das letzte Bild, das ich in die Hand nehme, bringt mich fast zum Weinen, weil es so einsam aussieht. Maman steht oben auf einem Hügel, den ich nicht kenne. Neben ihr ist eine Bank und hinter ihr steht eine Gruppe von Häusern mit schwarzen Wänden und grauen Dächern. Außerdem ist eine Fabrik zu sehen, mit zwei großen Schornsteinen, aus denen es herausraucht, und eine Art Mast auf einem Hügel, auf dem ein riesiges Rad sitzt. Ein paar Stare trippeln neben ihren Füßen über das matschige Gras. Mamans Gesicht ist weiß und dünn, aber ihre Wangen sind windrot. Sie hält ein warm eingewickeltes Baby eng an ihre Brust gedrückt, sodass man nur den Rücken und die Würstchenbeine sieht. Ich vermute, dass es das Baby mit den orangenen Haaren vom ersten Bild ist, aber im Winter. Maman sieht weg, sie blickt ernst in Richtung der Häuser, der Fabrik und des Rauchs.

Ich betrachte das Foto lange Zeit und versuche, es zu verstehen.

Lass mich auch mal sehen, sagt Margot und guckt mir über die Schulter.

Das ist Maman, sagt sie. Ich frage mich, wer das Baby ist.

Frag ich mich auch. Sieht es aus wie wir?

Eigentlich sieht es keinem von uns ähnlich. Vielleicht ist es ja das Baby von jemand anderem.

Und wo steht sie da?

Das ist, glaube ich, nicht hier in der Nähe. Vielleicht ist sie im Urlaub?

Was ist das Ding mit dem großen Rad?

Weiß ich nicht.

Dann hören wir auf zu sprechen, damit wir nachdenken können. Maman können wir keine dieser Fragen stellen, denn sonst weiß sie, dass wir unten im Keller waren, wo Kinder nicht hindürfen. Außerdem fällt mir ein, dass die Tür, die wir nicht aufmachen können, nur durch einen Karton offen gehalten wird, und dass niemand weiß, wo wir sind. Der Keller kommt mir jetzt unheimlich vor und dunkel vor lauter Geheimnissen.

Wir tun besser alles an seinen Platz zurück, sage ich. Das einsame Foto lege ich jedoch nicht zurück. Ich bin froh, dass ich mich heute Morgen für das fröhliche grüne Kleid entschieden habe. Ich pflanze das Foto zu einem Gänseblümchen dazu; vielleicht fühlt es sich dann weniger einsam.

* * *

Obwohl die Luft mit jedem Schritt nach oben ein bisschen heißer wird, wird sie auch frischer und bunter.

Wir gehen raus aus dem Haus und zurück in die helle Hitze. Sie steigt hoch aus den Steinplatten im Hof und herunter vom Himmel. Sie macht, dass meine Haare meinen Nacken ärgern. Letzten Sommer hat Maman mir die Haare immer zu Zöpfen hochgebunden, bevor sie mir meinen Hut aufgesetzt hat. Aber ich bin noch zu klein, um sie alleine hochbinden zu können, also fallen immer wieder heiße Strähnen heraus, kitzlig und lästig, obwohl ich versuche, die Haare unter meinen Hut zu stopfen. Mein Nacken ist zu heiß und juckt ganz doll. Wir müssen in den Schatten gehen, schnell.

Rennen finde ich langweilig, sagt Margot. Sollen wir ausmachen, dass wir heute zur Wiese fliegen?

Au ja, stimme ich zu.

Ich nehme die Baguettes, die ich vorher fallen gelassen habe, und wir strecken unsere Arme aus wie Flugzeuge und sausen, so schnell wir können, den Weg hinunter. Als wir die Straße überqueren, kleben wir fast fest, unsere Sandalen kommen mit einer schwarzen Sohle wieder hoch von der Schmelzigkeit. Schon sind wir über das Gatter drüber, und dann gibt es nur noch heiße und schnellfliegende Beine bis hinunter zum Wasser.

Unten am Bach ist Claude. Er wirft einen Stock hinüber auf die andere Seite und Merlin rennt los, um ihn zu holen. Durch das Herumtollen im Wasser werden seine Haarspitzen nass, was ihm aber nichts ausmacht, glaube ich. Jedes Mal, wenn Merlin mit dem Stock zu Claude zurückrennt, bückt sich Claude und lächelt Merlin zu und krault ihn an den Ohren. Als wir näher kommen, aber immer noch ziemlich weit weg sind, hält Merlin die Nase in die Luft und schnuppert. Er kann riechen, dass wir kommen. Er fängt an, seine Hallos zu bellen. Claude sieht hoch und entdeckt uns ebenfalls.

Rennt!, ruft er. Los, kommt, rennt!

Wir lachen und rasen los, die Wiese hinunter, und Merlin rennt uns nass und schwanzwedelnd entgegen. Als wir bei Claude ankommen, sind wir außer Puste, aber sehr glücklich, und es ist schwer, anzuhalten. Er sieht, dass wir gleich gegen ihn purzeln werden, lässt seine Zigarette fallen und streckt dann seine Hände aus, mit den Handflächen nach vorn. Ich stürme direkt auf sie zu und seine Finger schließen sich um meine Arme. Er lacht und seine Augen und sein hässliches Gesicht legen sich in Falten. Aus seinen Mundwinkeln tropft noch immer Rauch. Die Haut seiner Finger fühlt sich rau an auf meinem Arm, was mich an Papa erinnert. Ich richte mich wieder auf; ich fühle mich, als ob eine Welle über mich drübergeschwappt ist und meine ganze Fröhlichkeit weggeschwemmt und wieder zurück ins Meer gespült hat. Claude scheint es ebenfalls zu spüren, er löst seine Finger und hält den Atem an. Merlin schlägt mit dem Schwanz gegen meine Beine.

Na, wie geht es denn Pea heute?, sagt Claude.

Gut, sage ich.

Und Margot?

Margot geht es auch gut, sage ich, denn das ist meine Unterhaltung. Und wie geht es dir?

Impeccable, sagt Claude. Ich rolle das Wort auf meiner Zunge herum, es ist nämlich ein neues. *AmPeKaBlö*. Wunderschön.

Seht mal, was ich gefunden habe, sagt er und zeigt ins Gras. Zwischen dem Grün verstecken sich kleine braune Pilze.

Können wir die essen?, sagen Margot und ich gleichzeitig. Pilze sind lecker. Wir könnten belegte Brote damit machen.

Nein, sagt Claude. Ihr dürft nichts essen, was ihr hier unten findet.

Aber ich mag Pilze, sagt Margot.

Ich mag Pilze richtig gerne, sage ich. Und ich habe Hunger.

Schon wieder!, sagt Margot.

Ich habe immer Hunger.

Tja, sagt Claude, vielleicht können wir ja im Herbst mal einen Ausflug machen und ganz viele Pilze sammeln, und dann gehen wir damit zur Apotheke und fragen, welche gut sind.

Weißt du das nicht?, frage ich.

Ich weiß es und auch wieder nicht, sagt Claude.

Was bedeutet das?, fragt Margot.

Hier, seht euch den mal an, sagt Claude. Er hat einen nassen Stock in der Hand und pikst damit gegen einen großen weißen Schneeball im Gras. Eine Rauchwolke kommt heraus, wie durch Zauberei.

Oh!

Ein Bovist, sagt Claude. Die darf man auch nicht essen.

Das schreibe ich auf meine Liste der Sachen, die man nicht tun darf, sagt Margot. Aber sie wird immer länger; ich brauche mehr Papier, bitte.

Wo sind die denn alle so schnell hergekommen?, frage ich.

Die Giftpilze?, sagt Claude. Der Sturm hat sie gebracht. Apropos Sturm, seid ihr inzwischen wieder ganz trocken?

Margot schüttelt ihre Haare auf wie ein Kissen, um es ihm vorzuführen, und ich tue dasselbe.

Die Pfirsiche sind kaputt, sage ich.

Kaputt?

Es sind Löcher drin. Die Ameisen essen sie auf.

Ach so, sagt er. Und: Oje. Und: Also deswegen ...

Letzte Nacht hat es einen Nachtregenbogen gegeben, sage ich.

Ich habe ihn zuerst gesehen, sagt Margot.

Einen Nachtregenbogen?

Ja!, sage ich. Hast du schon mal einen gesehen?

Ich wusste nicht, dass es Nachtregenbogen gibt, sagt Claude.

Doch, sage ich. Es gab einen genau vor unserem Haus und es waren alle Farben drin, genau wie am Tag. Ich habe ihn gesehen. Das war wie Zauberei, das war ... Ich rede nicht weiter, weil Claude mich wieder mit diesem Blick ansieht. Als ob er durch mich hindurchsehen kann und hinter mir etwas ist, das ihn zum Lächeln bringt.

Was?, sage ich.

Schon gut, Pea, sagt Claude. Ich glaube dir.

Ach so.

Ähm, wie geht es deiner Maman heute?, fragt er.

Ich habe dich gehört, sage ich.

Du hast mich gehört?

Du weißt, wie es Maman geht; du warst doch da, als sie die Pfirsiche geworfen hat.

Claudes Gesicht ist platt vor Überraschung. Ach so, sagt er. Du hast mich gehört.

Ja, sage ich. Deine Füße machen ein besonderes Geräusch wegen deinem Tigerbissgang. Darf ich auch mal den Stock werfen?

Natürlich, sagt Claude. Ich wollte nur ...

Ich hebe den nassen Stock auf, der voller Hundespucke ist, und werfe ihn, so fest ich kann. Er prallt genau neben meinen Zehen auf dem Boden auf und trifft fast mein Gesicht, als er wieder hochspringt.

Oh là là!, sagt Claude. Komm, ich zeig's dir. Er geht hinter mir in die Hocke, stellt ein Knie auf den Boden und hält von hinten mein Handgelenk. Ein bisschen zu fest, aber ich sage nichts.

He!, sagt Claude und dreht dabei meinen Arm so,

dass er den alten Schorf und die neuen Kratzer sehen kann. Was ist denn da passiert?

Weiß ich nicht, sage ich.

Du weißt es nicht? Bist du hingefallen? Hat dir jemand wehgetan? Das müsste eigentlich desinfiziert werden.

Ich weiß es nicht, sage ich. Maman meinte, es war gebrochen, als ich ein Baby war.

Gebrochen? Claude fährt mit einem Finger über die rosane Haut und den knubbeligen roten Grind. Aber das hier, sagt er, wo es geblutet hat?

Es brennt. Ich ziehe schnell meinen Arm weg. Es juckt, sage ich. Ich habe es aufgekratzt.

Du darfst es nicht aufkratzen, sagt Claude. Sonst wird es nur noch schlimmer.

Darf ich jetzt den Stock werfen?, sage ich.

Ja, sagt er. Also, zuerst musst du in die Richtung schauen, in die du den Stock werfen willst. Erinnerst du dich an den Regenbogen, von dem du mir erzählt hast?

Ja ...

Dann stell dir jetzt mal vor, dass der Stock dieselbe Form macht wie der Nachtregenbogen, von hier nach da. Kannst du den Regenbogen sehen?

Kann ich, das ist einfach. Ja, sage ich.

Zeig mir die Form mit deinem Finger.

Ich male den Regenbogen in den Himmel.

Sehr gut, sagt Claude, und jetzt wirfst du den Stock den Regenbogen hoch, als wolltest du versuchen, die Spitze zu treffen. Er zieht mein Handgelenk nach unten und nach hinten. Bist du bereit? Dann wirf.

Er lässt mein Handgelenk los und mit einem Grunzen schleudere ich den Stock nach vorne. Er fliegt ein bisschen weiter als vorher, aber nicht viel. Merlin stürzt sich darauf und bringt ihn zurück zu Claude.

Margot lacht. Du hast dich angehört wie ein Schweinchen!, sagt sie.

Das ist nicht lustig, sage ich.

Hmm, komm, wir probieren es noch mal, sagt Claude und gibt mir den Stock zurück. Lass dir ruhig Zeit dieses Mal und stell dir noch mal den Regenbogen vor. Seine Finger schließen sich wieder um mein Handgelenk.

Kannst du bitte meine Hand loslassen?, sage ich. Ich will es alleine probieren.

Die Finger lösen sich und ich spüre einen Hauch an meinem Rücken, als Claude sich von mir wegbewegt. Ich blicke über die Wiese, dann schließe ich die Augen. Ich male einen ganzen hohen Regenbogen in den Himmel in meinem Kopf und lasse den Stock aus meinen Fingern herausfliegen. Als ich die Augen wieder aufmache, ist der Stock hoch in der Luft und steigt sogar noch höher. Dann dreht er sich und fällt in einer Kurve langsam wieder zu Boden.

Impeccable!, sagt Margot.

Sehr gut!, sagt Claude.

Ich lächle stolz. Darf ich noch mal?

Claude schüttelt den Kopf. Besser, wir hören jetzt auf, sagt er. Merlin wird allmählich müde.

Merlin hat den Stock gefunden, aber er hat ihn nicht zurückgebracht. Stattdessen hat er ihn mit in den Bach genommen, sich auf den Bauch gelegt und kaut jetzt darauf herum.

Sollen wir rüber zum Mädchennest gehen?, fragt Claude. Da gibt es eine Kleinigkeit zu essen und auch Wasser zum Trinken.

Au ja!, rufen wir.

Claude, was bist du?, frage ich, als wir loslaufen.

Claude sieht mich komisch an. Ich weiß nicht, was du meinst, sagt er.

Ich meine, was machst du?

Früher war ich ein *gendarme*, sagt er. Jetzt kümmere ich mich nur noch um meinen Garten. Und ich mache gerne handwerkliche Sachen.

Warum hast du keine richtige Arbeit?

Bist du zu alt?, sagt Margot.

Zu alt nicht, sagt Claude. Aber ein bisschen lädiert.

Wegen dem Tiger, sagt Margot.

Ach so, ja stimmt, sage ich. Der Tiger.

Claude fröstelt es. Er sieht aus, als würde er gleich weinen. Genau, sagt er. Der Tiger.

Sei nicht traurig, sage ich. Der Tiger ist wahrscheinlich schon tot.

Claude kneift den Mund zusammen.

Und außerdem, sage ich, warum lebst du nicht mit einer richtigen Familie zusammen? Mit vier Leuten oder drei Leuten oder ein Mann und eine Frau? Wo sind deine Kinder, Claude?

Claude kaut auf seiner Zunge herum, daher weiß ich, dass er etwas Wichtiges zu sagen hat. Er greift nach meiner Hand, aber ohne sie zu berühren, er streckt bloß seine Handfläche aus, leer. Ich lege meine Hand hinein und er schließt seine Finger darum, einen nach dem anderen. Weißt du, Pea, sagt er, es gibt ein paar Fragen, die können Erwachsene traurig machen. Man darf sie zwar stellen, aber dann darf der andere auch entscheiden, dass er sie nicht beantworten will. Ich wünschte, ich hätte meine eigenen kleinen Mädchen und meine eigene Frau. Aber das habe ich nicht.

Immerhin hast du ja uns, sage ich.

Ja. Und darüber bin ich auch sehr glücklich, sagt Claude. Als wir an dem Baum ankommen, lehnt er sich mit einem großen Seufzer dagegen. Merlin lässt sich vor seine Füße plumpsen.

Klettert doch schon mal hoch, sagt Claude und zeigt

auf das Mädchennest. Ihr könnt ja nachsehen, ob es etwas gibt, das euch schmeckt.

Wir steigen schnell die Leiter hoch, um zu sehen, was dort oben auf uns wartet. Eine Papiertüte mit Ecken, die zu Katzenohren gefaltet sind. Darin finden wir eine *brioche* und ein *pain au chocolat*, einen Donut und eine Apfeltasche. Eins, zwei, drei, vier!, zählt Margot.

Ich esse nur eins, sage ich, und hebe mir den Rest für später auf.

Glücklich, glücklich, glücklich! Wir machen Claude glücklich!, singt Margot.

Aber Maman nicht, noch nicht, sage ich. Meine Finger finden das einsame Foto in meiner Tasche.

Schmeckt es euch?, ruft Claude nach oben.

Ja, sehr!, rufen wir zurück.

Willst du auch was? Ich schwenke die Tüte nach draußen über den Rand.

Nein danke, die sind für euch. Claude lächelt wieder.

Claude, sage ich, wenn ich dir was erzähle, versprichst du, dass du es nicht Maman weitererzählst?

Hmm, sagt Claude. Das kann ich nicht versprechen. Das kommt drauf an. Ist es etwas in der Art wie: Du hast deiner Maman ein Geburtstagsgeschenk gebastelt, oder etwas in der Art wie: Du willst von zu Hause weglaufen und zum Zirkus gehen?

Zum Zirkus?, frage ich.

Na ja, egal, sagt Claude. Ja, dann erzähl mal, was ist es denn?

Wir sind heute bei uns zu Hause wo hingegangen, wo die Geheimnisse wohnen, sage ich. Die Tür war offen.

Ihr solltet vorsichtig sein mit Türen, die zu Geheimnissen führen, sagt Claude. Manchmal ist es am besten, wenn Geheimnisse Geheimnisse bleiben.

Ich habe ein Foto gefunden, sage ich und greife hinter das Gänseblümchen, nehme es heraus und betrachte es noch einmal. Es sieht immer noch einsam aus.

Das ist Maman, sage ich, aber sie ist an einem einsamen Ort. Weißt du, wo das sein könnte? Ich beuge mich über den Rand und halte ihm das Foto hin, damit er es sich ansehen kann.

Lehn dich nicht zu weit vor, sagt Claude und streckt seinen Arm aus. Ich lasse das Foto in seine Finger flattern.

Ich beobachte Claude, wie er das Bild anschaut. Das Nachdenken macht, dass sich sein Gesicht bewegt – seine Lippen stülpen sich nach vorne und zucken, seine Augenbrauen gehen nach oben und seine Stirn runzelt sich. Nach einer langen Zeit atmet er einen tiefen Atemzug ein und lässt ihn durch die Nase wieder herauskommen.

Findest du auch, dass es ein einsames Foto ist?, sage ich. Macht es dich auch traurig?

Stimmt, es sieht wirklich einsam aus, sagt Claude. Aber deine Maman sieht sehr schön aus, findest du nicht?

Maman ist wunderschön, sage ich. Sie ist die Schönste auf der ganzen Welt. Wahrscheinlich ist sie eine Königin.

Das könnte in England gewesen sein, sagt Claude.

Aber was ist dann mit dem Baby?

Tja, das ist wohl ... Claudes Gesicht hört auf einmal mitten im Satz auf, sich zu bewegen, als wäre es eingefroren. Dann macht es ein freundliches Lächeln. Ganz sicher bin ich nicht, sagt er, aber bestimmt gibt es auch in England Babys.

Dann sagt er: Kommt, wir räumen besser die Papierchen auf.

Claude hilft uns zurück über die Brückensteine, zuerst mir, ganz langsam, dann Margot, mit lauter schnellen Hüpfern.

So, sagt er, jetzt wollen wir doch mal sehen, wie schnell ihr beiden nach Hause rennen könnt. Ich wette, eure Maman hat sich inzwischen ausgeruht und freut sich schon, euch zu sehen.

Wir rennen heute nicht, wir fliegen, sagt Margot.

Donnerstagnachmittags fliegen wir doch immer, sage ich.

Na gut, lächelt Claude. Dann fliegt nach Hause, ihr kleinen Vögelchen, bis morgen.

Kapitel 9

Auf dem Telefondraht, der zwischen dem Haus und der Scheune gespannt ist, unter dem blauen, blauen Himmel, sitzt eine Reihe dunkelblauer Schwalben. Das sind die Sommerbabys, noch ganz dünn und kippelig und nicht so glatt und glänzend wie die Erwachsenen. Die Vogelmutter ist bei ihnen. Ab und zu verlässt sie den Draht und fliegt große Kreise und saust vorbei an den blauen Fensterläden an unserem Haus, vorbei am Kirschbaum und dem Dachvorsprung der Scheune, wo die Vogeljungen geboren wurden. Ihre Nester sind genau neben der großen Narbe, wo das Erdbeben vor langer langer Zeit die Steine auseinandergerissen hat.

Ich liege auf dem Bauch, schaue in eine Pfütze und beobachte sie. Auf dem Kopf stehende Bäume fallen in einen tiefen Brunnen voller Blau. Auf dem Grund des Brunnens sieht man den dicken, getüpfelten Morgenmond, bei dem nur ein winziges Scheibchen an einer Seite abgehobelt ist. Die Vogelmutter fliegt bis zur Spitze des Scheunendachs mit dem Hexenerschreckziegel, und dann noch weiter, bis hoch in die Lücke zwischen den zwei Gebäuden; erst dann kommt sie zurück und setzt sich wieder auf den Draht. Margot, sage ich, wieso haben wir einen Hexenerschreckziegel, wenn es doch gar keine Hexen gibt?

Die Vögel wollen überhaupt nicht fliegen, sagt Margot. Sie wollen wieder zurück in ihr Nest.

Du weißt es, oder?, sage ich, rolle auf die andere Seite und blicke hoch von der Spiegelung in die Wirklichkeit, hinüber zu dem roten Ziegel, der wie eine Krone auf dem Dachfirst sitzt. Der Ziegel ist dazu da, Hexen zu vertreiben, sage ich, und Erwachsene haben ihn dort hingebaut. Also denken Erwachsene, dass es Hexen gibt, ist doch klar.

Aber Maman sagt, es gibt keine.

Vielleicht irrt sich Maman ja, sage ich.

Die Schwalbenmutter ist jetzt damit beschäftigt, ihren Kindern etwas vorzuzwitschern. Stellt euch doch nicht so an, sagt sie bestimmt, Fliegen ist ganz einfach. Aber ihre Kinder rutschen nervös von einer Seite des Drahts zur anderen, legen die Köpfe schief und sehen ängstlich aus. Sie sind sich nicht sicher, ob sie es schaffen, deswegen mache ich mir auch langsam Sorgen, dass es mit dem Fliegen nicht klappt. Ich weiß noch, wie sie als winzige Babyvögel aussahen, als sie gerade frisch geschlüpft waren. Von meinem Fenster aus konnte ich ihre flauschigen grauen Köpfchen und gelben Schnäbel sehen, die aus dem Lehmnest herausschauten. Sie schrien nach Essen. Als sie größer wurden, hatten sie immer weniger Platz, aber sie schmiegten sich trotzdem weiter aneinander, ein Nest voller glänzender Federn und munterer Augen, und ihre Mutter stopfte immer noch Essen in ihre geöffneten Schnäbel. Jetzt macht sie das nicht mehr. Sie müssen alleine für sich sorgen.

Ich finde, man sollte sich selber aussuchen dürfen, wann man fliegen will, sage ich.

Finde ich auch, stimmt mir Margot zu.

Fliegt, fliegt, singt die Vogelmutter und rückt immer näher an sie ran und zwitschert dabei. Sie hilft ihnen. Wenn sie keine Flügel hätten, sondern Finger, würden sie sich alle an den Händen halten, stelle ich mir vor.

Schade, dass Vögel nicht Händchen halten können, sage ich.

Sie können sich nicht mal umarmen, sagt Margot.

Was glaubst du, was sie stattdessen tun?

Sie kuscheln sich einfach aneinander in ihrem Nest.

Das klingt auch schön, sage ich.

Dann scheint irgendwas sie zu erschrecken und sie fliegen alle gemeinsam auf von ihrem Draht, weiße und blaue Blitze. Die Mutter fliegt voraus auf ihrem Rundflug durch unseren Hof und die Vogeljungen fliegen hinterher. Ihnen ist wieder eingefallen, dass sie es doch können. Der Draht schwingt, als sie landen, eins, zwei, drei, vier ... und fünf. Brüder und Schwestern, alle wieder vereint. Etwas streift mein Bein und ich zucke zusammen. Aber es ist nur eine Besuchskatze. Sie reibt sich an mir, seidenweich auf meiner Haut, und schnurrt, aber sie sieht nicht mich an, sondern hinüber zu den Schwalbenbabys.

Sie wartet, bis eins von ihnen runterfällt, sagt Margot.

Sie fallen nicht runter, sage ich, das sind doch Vögel. Vögel fliegen.

Nicht immer, sagt Margot.

Das stimmt gar nicht, sage ich. Vögel fallen nicht runter, wenn sie fliegen. Ich blicke hinüber zu der Katze. Sie beobachtet immer noch die Schwalben.

Sie fallen nicht runter!, sage ich.

Da kommt der Vogelvater angeflogen und setzt sich auf den Draht, er ist größer und noch glänzender. Er sitzt rechts neben den Babyvögeln und die Vogelmutter links. Ich betrachte die Schwalbenfamilie auf dem Draht und spüre, wie langsam aus dem Nichts die Dunkelheit in mich hineintröpfelt.

Irgendwie ist es am besten, sage ich, wenn eine Familie eine Maman und einen Papa hat.

Das sind dann gleich doppelt so viele Leute, wie wenn es bloß eine Maman gibt, sagt Margot. Aber Mamans sind immer noch am besten.

Ich stecke die Finger in die Taschen meines Kleids, für das ich mich heute schon wieder entschieden habe, und fahre über die Ecken des einsamen Fotos. Papa hat mich liebgehabt, sage ich. Er hat mich immer hochgehoben und durch die Luft gewirbelt.

Maman hat dich auch liebgehabt, sagt Margot. Ihr habt immer zusammen Kuchen gebacken und Pies und Kekse in Sternenform.

Das war, bevor das Baby gestorben ist, sage ich. Papa hat mich gekitzelt und ich durfte mit ihm auf dem Traktor mitfahren.

Maman ist die Allerschönste, sagt Margot.

Papa hatte große Hände und ein strahlendes Lächeln, sage ich.

Du durftest Maman mit der Wäsche helfen, sagt Margot, sogar als dir Sachen ins Gras gefallen sind.

Ja stimmt, das weiß ich noch, sage ich. Maman hat die Kleider ausgeschüttelt und sie auf die Leine gehängt und ich durfte ihr die Wäscheklammern reichen.

Und Maman hat dir immer vorgesungen, sagt Margot.

Wir haben zusammen gesungen, sage ich.

Du kanntest alle Lieder, sagt Margot. Kinderlieder und Erwachsenenlieder. Auf Französisch und auf Englisch.

Aber dann ist das Baby gestorben, sage ich, und hat ihre Stimme weggenommen.

Puh, jetzt hör aber mal auf, Pea, sagt Margot. Du bist schlecht gelaunt und das ist langweilig!

Sie wirft sich auf mich und drückt die ganze Luft heraus. Ihr Gesicht ist genau über meinem, ihre Nase stößt gegen meine Nase und ihre Augen sind so nah, dass ich sie überhaupt nicht mehr sehen kann; alles, was ich sehe, ist ein verschwommener Farbklecks. Komm, sagt sie, wir machen jetzt was Wissenschaftiges.

Wenn man um unser Haus herumgeht, auf der Seite, die am sonnigsten ist und auf der man bis hinüber zu den Bergen blicken kann, ist alles sehr wild. Die langen Grashalme sind voller Samen und kratzig und es gibt viele Brennnesseln. Außerdem wachsen dort hohe Disteln, größer als ich, mit wunderschönen haarigen lilanen Blüten, die man aber nicht pflücken kann, weil die stachligen Blätter zu weit rausstehen und man deshalb nicht hinkommt. Und man kann dort immer ganz viele Insekten finden: Marienkäfer und *punaises* und *gendarmes*. Dann gibt es noch einen großen Baum mit lilanen Blüten, die in langen Büscheln herabhängen. Dort treffen sich alle Schmetterlinge. Normalerweise spielen wir nicht auf der wilden Seite, weil sie genau in der Sonne liegt und weil dort alles so piksig ist, aber heute sind wir schon früh aufgestanden und die Sonne scheint noch nicht so stark.

Also, sagt Margot, wir machen jetzt was Wissenschaftiges, und zwar suchen wir nach Präparaten.

Nach lebenden?

Nein. Man darf keine lebenden Präparate aus der Natur nehmen, nur Pflanzen und Sachen, die tot sind, aber nicht stinken.

Ich habe ein Vergrößerungsglas, sage ich.

Ja, und ich habe ein Stethoskop, sagt Margot. Also los, wir fangen an.

Ein schwarz-weißer Schwalbenschwanz sitzt auf den lilanen Blüten und trinkt den Nektar. Außerdem sehe ich ein Tagpfauenauge und einen braun-orangenen Schmetterling, den ich nicht erkenne. Doch sie leben alle noch, sie eignen sich also bloß zum Anschauen, nicht als Präparate. Ich beschließe, dass unten auf dem Boden der bessere Ort zum Suchen ist. Schon bald finde ich einen Schmetterlingsflügel. Er ist sehr zerbrechlich und hat eine cremeweiße Farbe, wie Milch. Der Rest vom Schmetterling fehlt. Entweder ist er abgefallen oder nur der Schmetterling wurde gefressen, aber nicht der Flügel. Ich lege ihn auf einen großen flachen Stein, während wir weitersuchen. Margot findet eine weiße Feder mithilfe ihres Stethoskops und dann finden wir noch ein bröckeliges kleines gelbes Ding, das aussieht wie ein Ball oder so. Ich pikse mit einem Stock dagegen. Nichts passiert. Als ich es durch mein Vergrößerungsglas betrachte, kann ich viele leere Stellen erkennen.

Es sieht ein bisschen aus wie ein Wespennest, sagt Margot.

Das müssten dann aber winzig kleine Wespen sein, sage ich.

Ich habe ja auch nicht gesagt, dass es ein Wespennest ist, sagt sie, sondern nur, dass es aussieht wie eins.

Stimmt, sage ich.

Das ist ein sehr gutes Präparat, sagt sie.

Was glaubst du, wer es gebaut hat?

Hmm, sagt Margot und knüpft dabei ihren weißen Wissenschaftermantel zu. Ich würde sagen, dass dieses Präparat entweder von sehr kleinen Wespen oder von einem anderen sehr kleinen Insekt gebaut wurde.

Ganz vorsichtig stecke ich das winzige Nest zusammen mit der Feder und dem Schmetterlingsflügel in meine Tasche und halte mit der Hand die Öffnung zu, damit nichts herausfallen kann. Wir nehmen die Präparate am besten mit ins Mädchennest, sage ich, dort sind sie sicher.

Claude muss schon vor uns da gewesen sein, denn wir finden eine neue Flasche Wasser im Mädchennest und eine rote Dose, auf der Kekse abgebildet sind. Rosane und gelbe und braune. Sie ist schwer aufzukriegen. Ich muss mit den Fingern unter die Ecken greifen und auf diese Weise versuchen, den Deckel abzubekommen. Er klemmt und geht nicht auf und ich werde langsam böse und dann fliegt der Deckel auf einmal weg und die Kekse fallen raus und manche landen auf der grün-roten Decke und manche in meinem Schoß.

Im Mädchennest ist es sauber, sagt Margot.

Finde ich auch, sage ich.

Wir essen ein paar der rausgepurzelten Kekse und tun dann den Deckel wieder drauf, aber ohne ihn so weit runterzudrücken. Langsam leere ich meine Tasche aus. Erst hole ich das Foto von Maman und dem Baby heraus. Dann den Schmetterlingsflügel und das Nest für sehr kleine Insekten und die Feder. Ich forme meine Hände zu einer Schale und lege alle vier Sachen hinein. Vier verschiedene Sachen, lauter Schätze. Ich beschließe, ab jetzt immer Dinge in unser Nest zu bringen und eine Sammlung anzulegen. Wenn es dann zu heiß ist, um zum Windigen Hügel zu gehen, kann ich hierherkommen und meine Sammlung mögen und dann wird es mir bestimmt besser gehen. Ich werde alles in der Keksdose aufbewahren, neben den rosanen und gelben und braunen Keksen, und dann, wenn wir alle Kekse aufgegessen haben, wird es bloß noch eine Schatzdose sein, und keiner wird reinschauen, weil ja Kekse drauf abgebildet sind und keine Fotos und Federn und Flügel.

Das mit der Wissenschaft hat gut geklappt heute Morgen, sagt Margot. Deswegen habe ich beschlossen, dass unsere Aufgabe auch wissenschaftig sein muss.

Maman glücklich zu machen? Was ist daran wissenschaftig?

Ist doch klar. Wissenschaft heißt, dass man Rätsel löst. Mit seinem Verstand. Wir müssen verstandmäßiger denken.

Na gut, sage ich. Aber wie?

Hmm, also normalerweise ist Maman glücklich, wenn wir nicht laut sind, sagt Margot, und wenn wir ihr Frühstück machen.

Ja, aber nur, wenn nichts dabei kaputtgeht.

Ja. Und wir wissen auch, dass es Sachen gibt, die sie traurig machen.

Ja, sage ich, zum Beispiel tote Fliegen, Papas Traktor und dass alles so unordentlich ist.

Genau. Wir können nichts dagegen machen, dass Fliegen sterben, und wir können auch nicht den Traktor woanders hinstellen, aber wir können doch immerhin aufräumen.

Margot, sage ich, du bist eine geniale Wissenschafterin.

Die Idee ist wirklich gut und ich bin auf einmal ganz aufgeregt, also essen wir beide noch schnell einen Keks und klettern dann die Leiter hinunter.

Am anderen Ufer des Bachs treffen wir Claude und Merlin.

Hallo, sage ich, wir müssen jetzt leider nach Hause und Maman glücklich machen.

Hallo, sagt Claude. Schon gut, wir wollten nur kurz vorbeikommen und nachsehen, ob ihr die Kekse entdeckt habt.

Ja, vielen Dank! Und die Dose ist auch gut.

Claude lächelt. Da bin ich ja froh.

Merlin läuft um mich herum, wedelt mit dem Schwanz und hebt den Kopf, um gestreichelt zu werden.

Merlin ist wirklich lieb, sage ich.

Das ist er wirklich, sagt Claude. Ich habe ihn sehr gern. Und er kniet sich hin, um Merlin ganz fest zu umarmen. Als ich sehe, wie Claude seine Arme um Merlin schlingt und wie glücklich Merlin ist, so liebgehabt zu werden, fühle ich eine komische Art von Traurigsein.

Wir müssen jetzt wirklich los, sagt Margot. Wir haben jede Menge zu tun.

Kapitel 10

An diesem Nachmittag strengen wir uns besonders an. Wir putzen und räumen auf. Aus der Küche habe ich einen Putzlappen mitgenommen und einen Besen und eine Schaufel. Ich habe vor der Tür gekehrt und ich habe die Fenster der hinteren Tür mit Wasser aus dem Wasserhahn im Hof abgewaschen. Jetzt fege ich den Hof, während Margot die Luft staubsaugt. Wir machen alles sauber und schön. Wenn wir mit dem Teil fertig sind, wollen wir mit der Pfirsichscheune und dem Traktor weitermachen, auch wenn ich ein bisschen Angst habe vor den Wespen. Aber den Hof sauberzumachen ist harte Arbeit; der Besen und die Schaufel sind nämlich sehr klein und der Hof ist ziemlich groß. Außerdem fällt mein Hut die ganze Zeit runter.

Jetzt reicht's mir aber, sage ich, ich setz ihn jetzt nicht mehr auf, das ist sowieso ein blöder Hut.

Wenn du bei schönem Wetter keinen Hut aufziehst, dann stirbst du, sagt Margot, nachdem sie ihren Staubsauger ausgemacht hat.

Aber wie soll ich ihn aufbehalten und gleichzeitig saubermachen? Das Haus ist der reinste Saustall!, sage ich.

Du musst deinen Kopf benutzen, sagt Margot und ich lache.

Margot kann sich gute Witze ausdenken. Bis auf ihre Alle-Kinder-Witze, die sind unter aller Kanone.

Der Skorpion sitzt im Schatten eines großen rosanen

Steins. Er ist fast schwarz, bis auf ein paar gelbe Beine, und er glänzt und liegt flach am Boden. Ich sehe ihn erst, als ich ihn zusammen mit den Blättern wegkehre und er auf einmal losrennt.

Schau mal, sagt Margot, noch ein Präparat.

Aber ein lebendes, sage ich.

Na und? Das heißt nur, dass du ihn nicht in deiner Schatzkiste aufbewahren kannst, sagt Margot. Aber wir könnten ihn doch trotzdem behalten – als Haustier.

Wir könnten ihm eine Leine umbinden, sage ich, und mit ihm spazieren gehen, wie mit einem Hund. Aber das sage ich nur aus Spaß, denn mit Skorpionen kenne ich mich aus. Ich weiß, dass es sehr wehtut, wenn man von einem Skorpion gestochen wird, und manchmal muss man sogar ins Krankenhaus. Ich weiß, dass man Skorpione nicht anfassen darf. Also hole ich ein leeres Marmeladenglas aus der Kiste mit dem Altglas, die überquillt wie alles zurzeit. Das Glas hat keinen Deckel, aber es ist viel größer als der Skorpion und außerdem rutschig, er kann also bestimmt nicht am Rand hochklettern. Ich nehme einen Stock und stupse den Skorpion in das Glas. Er flitzt herum und versucht, die Glaswände hochzukrabbeln, er winkt mit seinen Scheren und sein Schwanz ringelt sich über seinem Rücken wie ein Wursthaken. Ich habe immer noch ein bisschen Angst, dass er es hinausschafft und mich sticht, aber ich hatte recht: Das Glas ist zu glatt und er muss auf dem Boden bleiben und sich beobachten lassen. Ein Glück, dass Skorpione nicht fliegen können.

Komm, wir stellen ihn neben mein Bett, sage ich. Weißt du, was Skorpione essen?

Ich schau kurz im Internet nach, sagt Margot.

Margot setzt sich vor einen Stein, der ihr Computer geworden ist, und sucht im Internet nach Skorpionnahrung.

Hmm, sagt sie, hmm, aha, aha, alles klar.

Also, was essen Skorpione denn jetzt?, frage ich.

Käse, sagt Margot.

Wir gehen die Treppe hoch, aber auf halber Höhe taucht auf einmal Maman an der Badezimmertür auf. Sie steht oben an der Treppe, ein riesiger dunkler Schatten.

Was hast du denn da, Pea?, sagt sie.

Ich blicke auf das Marmeladenglas in meinen Händen: ein kleiner schwarzer Skorpion, der immer noch versucht, innen an den rutschigen Glaswänden hochzukrabbeln, sein Stachel über dem Rücken und das kleine Stückchen Käse, das er nicht gegessen hat. Ich traue mich nicht, es hinter meinem Rücken zu verstecken, falls ich es aus Versehen schräg halte und der Skorpion dann auf meinen Arm läuft.

Nichts, sage ich und sehe ihr dabei in die Augen.

Peony, was ist in dem Glas?

Och, das ist nur ... den hab ich draußen bei den Steinen gefunden, ich wollte ihn behalten und mich drum kümmern. Ich hab ihm ein bisschen Käse gegeben.

Maman kommt langsam die Treppe herunter. Gleich wird es eng auf der Treppe, an Maman und ihrem Bauch werde ich nicht vorbeikönnen. Ich halte die Hände um das Glas geschlossen und versuche, den Skorpion zu verstecken. Er läuft die ganze Zeit am Rand entlang; zwischen seinem Stachel und meiner Handfläche ist bloß das Glas, sonst nichts.

Ich blicke durch das Geländer hindurch nach unten auf den Küchenboden. Ich kann das Glas nicht runterfallen lassen, weil es sonst zerbrechen würde und dann wäre ein Skorpion in der Küche. Beides wäre sehr schlimm. Ich blicke nach oben zu Maman, sie ist schon fast bei mir. Ich blicke nach hinten zu Margot, die bloß mit den Schultern zuckt und mich groß ansieht. Ich bin gefangen, in der Mitte, mit meinem Skorpion, der auf einmal keine so gute Idee mehr ist.

Maman versucht, in das Glas hineinzuschauen. Käse, sagt sie, ist es eine Maus?

Nein.

Eine Spinne?, sagt sie und kommt noch einen Schritt nach unten und beäugt mich.

Keine Spinne.

Peony, fährt sie mich an, was hast du in dem ...

Ihre Hand greift nach dem Glas. Ich halte es fest. Ich habe Angst, es fallen zu lassen, aber es ist glatt; und außerdem habe ich Angst davor, meine Finger reinzustecken, um es besser halten zu können, obwohl der Skorpion sich jetzt gar nicht mehr bewegt, sondern nur noch flach auf dem Glasboden liegt. Schweißregentropfen laufen meinen Hals runter, an meinem Herz vorbei, und machen ein Planschbecken aus meinem Bauchnabel.

... Glas, sagt sie. Sie lehnt sich über ihren Bauch nach vorne, treppabwärts, eine Hand hält sich am Geländer fest und die andere greift nach dem Glas, ihre Finger drücken gegen meine und suchen nach einer Stelle, wo keine Finger von mir sind. Sie zerrt daran und ich lasse das Glas los.

Als Maman es sich vor das Gesicht hält, macht der Skorpion einen Hüpfer und hebt wieder seine Scheren und seinen Schwanz, kampfbereit.

Ah!, schreit Maman und lässt das Glas fallen.

Das Glas prallt zwischen unseren nackten Fußpaaren auf die Treppenstufe auf, kullert zwei Stufen runter und schlägt dann noch mal auf. Ich drehe mich um, um es im Auge zu behalten, um zu sehen, wie das Glas zerspringt, um zu sehen, was mit dem Skorpion passiert. Aber das Glas geht gar nicht kaputt. Stattdessen schlägt es auf jeder Stufe auf, *toc, toc, toc,* bis es schließlich umgekippt auf den Küchenfliesen liegen bleibt.

Ich stelle mir vor, wie der Skorpion aus dem Glas läuft; Maman würde noch wütender werden, als sie es sowieso gleich ist. Ich renne los, die Treppe runter, um zu verhindern, dass er aus dem Glas entkommt, doch schon nach zwei Stufen spüre ich einen Stich und dann ein Brennen außen an meinem Fuß.

Hilfe, Maman, er ist da! Auf der Treppe! Er hat mich gestochen! Maman!, weine ich.

Der Skorpion ist an den Rand der Treppe gelaufen.

Ich renne nach unten in die Küche und klettere auf die Bank. Schnell ziehe ich die Füße hinter mir hoch.

Maman! Fang ihn ein! Er ist auf der Treppe!

Auf welcher Stufe, Peony? Auf welcher Stufe denn? Maman traut sich nicht die Treppe runter. Sie ist barfuß und sie kann den Skorpion nicht sehen. Ihr Bauch ist im Weg.

Maman! Er hat mich gestochen, Maman! Bitte, es tut so weh!

Mein Fuß wird schon langsam rot und schwillt an. Die Küche fühlt sich an wie Winter. Die Dunkelheit in meinem Bauch breitet sich in meine Arme und Beine aus.

Maman ist von der Treppe verschwunden.

Bleib, wo du bist!, ruft sie jetzt. Warte, ich komme gleich. Nach kurzer Zeit erscheint Maman wieder oben an der Treppe, mit Papas Traktor-Fahr-Stiefeln, einer Shampooflasche und einer dicken grünen Spritze. Mit schweren Schritten trampelt sie die Treppe runter, achtet aber darauf, wo sie hintritt. Sie bleibt stehen und schlägt mit der Shampooflasche auf die Stufen und stampft mit einem Fuß. Ich glaube nicht, dass der Skorpion noch am Leben sein wird, wenn sie fertig ist.

Margot hat ihre Arme um mich geschlungen auf der Bank. Ich kneife meine Augen ganz fest zusammen, hinter meinen Augen ist es schwarz wie die Nacht, aber mit bunten Funken und weißen Blitzen. Mein Fuß brennt und ich kneife fester und fester. Margot wiegt mich hin und her.

Hab keine Angst, sagt sie, es tut zwar weh, aber bald geht es dir wieder besser.

Ich zittere in der Dunkelheit und versuche, daran zu denken, dass ich ganz fest gedrückt werde, aber das Einzige, woran ich denken kann, ist, dass mein Fuß immer mehr wehtut. Dann heben mich Arme hoch und es ist nicht mehr Margot, sondern Maman, und sie trägt mich nach draußen ins Licht. Ich klammere mich an sie und versuche, mich auf ihrer Hüfte zu halten, aber ihr Bauch ist im Weg und ich rutsche immer weiter nach unten, während sie in Papas Stiefeln über den Hof stampft. Sie setzt mich auf den Tisch und schaut sich meinen Fuß an.

Ganz ruhig, Pea, es geht gleich weg, sagt sie. Ich mache es wieder heil.

Es tut so weh!, weine ich.

Ich weiß, sagt sie, aber du musst es jetzt aushalten. Und dann nimmt sie die riesige grüne Spritze und setzt sie auf den Stich an meinem Fuß, und als sie den inneren Teil hochzieht, zieht es auch meinen Fuß hoch, und in dem durchsichtigen Plastikstück am Ende bildet sich eine weiße Blase von meinem Körper. Dann sehe ich, wie Blutstropfen aus mir herausgesaugt werden, und mir wird schlecht.

Warte hier, sagt Maman.

Ich sitze eingerollt auf dem Tisch, blicke hinüber zur Scheune und wünsche mir, dass ich die Winkturbinen sehen kann.

Dann ruft Margot auf einmal: Die Hexen kommen!

Wo? Wo?, schreie ich und sehe mich um. Alles sieht normal aus, aber die Hexen könnten jeden Moment aus dem Schatten auftauchen, und ich sitze mitten auf dem Tisch und bin schon von Weitem zu erkennen.

Die Hexen sind überall! Es gibt sie doch! Margot lacht los.

Hör auf!, schreie ich. Hör auf!

Vielleicht musst du sterben, sagt Margot. Sie beäugt mich auf einmal neugierig. Skorpione sind sehr gefährlich, sagt sie. Und dann lacht sie wieder.

Geh weg, Margot, sage ich. Ich mag dich nicht mehr.

Als Maman wiederkommt, bin ich eingerollt zu einem Ball und schluchze leise vor mich hin.

Maman entschält mich wie eine Orange. Sie hat ein Handtuch voller Eiswürfel dabei. Sie presst es an meinen Fuß und eine Art von Schmerz stößt die andere weg.

Muss ich sterben?, frage ich.

Sag das nicht, Pea, sagt Maman.

Ich hab Angst, Maman. Erzählst du mir eine Geschichte?

Maman setzt sich auf einen Plastikstuhl, der knarrt, als sie ihren Hintern hineinzwängt, und hält das Eis an meinen Fuß.

Es war einmal, sagt Maman.

Ich will keine erfundene Geschichte, sage ich. Lieber eine Als-ich-ein-kleines-Mädchen-war-Geschichte. Die trösten mich immer am besten.

Als ich ein kleines Mädchen war, sagt Maman, gab es keine Skorpione.

Gab es Spinnen?, frage ich.

Hmm, ja, Spinnen und Bienen und Wespen, aber keine Skorpione.

Was gab es noch?, will Margot wissen.

Hast du auch nahe bei den Bergen gewohnt, so wie wir?

Nein, eigentlich nicht. Wir wohnten in einer kleinen Stadt. Aber wir waren auch schnell auf dem Land.

Und das Meer?

Bis zum Meer war es ziemlich weit.

Gab es Wiesen zum Spielen?

Nein, Wiesen gab es nicht, Pea, aber wir hatten einen Garten, mit einer Schaukel.

Ach so.

Was hast du dann im Sommer gemacht?, frage ich.

Maman denkt nach, rollt das eisige Handtuch auf meinem Fuß hin und her und reibt die Füße aneinander. Ihre Haare sind eine lange nasse Schlange, die an ihrem Rücken hinunterkriecht.

Ich habe im Garten gespielt und bei einer Freundin. Unsere Häuser standen alle nebeneinander in einer langen Reihe, lauter Straßen voller Häuser. Die Vorgärten waren durch Gehwege miteinander verbunden und zwischen den Gärten hinter den Häusern gab es einen schmalen Durchgang, wie ein kleiner Spazierweg. Wir sind immer über den hinteren Zaun in die Gärten der anderen geklettert. Und wir hatten auch ein Planschbecken – kein gelbes wie du, sondern ein grünes –, aber im Sommer hat es oft geregnet. Wir haben uns immer Bescheid gesagt, wenn wir rausgegangen sind zum Spielen. Wenn einer von uns Geld hatte, sind wir in einen Laden gegangen und haben uns Eis gekauft. Manchmal hat meine Mama mir auch ein kleines Picknickpaket mitgegeben. Und ab und zu sind wir alle ins Auto gestiegen und an den Strand gefahren. Aber das kam nur ganz selten vor.

Mamans Gesicht ist leer, als wäre sie auf einmal ganz weit weg.

An unseren Strand?

Nein, das war ziemlich weit entfernt von hier. Ein anderer Strand. Ein anderes Meer.

Gibt es mehrere Meere?

Maman lächelt. Na ja, sagt sie. Schon.

Gab es da Flamingos, sage ich, und *moules-frites*?

Es gab Esel, auf denen man reiten konnte, sagt sie, und das Meer war sehr kalt. Und es gab Zuckerwatte zu essen ...

Ihr habt Watte gegessen?, sage ich.

Keine richtige Watte, sondern Zuckerwatte. Wie ein langer weißer Bart zum Essen, sagt sie. Und mein Großvater lag in einem Liegestuhl und faltete immer Sonnenhüte für uns aus Taschentüchern.

Man kann doch aus Taschentüchern keine Hüte machen!

Damals schon.

Das ist schon ganz, ganz lange her, sage ich.

Ja, sagt Maman, es ist wirklich schon sehr lange her. Ihr Bauch hüpft und sie rollt sich darüber ein. Pea, sagt sie.

Ja?

Lass bitte in Zukunft solche Dummheiten, ja? Ich habe wirklich schon mehr als genug Sorgen. Du musst jetzt ein großes Mädchen sein. Kann ich mich auf dich verlassen?

Plötzlich fühle ich mich wieder traurig und mir ist ein bisschen schlecht im Hals.

Tut mir leid, sage ich.

Maman steht langsam auf. Hast du Durst?, sagt sie und ich nicke.

Tut es doll weh?, fragt Margot, als Maman gerade drinnen ist und etwas zu trinken holt.

Ich schaue sie böse an. Ja, es tut wirklich sehr doll weh, sage ich.

Glaubst du, wir müssen jetzt spielen gehen? Oder dürfen wir heute hierbleiben?

Ich hoffe, wir können hierbleiben, sage ich. Ich mag

jetzt nicht spielen. Vielleicht dürfen wir was im Malbuch ausmalen.

Und was ist mit Claude? Bestimmt fragt er sich, wo wir sind.

Du kannst ihm ja Bescheid sagen. Ich blicke nach unten zu Margot, die im Schneidersitz auf dem gepflasterten Boden sitzt. Maman hat überhaupt nicht gemerkt, dass wir saubergemacht haben, sage ich.

Sie hat nur auf dich geachtet, wegen dem Skorpion, sagt Margot.

Margot, warum warst du vorher so gemein zu mir, als ich solche Angst hatte?

Gemein?, sagt Margot. War ich doch gar nicht. Das hast du dir nur eingebildet.

Kapitel 11

Die Zimmertür geht mit einem Knarren auf und Maman füllt den ganzen Türspalt mit sich aus, sie riecht nach Seife und hat nasse Haare.

So, genug geschlafen, sagt sie. Beeilung, wir gehen gleich los.

Dann schwebt sie ins Zimmer und stößt die Fensterläden auf, sodass die heißen Gerüche von draußen hereinfliegen, um uns aufzuwecken, und auch der kleine krähende Hahn ist der Meinung, dass es Zeit zum Aufstehen ist.

Los, raus aus den Federn! Zack, zack!, sagt Maman, während sie ihren Bauch durch die Tür nach draußen schwingt. Ich starre ihr nach.

Wo gehen wir denn hin?, fragt Margot.

Weiß ich nicht, sage ich, Markttag ist heute jedenfalls nicht. Vielleicht einkaufen oder zum Arzt?

Aber fürs Einkaufen ist es noch zu früh, sagt Margot.

Zu Mamie Lafont?

Glaube ich nicht. Margot rollt die Augen in ihrem Kopf herum.

Zum Friedhof, um Papa zu besuchen?

Margot schüttelt den Kopf. So fühlt es sich nicht an.

Stimmt, gebe ich ihr recht. Aber woher sollen wir wissen, was wir anziehen sollen?

Wir können ja einfach unsere Lieblingssachen anziehen, sagt Margot. Aber mein grünes Kleid ist inzwischen richtig schmutzig, ich habe es schon zwei Tage hintereinander angehabt.

Ich hab eine bessere Idee, sage ich. Wir können was Gelbes anziehen. Für die Aufgabe.

Au ja, sagt Margot.

Genau genommen habe ich gar kein gelbes Kleid, keinen gelben Rock und auch keine gelbe Hose. Aber ich habe ein gelbes T-Shirt. Am Hals ist es ein bisschen eng, als ich es über den Kopf ziehen will, aber ich schaffe es. Und ich finde eine gelbe Unterhose.

Was ziehst du unten rum an?

Nichts. Das verdirbt sonst meine ganze Idee mit der Farbe.

Du verdirbst Maman die Laune, wenn du in der Unterhose rumläufst. Zieh lieber eine Farbe an, die zu gelb passt.

Und welche?

Margot zuckt mit den Schultern. Rosa?

Also suche ich meine rosane Hose, die die gleiche Farbe hat wie Erdbeerjoghurt, und ziehe sie an.

Sehr schick, sagt Margot.

Unten in der Küche läuft das Radio und der Tisch ist fürs Frühstück gedeckt. Auf dem Küchenboden steht eine große karierte Tasche, aus der schon Sachen herauspurzeln: Handtücher und Wasserflaschen, Plastikboxen mit Essen drin, Sonnenhüte und Sonnencreme.

Machen wir ein Picknick?, frage ich.

Wir fahren ans Meer, sagt Maman.

Jetzt? Heute Morgen?

Ja, wenn du dich beeilst. Maman hat rote Augen, aber sie lächelt. Sie hat eine Hose an, mit hochgerollten Hosenbeinen, und sie trägt Flipflops mit einem großen roten Edelstein oben auf jedem Fuß. Sie trinkt aus einem Wasserglas, auf dem außen glänzende Tropfen drauf sind.

Wir beeilen uns mit dem Frühstück, ich räume den Tisch ab und Maman wischt ihn sauber. Dann machen wir die Tür hinter uns zu, schließen ab und steigen ins Auto, das wir so gut wie nie benutzen. Heute ist es *canicule*. Das heißt, dass vor allem ein Tag ist zum Schwimmen oder zum In-den-Schatten-Legen. Für alles andere ist es zu heiß. Der Griff der Autotür verbrennt meine Hand und ich lasse ihn schnell wieder los. Innen ist es heiß und unerträglich und der Geruch nach Auto ist sehr stark. Beim Losfahren kurbeln wir die Fenster runter und lassen die kühlere Luft von draußen reinkommen. Das Auto trinkt sie durstig auf.

Während der Fahrt ans Meer geht es die ganze Zeit bergab und Maman fährt ganz langsam. Sie sitzt weit weg vom Lenkrad wegen ihres Bauchs. Sie muss die Arme ausstrecken, um überhaupt ans Lenkrad zu kommen. Ab und zu hüpft ihr Bauch und Maman dann auch, und das Auto macht einen Schlenker und ich erschrecke. Auf dem Weg zum Strand singe ich Lieder. Manchmal stimmt Maman in den Refrain ein. Heute ist sie in einer sehr guten Stimmung. Margot fängt meinen Blick auf und ich weiß, dass sie das Gleiche denkt. Ich frage mich, was sie so fröhlich gemacht hat. Bestimmt, dass wir saubergemacht haben. Während ich darüber nachdenke, blicke ich aus dem Fenster und beobachte, wie wir durch das Dorf fahren. Wir fahren über eine Brücke, die über eine große Straße führt, und ich sehe nach unten. Unter uns rast der Verkehr vorbei: Laster und Wohnwagen und Autos. Ich frage mich, wo sie alle hinfahren, so schnell und so viele. Als wir auf der anderen Seite ankommen, wo es riecht wie auf dem Windigen Hügel, nur salziger, biegen wir ab und die *étangs* sind auf einmal auf meiner Seite; ich kann sie durch das Fenster sehen, übersät mit Moosklumpen und gelbem Gras. Möwen fliegen über sie drüber und werfen Schatten auf das gekräuselte Wasser. Ich halte nach den Flamingos Ausschau, aber es sind keine zu sehen. Die Bäume hier unten sind alle schief gewachsen, sie beugen sich zur Seite, weil sie ihr ganzes Leben lang von der *Tramontane*, das ist unser Wind, angepustet wurden. Ich bin ein bisschen traurig wegen der Bäume. Ich finde, sie haben eine Pause verdient.

Maman ist still geworden.

Geht es dir gut?, frage ich.

Mir?, sagt Maman. Ja, mir geht es gut. Wir sind fast da.

Als die *étangs* zu Stränden werden, biegen wir ab und parken das Auto. Ich kann schon das Meer sehen, das darauf wartet, dass ich hineinspringe und herumplansche und schwimme. Am liebsten würde ich gleich losrennen zum Strand und ins Wasser hüpfen, aber stattdessen laufe ich langsam neben Maman her. Als der Weg zum Strand sandig wird, ziehen wir die Schuhe aus und schlenkern sie neben uns her, während der Sand den Wiesenschmutz von unseren Füßen kratzt.

Schließlich kommen wir zu einer großen Holzterrasse mit Sonnenschirmen aus Stroh und Hängematten.

Ich setz mich hier hin, sagt Maman und stellt die Tasche ab. Du gehst schön spielen. Sie wackelt mit dem Finger und zeigt Richtung Meer.

Willst du eine Sandburg bauen?, sage ich.

Nein, mach du mal. Tob dich schön aus.

Oder willst du vielleicht planschen?

Peony!, fährt sie mich an.

Margot sieht mich an, schüttelt den Kopf und nimmt mich an der Hand. Der Strand ist übersät mit Bäuchen und Hintern und Handtüchern und Taschen, und auf der anderen Seite glitzert das Meer. Wir machen uns auf den Weg durch den Hindernisparcours, über den heißen Sand.

Jetzt bin ich am Rand des Wassers und mein Hintern wird ganz sandig. Die Wellen kommen angeschwappt und werden wieder weggespült, kleine weiße Welpen, die an meinen Zehen lecken. Mit meinem guten Fuß male ich Kreise in den matschigen Sand, den gestochenen Fuß, der immer noch groß und rot ist, lasse ich im kalten Wasser. Mit den Händen habe ich ein großes Loch gegraben, darin hockt jetzt Margot. Von hier aus können wir Maman beobachten. Sie sitzt immer noch im Schatten des Strandcafés und liest ein Buch. Seit wir angekommen sind, hat sie sich noch kein bisschen bewegt. Dafür springen Leute, die wir gar nicht kennen, um sie herum, bringen ihr etwas zu trinken und Kissen. Vorhin hat sie einen von den Caféleuten mit Eis zu uns geschickt, Vanilleeis. Ich frage mich wieder, ob sie nicht doch eine Königin ist. Sie sieht auf jeden Fall aus wie eine Königin, mit dem Schatz zwischen ihren Füßen. Ich habe auch schon Schätze gefunden – neben mir liegt ein kleiner Haufen Muscheln, weiß und rosa, und manche schimmern innen drin graurosa. Davor habe ich mit dem Sand von dem Loch eine riesengroße Sandburg gebaut, und die Muscheln waren die Dekoration. Jetzt, wo die Sonne höher am Himmel steht, wird das weiße Funkeln auf dem Wasser sogar noch strahlender. Immer mehr von den Urlaubsleuten drängen sich am Strand und ich weiß, dass wir bald gehen müssen. Also sammle ich meine ganzen Muscheln ein, damit ich sie mitnehmen und in die Keksdose im Mädchennest tun kann.

Ich bin traurig, sage ich.

Traurig wegen dem Meer?, fragt Margot.

Nein, nicht traurig wegen dem Meer.

Wegen was dann?

Ach, nichts, sage ich.

Aber was hast du denn?, fragt Margot.

Ich weiß nicht, sage ich, am Meer ist es schön; Maman ist da, sie ist hier mit uns am Strand und sie lächelt. Das Wasser fühlt sich gut an an meinen Zehen. Ich kann immer noch das Eis in meinem Bauch spüren, es fühlt sich ein bisschen kälter an als der Rest von mir und kribbelt, aber angenehm. Deswegen bin ich traurig.

Ach so, sagt Margot. So eine Art von Traurigsein hat man, wenn man glücklich ist.

Wirklich?

Wirklich.

Also bin ich glücklich?, frage ich.

Ja, sagt Margot, na klar bist du glücklich.

Auf dem Nachhauseweg sitze ich im Auto auf der anderen Seite, damit ich noch mal die *étangs* sehen kann.

Ich hab Hunger, sagt Margot.

Ich auch.

Sogar der Wind, der durch die Fenster kommt, reicht nicht, um die Hitze erträglicher zu machen. Mamans Haut ist rot und sie hat geschwitzt.

Auf einmal sind sie da, die Flamingos! Manche stehen bloß reglos am Wasserrand rum; sie haben den Hals nach hinten gedreht, sich über ihre Flügel gelegt und sehen sich über die Schulter hinweg an. Manche waten auch herum und tauchen ihre gekrümmten schwarzen Schnäbel ins Wasser. Einer flattert mit Flügeln, die unten rum schwarz und rot sind, was mich überrascht.

Wenn ich ein Flamingo wäre, sagt Margot, würde ich den ganzen Tag planschen.

Wenn ich ein Flamingo wäre, sage ich, würde ich ganz tief über das Wasser fliegen und gucken, wie es glitzert.

Wenn ich ein Flamingo wäre?, sagt Maman und lacht, als ob wir einen Witz gemacht hätten.

Als wir uns vom Wasser entfernen, sehe ich, wie sich oben am Hang die Winkturbinen drehen; fast, aber nicht genau gleichzeitig, wie die Kinder letztes Jahr bei unserer Aufführung im Kindergarten. Von hier aus sehen sie kleiner aus, aber immer noch friedlich. Auch der Berg sieht anders aus; die felsigen Stellen glänzen fast weiß im Sonnenlicht, dadurch sehen sie freundlicher aus als das Dunkelgrün zwischendrin.

Da kommen wir an einer kleinen Bude vorbei, vor der eine Frau auf einem Stuhl sitzt. Hinter ihr ist ein großer Berg Wassermelonen. Eine davon ist aufgeschnitten und man sieht das hellrote Innere, übersät mit Kernen. Sie sieht extrem erfrischend aus.

Oh, dürfen wir?, rutscht mir heraus, noch bevor ich nachdenken kann. Dürfen wir eine Wassermelone essen?

Maman schnaubt los. Meinst du nicht, dass du für heute genug Schönes erlebt hast, Peony?, fährt sie mich an. Kannst du denn nie genug kriegen?

Mensch, Peony, echt!, flüstert Margot und ich mache für den Rest der Fahrt die Augen zu.

Währenddessen plane ich. Wenn wir zu Hause angekommen sind, wird Maman wahrscheinlich nach oben gehen und sich hinlegen, und Margot und ich werden zur unteren Wiese sausen, um Claude von unserem Morgen am Strand zu erzählen. Claude wird sich bestimmt meine Muscheln anschauen wollen und er wird fragen, wie tief das Loch war, das ich gegraben habe (sehr tief), und wie schön meine Sandburg war (wunderschön). Wir werden ihm erzählen, wie es mit unserer Aufgabe vorangeht und dass wir noch ein bisschen mehr saubermachen müssen, um Maman glücklich zu machen. Merlin wird meine Hand ablecken und Claude wird stolz auf uns sein.

Claude sitzt mit Merlin unter dem Maulbeerbaum. Merlin steht auf, als er uns hört. Hallo, Pea, sagt Claude. Wie geht es dir heute?

Mir geht es gut, sage ich.

Und wie geht es meiner kleinen Margot?

Margot tut so, als wäre sie schüchtern, also sage ich, Margot geht es auch gut. Und wie geht es dir?

So ist es jetzt jeden Tag. Er sagt: Wie geht es dir?, und ich sage: Gut. Dann fragt er immer, ob es Margot auch gut geht, und sie antwortet nicht und dann antworte ich für sie. Aber wenn wir Claude fragen, wie es ihm geht, sagt er immer etwas anderes. Heute sagt er: Ich habe den Pfirsich! Was lustig ist und uns zum Lachen bringt.

Wo?, sage ich.

Wo ist was?

Wo ist dein Pfirsich?

Jetzt lacht auch Claude. Hier, sagt er und zeigt hinter sein Ohr. Claude ist lustig.

Rate mal, wo wir gewesen sind!, sage ich.

Claude schüttelt den Kopf. Keine Ahnung, sagt er, aber es scheint, als hättet ihr jede Menge Spaß gehabt.

Margot macht mit ihren Händen das Meer nach und gibt dazu ein Sch-Geräusch von sich, wie die Wellen.

Ich geb dir einen Tipp, sage ich. Wir waren an einem Ort, der mit S anfängt.

In der Sahara?, sagt Claude. Salami?

Salami ist doch kein Ort, lache ich.

Claude beugt sich zu mir hinüber und wischt Sand von meinen Beinen. Bist du sicher, dass ihr nicht in der Sahara wart?, sagt er. Du bist nämlich voller Sand. Er macht, dass alle S zischend klingen, wie bei einer Schlange.

Tja, sagt er, ich würde ja sagen, am Meer, aber das fängt nicht mit S an …

Am Strand!, rufe ich. Und Margot sagt, das ist eigentlich geschummelt, weil Strand auf Französisch gar nicht mit S anfängt.

Das ist ja toll, sagt Claude. Aber sein Gesicht ist nicht fröhlich dabei.

Magst du den Strand nicht?, sage ich.

Früher schon. Claude hört auf zu sprechen, weil Merlin ihn unterbrochen hat; er stupst Claude mit seiner Nase und leckt seine Handflächen, als ob sie ein Eis wären. Claude fährt ihm durch die langen roten Haare am Hals und sagt: Danke, ich weiß.

Merlin kann sprechen!, sagt Margot.

Was hat Merlin gesagt?, frage ich Claude.

Hmm, ach so, Merlin mag den Strand auch gerne, sagt Claude, aber nicht im Sommer. Zu heiß und zu viele Leute.

Heute ist es wirklich sehr heiß.

Ja, es sind die *canicule*, sagt Claude.

Ich weiß, sagt Margot.

Aber bald sind sie vorbei, die Hundstage. Claude tätschelt Merlins Hals. Merlin freut sich schon drauf, stimmt's, alter Junge? Merlin gähnt. Eigentlich komisch, oder?, sagt Claude. Obwohl es Hundstage heißt, mag Merlin es nicht, wenn es so heiß ist.

Merlin ist eben ein spezieller Hund, sagt Margot.

Wird es Hunden sehr heiß?, sage ich.

Claude lächelt sein Saure-Zitronen-Gesicht-Lächeln. Geht es eurer Maman wieder besser?

Heute ging es ihr gut, glaube ich. Schade, dass es nicht immer so ist.

Das ist ein gutes Zeichen, sagt Claude.

Es ist, weil ich den Hof gekehrt habe und Margot die Luft gestaubsaugt hat.

Aha, verstehe. Und was ist mit euch? Geht es euch auch gut?

Uns geht es gut, danke, sage ich.
Claude lächelt.
Was?
Du erinnerst mich an jemanden, sagt er.
Willst du das nächste Mal mitkommen an den Strand?, sage ich.
Das geht leider nicht, sagt Claude.
Schade. Nicht mal, wenn ich es mir wünsche?
Du hast aber viele Wünsche! Warum macht ihr euch nicht auf die Suche nach ein paar vierblättrigen Kleeblättern, damit sie in Erfüllung gehen?, fragt Claude.
Au ja!, rufen wir und rennen los, hinunter zur der Stelle, wo der Klee wächst, aber schon bald werde ich langsamer, weil mein Bein immer noch wehtut.
He!, sagt Claude, als er mich sieht. Was ist denn da passiert?
Ich blicke nach unten auf meinen dicken Fuß.
Du humpelst ja, sagt er.
Genau wie du, sagt Margot, ihr seid die Piratenzwillinge.
Was ist denn passiert?
Du humpelst auch, sage ich, was ist denn dir passiert?
Du zuerst, sagt Claude.
Mich hat ein Skorpion gestochen, sage ich.
Wirklich?
Wirklich.
Wo?
Auf der Treppe zur Küche. Er ist aus dem Glas abgehauen.
Herrje, Pea, wieso hattest du denn einen Skorpion in einem Glas?
Ich will nicht von Claude ausgeschimpft werden.
Margot hat ihn da reingetan, sage ich.
Habe ich gar nicht!, sagt Margot.

Hat sie wohl, sage ich. Margot schaut mich ganz streng an, aber ich glaube, sie weiß, warum ich nicht will, dass Claude böse auf mich wird. Sie hält den Mund und fährt stattdessen mit der Spitze ihrer rosanen Sandalen über das Gras.

Und warum hat Margot den Skorpion in das Glas getan?, fragt Claude.

Das hab ich vergessen.

Und wo ist er jetzt?

Maman hat ihn mit Papas Stiefeln und einer Shampooflasche totgemacht.

Wirklich? Claudes Augenbrauen heben sich.

Aber jetzt erzähl du mal. Was ist dir eigentlich passiert?, sage ich. Das war in echt gar kein Tiger, oder?

Ich wurde von einem Auto angefahren.

Man muss doch stehen bleiben und erst nach links, dann nach rechts und dann noch mal nach links schauen!, sagt Margot.

Wolltest du über die Straße gehen?, sage ich. Hast du vergessen zu schauen?

Nein, so war es nicht. Ich war selber mit dem Auto unterwegs und ein anderes Auto hat unseres gerammt. Der andere Fahrer ist zu schnell gefahren.

Musstest du ins Krankenhaus?

Ja, ziemlich lange.

Hast du Spritzen bekommen?

Claude lacht. Viele Spritzen, ja. Und sie mussten die kaputten Teile wieder heil machen.

Aber jetzt bist du wieder ganz?

So ziemlich.

Wo sind dann deine noch kaputten Teile?

Claude sieht unglücklich aus.

Hör auf, Fragen zu stellen, flüstert Margot ziemlich laut.

Tut mir leid, sage ich.

Schon gut, sagt Claude. Du kannst ja nichts dafür. Die Frage macht mich einfach ein bisschen traurig.

Warum? Weil dein Bein immer noch so komisch läuft?

Nein, das macht mich nicht traurig, sagt Claude.

Weil du die komische kahle Stelle auf dem Kopf hast?, sagt Margot.

Weil du uns nur hören kannst, wenn wir schreien?, sage ich.

Führst du eine Liste von allen Teilen, die an mir kaputt sind?, sagt Claude mit einem schiefen Lächeln.

Ich schüttle den Kopf. Nein, sage ich, ich kann doch noch nicht so gut schreiben. Die Buchstaben kommen immer verkehrt rum raus.

Wir bleiben stehen, wir sind jetzt an der Stelle mit dem vielen Klee angekommen und setzen uns alle zusammen ins Gras.

Ich kann nicht gut hören, sagt Claude, das stimmt, aber Merlin hilft mir dabei.

Kann er ans Telefon gehen?, sagt Margot.

Und das Herz tut mir noch weh, sagt Claude zum Gras.

Wie kann Merlin mit seinen Pfoten den Hörer abnehmen?, frage ich.

Claude runzelt die Stirn, er sieht verwirrt aus. Wir sprechen nicht mit Leuten am Telefon, sagt er.

Spricht Merlin Französisch?

Na ja, Merlin spricht ja nicht, er lauscht nur. Zum Beispiel bellt er, wenn er euch kommen hört, damit ich weiß, dass ihr da seid, oder wenn wir über die Straße gehen oder wenn es an der Tür klopft – aber das passiert sowieso selten.

Und jetzt, wenn ich spreche?, frage ich.

Ein bisschen kann ich dich hören, aber vor allem beobachte ich, wie dein Mund die Wörter formt.

Margot steckt sich die Finger in die Ohren und ruft: Au ja, sag mal was! Ich halte mir ebenfalls die Ohren zu und wir beobachten Claudes Mund. Wir wollen sehen, wie die Wörter aussehen, wenn man sie nicht hören kann.

Sein Mund bewegt sich, aber man sieht keine Buchstaben oder Wörter, nur, wie der Mund auf- und zugeht.

Es funktioniert nicht, sage ich enttäuscht.

Man muss sich erst dran gewöhnen, sagt Claude.

Ich blicke auf sein Ohr, glänzend und knubbelig. Wäre es nicht besser, einfach dein Ohr wieder heil zu machen?

Nicht alles, was kaputtgeht, kann man wieder heil machen, sagt Claude.

Zum Beispiel ein gebrochenes Herz, sagt Margot, die nämlich die Geschichte von Rapunzel gelesen hat, die in einem Turm lebte. Davor war sie ein Baby gewesen und ihre Maman hat sie an eine böse Hexe verschenkt, um für den Salat zu bezahlen, aber davon hat sie dann ein gebrochenes Herz bekommen.

Ist dein Herz auch gebrochen?, frage ich.

Es war gebrochen, sagt Claude. Dagegen können auch die Ärzte im Krankenhaus nichts machen. Aber manche Dinge werden irgendwann von alleine wieder besser.

Claude wühlt in seiner Tasche herum und bietet mir dann einen Schluck Wasser aus seiner Flasche an. Ich trinke in großen Schlucken.

Margot?, fragt er.

Margot schüttelt den Kopf.

Margot mag kein Wasser, nur Milch, sage ich. Und ab und zu Limonade. Aber danke.

Claude blickt nach unten in den Klee und streckt dann den Arm aus und pflückt einen Stängel mit vier perfekten Blättern. Er reicht ihn mir.

Hier, sagt er, damit kannst du dir was wünschen.

Er beugt sich wieder nach unten. Für dich pflücke ich auch eins, Margot, sagt er.

Ich betrachte das Kleeblatt. Ich wünsche mir, da...

Psst!, sagt Claude. Wenn du mir den Wunsch verrätst, geht er nicht in Erfüllung.

Claude, sage ich, bleibt mein Fuß jetzt genauso humpelig wie deiner, für immer, bis ich so alt bin wie du?

Nein, keine Sorge. Bis die Schule losgeht, bist du wieder ganz gesund. Hast du schon neue Schuhe für die Schule bekommen?

Ich schüttle den Kopf.

Bestimmt, nachdem das Baby auf die Welt gekommen ist, sagt Claude.

Margot steht auf einem Bein.

Was machst du da?, sage ich. Mit deinem Bein ist doch alles in Ordnung!

Stimmt, sagt Margot. Meine Beine sind viel besser als deine.

Aber was machst du denn?

Ich bin ein Flamingo, sagt sie. Und ich kann mindestens hundert Jahre lang so stehen.

Kapitel 12

Als ich aufwache, habe ich Hunger und Durst und ich schwitze schon. Ich kann sehen, dass es noch sehr früh ist, weil der Himmel gerade erst aufwacht, aber es ist trotzdem schon so heiß, dass man nicht mehr im Bett bleiben kann. Mein Bettlaken liegt auf dem Boden, ich habe es in der Nacht weggestrampelt, und darüber liegt mein Schlafanzug. Ich mache das Fenster auf, um ein bisschen Luft reinzulassen, bevor die Sonne zu hoch steigt.

Es sind immer noch heiße Hundetage, sage ich zu Margot.

Hotdog, antwortet sie und wir lachen über ihren Witz. Ich gehe auf die Hände und Knie und hechle und kläffe los, doch dann fällt mir ein, dass Maman noch im Bett liegt und schläft, und ich stehe schnell wieder auf.

Wir sollten heute wieder ein bisschen saubermachen, sage ich.

Stimmt, sagt Margot. Dann zieh dich an.

Doch da höre ich Sylvies Auto draußen und rase gleich die Treppe runter, um Hallo zu sagen und das Brot in Empfang zu nehmen.

Guten Morgen!, sage ich.

Guten Morgen, Pivoine, sagt Sylvie. Ihr Mund ist rosa vor lauter Lippenstift und die Ränder sehen ausgefranst aus wie bei einem Monster, weil der Lippenstift in die ganzen Falten gelaufen ist. Sie gibt mir die zwei Baguettes und ich beiße von einem das Ende ab.

Hast du nicht etwas vergessen?, sagt sie.

Danke, sage ich.

Ähm ja, danke, sagt sie, und außerdem ...

Müssen wir dich heute bezahlen?, frage ich sie. Ich überlege, ob irgendwo in der Küche das Geld vom Pfirsichmann liegt.

Nein, heute nicht. Aber Pivoine, du hast ja gar nichts an!

Ach so, ich hab mich noch nicht angezogen. Das mach ich nach dem Frühstück, sage ich.

Ich drehe den Wasserhahn auf, gehe daneben in die Hocke, mache mit den Händen eine Schale und trinke aus dem kalten Wassersee, der schon überläuft.

Pivoine, was ist denn das für ein Benehmen?, sagt Sylvie.

Aber du bist doch eine Frau, sage ich. Da macht es doch nichts aus, wenn ich nichts anhabe.

Ich meinte das Trinken aus dem Hahn. Normale Leute trinken aus Gläsern.

Tun wir ja auch, sage ich, aber an den Wasserhahn in der Küche komme ich nicht ran.

Wo ist denn deine Maman?

Sie ist im Bett, sage ich. Warum fragen die Leute andauernd dasselbe?, frage ich mich. Maman ist müde, sage ich, weil doch das Baby die ganze Nacht Turnübungen macht und ...

Sylvie unterbricht mich. Was hast du denn mit deinem Fuß gemacht?, sagt sie und hockt sich neben meinen dicken roten Knöchel.

Das war ein Skorpion.

Ein Skorpion?

Das war meine Schuld; ich hatte ihn in einem Glas drin.

Deine Maman hat dir erlaubt, einen Skorpion in ein Glas zu tun?

Das wusste Maman doch gar nicht, sie war noch im Bett.

Im Bett, im Bett, steht sie denn irgendwann auch mal auf? Kannst du sie bitte mal holen?

Nein, ich kann sie nicht aufwecken.

Sylvie sieht überrascht aus. Du kannst sie nicht aufwecken? Hast du es probiert?

Nein. Aber später wacht sie sowieso auf. Wenn das Baby aufwacht.

Das Baby?

Ich glaube, Sylvie ist ein bisschen dumm, flüstert Margot.

Sch!, sage ich. Und zu Sylvie: Das Baby in ihrem Bauch.

Ach so, sagt Sylvie.

Das neue, erkläre ich ihr, falls sie es immer noch nicht begriffen hat. Nicht das tote.

Sylvies Lippenstiftmund klappt auf, aber es kommt lange Zeit kein Wort heraus. Schließlich sagt sie: Ist alles in Ordnung?

Uns geht es gut, danke, sage ich. Und dir?

Ich meinte nicht euch. Ich wollte wissen, wie es dir geht. Deine Maman kann ja sicher auf sich allein aufpassen.

Uns geht es gut.

Hast du Hunger?

Vorher hatte ich Hunger, sage ich, aber jetzt haben wir ja das Brot.

Vielleicht sollte ich doch kurz anklopfen und mit deiner Maman sprechen?

Nein!, schreie ich und dann bereue ich es gleich wieder. Entschuldigung, sage ich. Aber bitte mach das nicht. Maman mag es nicht, wenn man sie aufweckt.

Kannst du ihr dann vielleicht was ausrichten?

Sylvie legt uns ein drittes Baguette hin.

Das sind ZU VIELE, sagt Margot.

Für später, sagt Sylvie. Aber willst du dir nicht erst mal was anziehen, Pivoine? Und sag deiner Maman ... nein, egal, lass gut sein.

Okay, sage ich. Tschüss!

Guten Morgen, sagt Maman und läuft barfuß in den Hof.

Entschuldigung, sage ich. Haben wir dich geweckt?

Nein, schon gut. Ich glaube, dem Baby hat es am Meer gefallen. Heute Nacht hatten wir gar nicht so viel Gymnastik wie sonst.

Sag was Nettes. Margot steht direkt hinter mir und flüstert mir ins Ohr.

Mir hat es am Meer auch gut gefallen, Maman, sage ich. Danke, dass du mit uns hingefahren bist.

Gerne, Pea. Und jetzt habe ich eine Aufgabe für dich.

Wirklich?

Ja, wirklich. Ich mach uns gleich einen Salat, also gibt es sogar zwei Aufgaben, die du erledigen darfst.

Was denn?

Die erste Aufgabe ist, ein bisschen Minze für mich zu holen, ungefähr zwei Handvoll. Du weißt doch, wie Minze aussieht, oder?

Na klar weiß ich das!

Gut. Als Nächstes gehst du in die Speisekammer, da findest du die große Tüte mit Erbsen, die wir auf dem Markt gekauft haben. Ich möchte, dass du die Erbsen aus den Schoten pulst und in ein Sieb tust. Die Schoten kannst du dann den Hühnern geben. Schaffst du das?

Ja, das schaffe ich, sage ich.

Aber als Allerersten, sagt sie, ziehst du dir was an und setzt deinen Hut auf.

Ja, Maman.

Und Pea?

Ja?

Iss nicht alle Erbsen, meine süße Erbse.

Maman lächelt, als sie ins Haus zurückgeht, um sich ihren Kaffee zu holen.

Die gepflückte Minze liegt auf dem Tisch und das Sieb ist halb voll mit frischen, süßen, kleinen Erbsen. Wir sind schon fast am Ende der Papiertüte mit den Erbsenschoten angelangt, als Mamie Lafonts Auto den Weg hochkommt.

Maman spricht nicht die richtige Sprache für hier, zumindest nicht sehr viel davon. Jetzt steht sie an der Küchentür und blockiert sie wie ein Wachposten und ist böse in komischem Französisch. Sie schreit Mamie Lafont an. Beide stehen da und haben die Arme vor der Brust gekreuzt; man könnte fast glauben, dass sie jede Minute aufeinander losgehen und mit den Bäuchen zusammenstoßen. Bei Mamie Lafont ist zwar kein Baby drin, aber er ist trotzdem ziemlich dick. Margot und ich sind nach drinnen geschickt worden, deswegen sitzen wir jetzt auf der Treppe und sehen zu, wie sie sich streiten.

Du kannst nicht einfach hier aufkreuzen und in mein Haus spazieren!, sagt Maman mit ihrer Wütend-Stimme.

Dein Haus?, sagt Mamie Lafont. Das ist nie dein Haus gewesen.

Von wegen. Ich war Amaurys Frau, sagt Maman, und zwar in jeder Hinsicht, außer auf dem Papier. Und wehe, du versuchst, mir das wegzunehmen.

Er hätte was Besseres als dich verdient, sagt Mamie Lafont. Es kommt aus ihrem Mund herausgespuckt wie saurer Apfel.

Lass mich in Ruhe. Meinst du nicht, ich habe im Moment andere Sorgen? Maman schreit jetzt richtig.

Besser jetzt, sagt Mamie Lafont, als wenn du versuchst, mit einem neugeborenen Kind umzuziehen. Warum gehst du nicht einfach zurück nach Hause? Du gehörst nicht hierher, siehst du das nicht?

Woher willst du wissen, wo ich hingehöre? Das hier ist mein Zuhause, du dumme Frau, schreit Maman. Das ist unser Zuhause.

Komm, wir gehen nach oben, sagt Margot.

Das ist aus zwei Gründen eine gute Idee. Erstens sieht Maman wirklich wütend aus und dann ist es besser, nicht da zu sein und ihr auf die Nerven zu gehen, wenn sie fertig ist mit ihrem Streit, und zweitens können wir besser sehen, wenn wir uns oben aus dem Fenster lehnen. Schnell laufen wir hoch und öffnen die Fensterläden.

Du kannst dich doch noch nicht mal um dich selbst kümmern, sagt Mamie. Und was ist das überhaupt für eine Sauerei in der Scheune? Alles ist voller verfaultem Obst, überall sind Wespen und Ameisen, Amaurys Traktor ist total eingesaut. Bist du verrückt geworden?

Ich will, dass du jetzt gehst. Mamans Stimme ist ausdruckslos.

Brigitte wird bald heiraten. Und dann brauchen wir den Bauernhof, redet Mamie Lafont weiter. Er ist doch ohnehin viel zu groß für euch. Die ganzen Zimmer, die leer stehen und nicht gebraucht werden.

Und wo soll ich dann hin? Ich weiß ja, dass Peony und ich dir egal sind, aber du willst doch sicher nicht, dass dein Enkelkind kein Dach über dem Kopf hat?

Ich habe kein Enkelkind. Mamie lächelt das Lächeln von jemandem, der nicht fotografiert werden will.

So, und was glaubst du wohl, was das ist? Maman zeigt auf ihren Bauch.

Tja, sagt Mamie Lafont. Das wird man dann sehen.

Aber was willst du überhaupt mit dem Bauernhof? Du kannst ihn nicht bewirtschaften. Und wenn irgendwann eure Ersparnisse aufgebracht sind, was dann?

Uns wird schon was einfallen, sagt Maman. Außerdem geht dich das überhaupt nichts an.

Was bist du überhaupt für eine Mutter, Johanna?, sagt Mamie Lafont. Das Kind ist vollkommen verwahrlost. Sie trinkt vom Wasserhahn im Hof wie eine Wilde. Seit Monaten wurden ihre Haare nicht mehr geschnitten. Du schaffst es ja noch nicht mal, sie richtig zu ernähren.

Woher willst du wissen, wie ich meine Tochter großziehe?, sagt Maman. Du hast doch keine Ahnung, du bist schließlich nie hier.

Das Dorf hat überall Augen und Ohren, sagt Mamie.

Überall Augen und Ohren!, sagt Margot.

In den Bäumen!, sage ich.

An den Wänden!, sagt Margot.

Am Himmel, sage ich. Sie fliegen mit den Vögeln herum. Dann höre ich Maman Au! sagen und lehne mich schnell ein bisschen weiter raus, um zu gucken, ob alles in Ordnung ist, doch da entdeckt mich Mamie Lafont und blickt nach oben. Sie fuchtelt mit ihrem knochigen Finger und sieht mich streng an.

Übrigens fällt das Kind gleich aus dem Fenster, wenn du nicht aufpasst, sagt Mamie. Brauchst du noch mehr Beweise, dass ich recht habe?

Maman tritt in den Hof hinaus und Mamie Lafont macht schnell ein paar Schritte rückwärts. Wieder hält sie ihren Bauch, sie ist ein bisschen nach vorn gebeugt und ihr Gesicht ist weiß. Sie verrenkt sich den Hals, um zu sehen, wo ich bin.

Peony!

Entschuldigung, sage ich und rutsche rückwärts vom Fenstersims und zurück in mein Zimmer. Ich stelle mich ans Fenster und lausche angestrengt, damit ich nichts verpasse. Mamie hat jetzt angefangen, auf Englisch zu schreien, was sehr seltsam ist, Mamie Lafont kann nämlich überhaupt kein Englisch.

Ich schaff das nicht, sagt sie. Geh und lass mich in Frieden. Geh!

Es wird still. Nach einer Minute höre ich, wie der Motor von Mamie Lafonts Auto losknattert und die Haustür zugeknallt wird. Mein Herz schlägt wie wild. Bumm, bumm, innen drin in meinem T-Shirt. Ich höre, wie nackte Füße langsam die Treppe hochstapfen und eine andere Tür zufällt. Dann ist im ganzen Haus kein Mucks mehr zu hören, aber die Streitwörter schwirren mir immer noch im Kopf herum.

Mensch, stell dir mal vor, sagt Margot.

Was?, sage ich.

Tante Brigitte heiratet!, sagt Margot. Und wir sind die Brautjungfern.

Die geschrienen Wörter und die vielen Fragen liegen schwer in mir drin, wie Kieselsteine in meinem Magen. Aber mit jedem Schritt weg von zu Hause fühle ich mich leichter, und deswegen rasen wir, so schnell wir können, den Weg hinunter, damit das Gefühl schneller weggeht. Margot interessiert sich nicht für den Streit, nur für Hochzeiten.

Was glaubst du, wie das Kleid aussieht, das wir anziehen dürfen?, fragt Margot.

Warum sind sie so böse aufeinander?, frage ich.

Ich finde, wir sollten auch Blumen kriegen, in ganz vielen Farben.

Warum hat Mamie gesagt, dass sie keine Enkelkinder hat? Hat sie uns vergessen?

Manchmal bekommt man auch ein Geschenk, wenn man Brautjungfer ist, sagt Margot.

Geschenk? Was denn für ein Geschenk?

Das kommt drauf an, was man sich wünscht, sagt sie. Los komm, lass uns noch ein paar Glücksblätter finden. Wir müssen uns ganz schnell was wünschen, bevor die Erwachsenen ganz falsche Entscheidungen machen. Wir können ja eins für jeden Wunsch pflücken, den wir haben. Komm, beeil dich.

Wir rennen weiter, so schnell wir können mit meinem noch schlimmen Fuß, an den Eseln vorbei; und genau an der Stelle, wo der Klee wächst, lassen wir uns ins Gras fallen und landen auf unseren Bäuchen, mit den Nasen in den Blüten. Margot untersucht jeden einzelnen Stängel. Sie fährt mit dem Finger durch das kleine Kleefeld, einen nach dem anderen. Sie ist ganz vorsichtig mit den Blättern und streift sie nur ganz sachte mit den Fingerspitzen; sie bewegen sich kaum. Normalerweise ist Margot gut bei diesem Spiel. Aber heute klappt es irgendwie nicht. Das ist wie eine Nadel im Heuhaufen zu suchen, sagt sie.

Wir suchen sehr lange, aber finden keinen einzigen Wunsch. Langsam mache ich mir Sorgen, dass mein Brautjungfernkleid blau sein wird oder eine andere scheußliche Farbe, oder dass ich ein Geschenk kriegen werde, das mir nicht gefällt, zum Beispiel Socken oder ein Schreibheft mit Linien.

Na gut, lass uns gehen, Pea, sagt Margot, heute ist nicht unser Tag für Wünsche. Aber ich muss dir was zeigen.

Was denn?, sage ich.

Abwarten und Tee trinken.

Sag schon!

Ich hab mich noch nicht genau entschieden, aber es ist gut ...

Also hopsen wir weiter nach unten Richtung Bach.

Hier!, ruft sie irgendwann endlich.

Was denn?

Das hier, sagt Margot, reckt dabei den Kopf, macht eine Wusch-Bewegung mit der Hand und zeigt mir einen Baumstumpf und eine umgefallene Weißbirke, Gras und eine Stelle mit Gänseblümchen. Hier wohnen die Feen.

Wirklich? Feen? Wie sehen sie denn aus?

Geh sie dir doch anschauen, sagt Margot. Die Feen sind ganz klein, wie winzige Gänseblümchen. Sie haben entweder gelbe Kleider oder grüne Kleider, deswegen kann man sie nicht so gut erkennen. Das nennt man Tarnung, und der Sinn davon ist, dass sie nicht von größeren Lebewesen wie zum Beispiel Spinnen oder Eidechsen gefressen werden. Wegen der Tarnung muss man aber auch gut aufpassen, wo man hintritt. Am besten, man läuft außenrum. Außerdem, sagt sie, sind sie wunderwunderschön. Sie haben rote Haare, die wie ein Vorhang an ihrem Rücken herunterfallen, und ihre Augen sind wie minikleine Kaleidoskope, blau und grün und glänzend. Sie sind nett und sie kochen leckere Sachen und sie lächeln immer.

Singen sie auch?, frage ich.

Sie singen die ganze Zeit, sagt Margot. Hörst du sie nicht?

Ich höre Kuckucke und Tauben und Spatzen. Sogar eine Goldamsel. Ich habe zwar noch nie eine gesehen, aber ich weiß, wie ihr Gesang klingt, Maman hat es mir beigebracht. Nur Feen kann ich nicht hören.

Na gut, sagt Margot, zeig mal deine Hände. Sie hat ihre Hände geschlossen wie eine Schachtel, als ob sie darin etwas für mich hätte.

Ich strecke beide Hände aus, damit sie es mir geben kann.

Hier, sagt Margot, als sie ihre Hände in meine leert. Eine Fee. Du musst ganz vorsichtig sein!

Ich schließe die Hände. Ich spüre die Fee auf meiner Handfläche, leicht und kitzlig und weiß.

Sie will mit uns mitkommen ins Mädchennest, sagt Margot.

Wirklich?

Ja, sie ist eine Nestfee. Sie hat schon seit Ewigkeiten drauf gewartet.

Mit der Fee in der Hand über die Brückensteine zu laufen, ist gar nicht so einfach, obwohl meine Hände ja eigentlich überhaupt nichts mit meinen Füßen zu tun haben.

Kann ich sie nicht auf meine Schulter setzen?, frage ich, aber Margot sagt Nein. Also beschließe ich, durch den Bach zu waten wie Claude, auch wenn dann meine Sandalen klatschnass werden vom kalten Wasser. Ich werde sie einfach verstecken, bis sie wieder getrocknet sind, damit Maman sie nicht findet. Es fühlt sich sehr angenehm an meinen warmen Füßen an und ich frage mich, warum wir uns überhaupt die Mühe machen, die Brückensteine zu benutzen.

Jetzt bin ich erst mal beschäftigt damit, das Mädchennest neu einzurichten. Die Fee hat ein neues Bett in der Keksdose bekommen, wo sie gerne wohnen möchte, und ich habe extra ein paar von den Präparaten und Schätzen umgeräumt, damit sie genug Platz hat. Außerdem haben wir ein bisschen geputzt und Blätter weggemacht und jetzt ist das Nest picobello sauber, extra für unseren Gast. Gerade will ich mich hinsetzen und über den Streit heute Morgen in unserem Haus nachdenken, als es unten raschelt und ich über den Rand gucke. Merlin sitzt im Schatten und wedelt mit dem Schwanz. Jedes Wedeln macht ein Wusch-Geräusch; er wäre bestimmt nicht gut im Versteckspielen.

Hallo Merlin!, rufe ich. In unserem Nest wohnt jetzt

eine Fee! Claude kann ich nicht sehen. Claude!, rufe ich herunter.

Ja, Pea?, antwortet er und wackelt mit den Füßen, die im Gras gut getarnt waren. Er muss sich ganz leise angeschlichen haben. Claude wäre bestimmt gut im Versteckspielen. Hast du eine *mamie*?, sage ich zu seinen Füßen.

Claude lacht. Merlin dreht sich dreimal im Kreis, als wäre er verzaubert, und lässt sich dann mit einem Seufzer neben Claudes Füße ins Gras plumpsen.

Eine *mamie*?, sagt Claude. Nein, nicht mehr, mein kleiner Floh. Sie ist vor langer Zeit gestorben. Aber früher hatte ich zwei.

Woher weiß man denn, ob man eine echte *mamie* hat?, rufe ich.

Eine echte *mamie*? Na ja, sie ist die *maman* von deiner *maman* oder die *maman* von deinem *papa*. Sie macht oft Marmelade und hat eine Schürze an. Claude setzt sich anders hin, sodass ich ihn richtig sehen kann. Er lächelt. Und normalerweise wollen *mamies* einem immer ganz viele Küsse geben. Wieso fragst du?

Ach so, sage ich. Ich hab nur eine *mamie*, aber ich weiß noch nicht mal genau, ob sie eine echte *mamie* ist.

Claude zieht kräftig an seiner Zigarette und lässt sie dann ins Gras fallen. Eine letzte Rauchwolke segelt nach oben ins Mädchennest und ich atme sie ein. Seit Neuestem mag ich den Geruch, wenn Claude raucht.

Macht sie Marmelade?, sagt er.

Ja, sage ich. Denn Marmelade macht sie wirklich; ich habe in der Küche lauter Marmeladengläser gesehen mit den falschen Etiketten drauf. Aber Küsse gibt sie mir nicht viele.

Willst du, dass sie dir mehr Küsse gibt?

Ich überlege und schüttle dann den Kopf. Nein, sage

ich. Denn sie hat ziemlich hexige Hände und nie gute Kekse da.

Dann ist es auch nicht schlimm, sagt Claude. Sie ist auf jeden Fall eine *mamie* und das mit dem Küssen ist ja auch nicht so wichtig. Und eine Schürze hat sie bestimmt auch an, das haben alle *mamies*.

Warum küssen sich die Leute?, sage ich.

Claude lacht. *Oh là là*, sagt er.

Ja, warum?, sagt Margot.

Tja, wenn Leute sich mögen, dann küssen sie sich, sagt Claude, und beim Hallo- und Auf-Wiedersehen-Sagen.

Aber warum küsst Mamie Lafont uns dann nicht?

Vielleicht mag sie es nicht so gerne?

Und du? Küsst du gerne?

Claudes Augen werden groß und er öffnet seinen Mund, aber es kommt kein Ton heraus, genau wie bei Sylvie. Das sieht lustig aus, also übe ich, die gleiche Bewegung zu machen, doch mein Gesicht fühlt sich nicht wohl dabei.

Aber weißt du was?, sagt Claude. Erzähl mir doch noch ein bisschen über die Fee, die du hast.

Er hat dich nicht gehört, sagt Margot. Es ist wegen seinem komischen Kopf.

Stimmt, sage ich und klettere aus dem Mädchennest, weil ich eine Antwort auf meine wichtige Frage will.

Claude sieht zu, wie meine Sandalen beim Runterklettern auf der Leiter ausrutschen.

Warum sind denn deine Schuhe so nass geworden?, fragt er.

Sie musste doch die Fee tragen, sagt Margot, deshalb konnte sie nicht über die Brückensteine balancieren.

Ich wollte nicht, dass die Fee in den Fluss fällt, sage ich.

Claude nickt, als ob er alles versteht, aber vielleicht

denkt er ja trotzdem, dass es sich nicht gehört, Feen zu sammeln und in Sandalen durch Bäche zu waten.

Ich habe nur eine gesammelt, sage ich und zeige Claude, wie man sie halten muss – mit Händen, die wie eine Schachtel geschlossen sind – und wie man schwankt, wenn man versucht, mit der Fee in der Hand über Brückensteine zu laufen. Ich tue so, als gäbe es Brückensteine in dem langen Gras.

Na gut, sagt Claude, aber pass trotzdem auf in dem Bach. Es ist sehr rutschig da. Benutz also lieber die Brückensteine. Vielleicht solltest du beim nächsten Mal die Fee in eine Tasche tun.

Das ist eine ausgezeichnete Idee, sagt Margot.

Daran habe ich noch gar nicht gedacht, sage ich.

Aber eigentlich, sagt Margot, sind wir runtergekommen, um dich wegen dem Küssen zu fragen.

Ja genau, sage ich. Ich setze mich hin und lehne mich gegen Merlin, der ganz warm ist. Also, warum küsst du uns nicht beim Hallo- oder Auf-Wiedersehen-Sagen oder um uns zu zeigen, dass du uns magst?

Magst du uns nicht?, sagt Margot.

Wir mögen dich, sage ich.

Claude zieht die Knie an und reibt seinen Rücken an dem Baum, wie ein Bär, den es juckt.

Ich mag euch schon, sagt er. Ich finde, ihr seid sehr klug und lustig und nett und freundlich. Aber ein Erwachsener darf Kinder nur küssen, wenn ihre Eltern mit dabei sind. Das ist eine Regel.

Aber Maman ist ja nie da.

Stimmt, sagt er, das ist genau der Grund.

Und wenn wir uns einfach Küsse zuwerfen?, sage ich.

Ja, sagt Claude, das können wir machen.

Aber obwohl es meine Idee war, macht es mich nicht froh. Ein Kuss, den man sich zuwirft, ist kein richtiger Kuss. Umarmungen und Küsse sollten Umarmungen und Küsse sein, und nicht nur gehauchte Luft. Ich habe es satt: immer nur gehauchte Luft und nie genug Umarmungen und Küsse. Ich bin überrascht über meinen Ärger, der sich plötzlich in mir aufbläst wie ein schwarzer Luftballon, bis ich ihn laut herausschreien will. Aber ich will Claude und Merlin nicht erschrecken. Also beschließe ich, mich verschwinden zu lassen.

Wusstest du, dass man seine Hände nicht mehr sehen kann, wenn man sie richtig richtig schnell hin und her bewegt? Sie bewegen sich dann so schnell, dass sie unsichtbar werden. Ich frage mich, ob das auch mit einer ganzen Person gehen kann. Ich stehe auf und fange an, mit den Händen und Armen herumzufuchteln und den Kopf zu schütteln, immer schneller. Ich renne los, schneller, schneller durch das lange Gras, weg von Claude und zurück zu Maman, aber ich hoffe, dass ich irgendwo unterwegs einfach verschwinden kann.

Margot und ich sitzen am Küchentisch. Ich bin doch nicht verschwunden auf dem Nachhauseweg, ich war irgendwann außer Puste vom schnellen Rennen, also sind wir stehen geblieben, um Blumen zu pflücken. Wir haben ganze Taschen voller Gänseblümchen und Klee für Maman mitgebracht und jetzt legen wir sie um den Rand eines Tellers herum. Wenn sie aufwacht, kann sie davon ihr Abendessen essen. Wir sind leider zu hungrig, um zu warten, also setzen wir uns an den Tisch und essen das Brot, das schon ziemlich hart ist; aber wir haben einfach beide Sorten Marmelade draufgetan und deswegen ist es jetzt irgendwie knusprig-klebrig-gut. Ich löffle noch ein bisschen mehr Marmelade drauf – denn das macht am meisten Spaß –, aber ohne hinzusehen, was ich da tue. Statt auf die Marmelade zu achten, lasse ich einfach meine Augen durch die Küche wandern, durch das staubige Licht und die kühlen, dunklen Schatten, über den schmutzigen Boden und zu den fleckigen Tomatenkleidern über unseren Köpfen. Darum sehe ich, wie sich der kleine karierte Vorhang bewegt. Der kleine karierte Vorhang hängt vor dem Teil unter der Spüle, in dem Maman die Putzsachen aufbewahrt. Die dürfen wir nicht anfassen, aber ab und zu passiert es mir, dass ich was verschüttete und dann hole ich einen Lappen und tue was von dem, auf dem vorne Blumen drauf sind, aber von dem meine Augen tränen, drauf und wische es schnell weg, bevor sie es merkt. Aber Moment, eigentlich können sich Putzmittel nicht bewegen und an Vorhängen ziehen. Ich springe auf, die Bank schrammt über die Fliesen und der Vorhang bewegt sich wieder. Etwas Kleines und Dunkles huscht blitzschnell die Wand entlang.

Ich erschrecke, aber dann kann ich es deutlich erkennen, als es gerade durch den Spalt zwischen der Wand und der Tür der Speisekammer schlüpfen will. Eine kleine braune Maus, mit Schnurrhaaren und einem Schwanz und allem.

Komm, wir fangen sie!, sagt Margot. Sie kann unser neues Haustier werden.

Weißt du nicht mehr, was mit dem Skorpion passiert ist?, sage ich. Manchmal kannst du ganz schön leichtsinnig sein, Margot.

Aber Mäuse stechen doch nicht, sagt sie.

Und mit was würden wir sie dann füttern?

Wir könnten es mit Brot probieren, sagt Margot.

Also breche ich ein Stück von meinem Brot mit Marmelade ab und lege es auf den Boden neben die Speisekammer. Hoffentlich sieht es Maman nicht, sage ich.

Genau in dem Moment fängt Maman an zu schreien. In mir drin schlägt es Purzelbäume. Bestimmt fühlt es sich für Maman so an, wenn das Baby Gymnastik macht, geht mir blitzschnell durch den Kopf. Aber vor allem habe ich Angst, weil Maman schreit. Dann denke ich, dass sie in der Küche steht und mich beobachtet und böse darüber ist, dass ich die Maus füttere. Aber dann schreit sie wieder.

Amaury! Amaury! Ihre Stimme ist oben und laut und ängstlich.

Mein Herz schlägt dröhnend. Sie ruft nach Papa, flüstere ich.

Ich weiß, sagt Margot.

Glaubst du, sie hat vergessen, dass er tot ist?

Wohl kaum, sagt Margot.

Vielleicht will sie einen anderen Amaury, sage ich.

Oder es ist ein Albtraum, sagt Margot.

Ja, das könnte sein, sage ich.

Amaury!, ruft Maman wieder.

Wir sollten zu ihr und ihr helfen, sagt Margot.

Ich habe Angst.

Komm, wir nehmen uns an der Hand.

Also steigen wir Hand in Hand die Treppe hoch und gehen auf Zehenspitzen über den Flur. Wir laufen über die knarrende Stelle und stoßen leise die Schlafzimmertür auf.

Maman liegt zusammengerollt auf ihrer Seite auf einem Berg von Kissen, ihre Haare sind nass geschwitzt und nach hinten aus dem Gesicht gestrichen. Ihr Gesicht ist nass, aber ich weiß nicht, ob es vom Weinen oder vom Schwitzen kommt. Der Ventilator ist aus und die Luft fühlt sich feucht an, wie im Winter, wenn wir gebadet werden. Mamans Augen sind zugekniffen, eine Faust hat sie gegen die Stirn gepresst und den anderen Arm um ihren Bauch geschlungen.

Amaury!, ruft sie wieder und wir erschrecken.

Ich will weglaufen, aber Margot zieht mich ganz nah

ans Bett heran. Mamans Bauch bewegt sich in Wellen wie das Meer.

Maman, flüstere ich.

Nein!, stöhnt sie.

Maman, ich bin's doch, Pea. Papa ist tot.

Nein!

Maman?

Du musst lauter sprechen, sagt Margot.

Maman, rufe ich mit meiner lautesten Stimme, die noch nicht Schreien ist, und ich greife nach ihrer Hand und drücke sie fest.

Dann kommt das Geheul. Es ist wie das Wolfsgeheul, das sie an dem Tag gemacht hat, als sie die Pfirsiche auf den Traktor geworfen hat.

Maman!, brülle ich. Wach auf!

Mamans Körper zuckt zusammen. Ihre Arme fliegen hoch in die Luft und sie schreit auf, als würde sie fallen. Doch dann öffnen sich ihre Augen. Zuerst sind sie ganz schwarz, doch dann geht das Schwarz langsam weg und die Farbe kommt zurück und sie sieht mich an, als ob sie sich fragen würde, was ich in ihrem Haus zu suchen habe.

Ich ..., sagt sie.

Ich sage nichts.

Das war ...

Wir stehen nebeneinander und warten, ob es gut oder schlecht war, was wir gemacht haben.

Maman bewegt die Beine über die Bettkante und versucht, sich aufzurichten. Ihr Bauch berührt fast ihre Knie. Sie sieht sich im Schlafzimmer um. Ihre Kleider sind größtenteils auf dem Boden verteilt. Ein paar Kaffeetassen und Teller mit Toastkrümeln stehen herum.

Wenn du möchtest, sage ich, gibt es einen Spezialteller für dich zum Abendessen. Mit Gänseblümchen drauf.

Maman starrt mich an und sagt jetzt nichts mehr. Ihr Gesicht ist zu einem Fragezeichen verbogen, doch ich weiß die Antwort nicht. Sie blickt sich wieder im Zimmer um.

Suchst du vielleicht Papa, sage ich, weil ...

Kannst du bitte beim Rausgehen den Ventilator anmachen?, sagt sie.

Kapitel 13

Es ist gerade erst hell geworden, aber draußen war Lärm und davon bin ich aufgewacht, und jetzt gibt es Geräusche in der Küche. Ich schleiche mich im Schlafanzug nach unten, um zu sehen, ob die Maus zurückgekommen ist. Aber es ist nicht die Maus, es ist Maman. Maman hat eins von den Hühnern geschlachtet. Sie sitzt am Küchentisch, mit weit auseinandergespreizten Beinen, ihre Hände sind voller Blut. Sie beugt sich nach vorn über das Schneidebrett aus Holz und schneidet das Huhn mit einer großen Schere mit schwarzen Griffen in die richtige Form. Die Schere reißt an der Hühnerhaut und schneidet knirschend durch die Knochen. Knirsch. Schnipp. Dabei murmelt Maman leise etwas vor sich hin.

Sag du mir nicht, wie ich meine Kinder großziehen soll, sagt sie. Du brauchst dich hier überhaupt nicht mehr blicken lassen, wenn du uns nur drohen und schaden willst. Du wirst schon sehen, was du davon hast.

Knirsch. Schnipp.

Guten Morgen, Maman, flüstere ich.

Sie sieht hoch. Guten Morgen, sagt sie und sieht wieder weg. Ihre Schürze ist blutverschmiert.

Margot und ich setzen uns leise an den Tisch und tun so, als würden wir Raketen aus Toilettenpapierrollen basteln, aber in Wirklichkeit beobachten wir, was Maman macht. An ihren blutigen Händen hängen kleine Stückchen totes Huhn und ab und zu reißt sie ein oder zwei Federn raus. Die anderen Federn sind schon im Mülleimer neben ihr. Hühnerfedern sind eigentlich nicht besonders interessant. Das mit dem Blut und dem Schneiden, das ist der schlimme Teil. Aber ich weiß auch, was als Nächstes kommt. Als Nächstes wird Maman das Huhn zum Mittagessen braten und das ist dann der schöne Teil. Wir werden es essen, mit Tomaten und Brot, und es wird gut schmecken. Aus den Knochen wird dann Suppe gemacht oder Brühreis. Sogar im Sommer macht Maman Suppe, normalerweise mit Zucchini oder Tomaten, und wir essen sie dann kalt direkt aus dem Kühlschrank mit klein geschnittenen Frühlingszwiebeln drauf. Ich bin froh, dass das lange Schlafen Maman gutgetan hat und dass sie früh aufgestanden ist und was Leckeres für uns kocht. Aber jetzt können wir gar nicht frühstücken, weil der Tisch voller Federn und Huhneingeweiden ist.

Maman, sage ich, darf ich hochgehen und duschen, bis es Frühstück gibt?

Maman dreht sich nicht um. Ja, gut, sagt sie. Mach aber bitte keine Sauerei.

Ich sehe sie an, wie sie am Küchentisch sitzt, mit dem ganzen Rot und den ganzen Federn, und ich frage mich, wie viel Sauerei ich mit einer Dusche und einem Stück Seife veranstalten kann, aber ich widerspreche ihr nicht.

Als ich wieder in die Küche runterkomme, abgekühlt vom Wasser und nach Früchten riechend, sind die ganzen Federn und die Füße und das Gesicht mit dem Schnabel weggeräumt und das ausgenommene Hühnchen ist mit Öl und Salz und Pfeffer eingerieben worden und kann jetzt gebraten werden. Maman ist wieder sauber und trinkt Kaffee.

Maman?

Ja, Pea?

Du bist wirklich wunderschön, sage ich.

Maman lächelt. Danke, sagt sie.

Maman und ich warten darauf, dass das Brot kommt, damit wir frühstücken können, sagt Margot. Und als ob sie sie gehört hätte, kommt Sylvie in dem Moment mit dem Auto knirschend den Weg zu unserem Haus hochgefahren. Maman steht langsam auf und geht hinaus. Wir kommen nach.

Guten Morgen, sagt Maman. Aber sie lächelt nicht.

Guten Morgen, antwortet Sylvie. Sie sieht erst Maman an, dann schaut sie herunter zu mir, sauber und frisch geduscht und mit Fruchtgeruch, dann wieder zu Maman. Ihr Gesicht ist überrascht, Maman zu sehen, das sehe ich. Wie geht es Ihnen, *Madame?*, sagt sie.

Maman lächelt immer noch nicht. Sie können uns in Zukunft das Brot einfach unten am Weg hinlegen, sagt sie.

Sylvie reicht mir die Baguettes. Zwei. Unten am Weg?, sagt sie.

Ja, bitte. Maman zählt die Münzen ab aus ihrem roten Portemonnaie.

Aber denken Sie nicht, sagt Sylvie, ich meine, wäre es nicht einfacher für Sie in Ihrem Zustand, wenn ...

Sylvies rosaner Lippenstiftmund verzieht sich zu einem zusammengekniffenen Knoten und ihre Augenbrauen hängen in der Mitte herunter. Sie hat Angst vor Maman. Aber trotzdem streitet sie weiter mit ihr, was ein Riesenfehler ist. Maman hält die Hand mit den Münzen auf, sodass Sylvie gezwungen ist, auf sie zuzugehen, um sie zu nehmen. Sylvie streckt den Arm aus, damit sie ihr nicht zu nah kommen muss; als ob sie einem Hund den Knochen wegnehmen würde.

In meinem Zustand?, sagt Maman.

Bald ist es so weit, oder?, sagt Sylvie und macht ein fröhliches Gesicht. Das ist schön.

Das ist schön?, sagt Maman, wie ein Papagei. Das ist schön? Sie wird extrem wütend.

Das wird böse enden, sagt Margot.

Es tut mir leid, ich wollte nicht ... Sylvie seufzt. Ich dachte doch nur, dass es sicher schwer für Sie ist. Kleine Kinder können sehr anstrengend sein, wenn man schwanger ist. Meine sind ja inzwischen groß, aber ich kann mich noch sehr gut erinnern. Ich habe es doch nur gut gemeint. Sie greift schnell nach den Münzen in Mamans Hand und macht einen Schritt zurück.

Es gut meinen heißt, dass man versucht, anderen zu helfen. Es heißt nicht, dass man seine Nase in Sachen steckt, die einen nichts angehen. Maman sagt dies mit sehr leiser Stimme, wie ein Knurren, und sie sagt es ganz auf Englisch. Sie zeigt auf ihre Nasenspitze, während sie knurrt. Sylvie sieht verwirrt aus.

Ich verstehe Sie nicht, sagt sie.

Richtig, sagt Maman, immer noch auf Englisch. Sie verstehen überhaupt nichts.

Sylvie sieht zu Maman hinüber und dann zu mir, dann schüttelt sie den Kopf. Ich lächle ihr zu, ein kleines Entschuldigungslächeln. Maman ist sehr unhöflich heute und ihre Idee mit dem Brot ist bescheuert. Das bedeutet nämlich, dass ich ab jetzt das Brot immer erst unten an der Straße holen muss, bevor ich es essen kann. Sylvie verzieht den Mund zu einem Strich. Es ist kein richtiges Lächeln, aber man sieht, dass sie es immerhin versucht. Sie steigt in ihr Auto und schlägt die Tür zu. Durch das Fenster hindurch wirft sie mir noch einen Blick zu. Ich stehe einfach da mit dem Brot und erwidere ihren Blick. Ich habe noch nichts davon gegessen. Meine Haare trocknen langsam in der Sonne und wellen sich. Maman steht neben mir, mit verschränkten Armen, die sie auf ihren Bauch gelegt hat. Unsere Zehen sind alle in einer Reihe.

Schön zu sehen, dass du zur Abwechslung mal was anhast, Pivoine, sagt Sylvie und fährt weg.

Nach dem Frühstück schleppt sich Maman zurück in ihr Zimmer. Ich bin müde, sagt sie.

Okay, sage ich, auch wenn es eigentlich nicht okay ist.

Warum war denn Maman so wütend auf Sylvie?, sage ich.

Sie lässt immer zu viel Brot da, sagt Margot. Das ist so eine Verschwendung.

Sie hat gesagt, sie hätte ihre Nase reingesteckt, sage ich.

Ja, sagt Margot. Und das ist sehr unhygienisch.

Und außerdem ziemlich eigenartig, sage ich.

Egal, sagt Margot. He Pea, aber weißt du was? Ich hab eine ausgezeichnete Idee. Dann flüstert sie sie mir ins Ohr und es ist wirklich eine ausgezeichnete Idee. Besonders nach dem, was Mamie Lafont gesagt hat. Wir nehmen die Sachen, die wir für unser Spiel brauchen, aus der Küche und dann gehen wir leise zurück in unser Zimmer und machen die Tür zu.

Ich zuerst!, sagt Margot.

Ich gebe ihr die große Schere mit den schwarzen Griffen und sie schneidet damit schnipp, schnapp! durch die Luft. Die Schere glänzt matt in dem Dreieck aus Licht, das durch die Fensterläden hereinfällt.

Genial!, sagt sie. Dann hält sie eine dicke Haarsträhne hoch, zerrt sie sich vor die Augen, damit sie sehen kann, wo sie hinschneiden muss, und lässt die Schere mit einem lauten Schnippschnapp zuschnappen.

Ich komm nicht richtig hin, sagt sie. Mach du mal.

Ich nehme ihr die Schere wieder weg. Sie fühlt sich schnippelig-scharf an und das Schneiden macht Spaß. Ich schneide an ihren Haaren herum wie eine echte Friseurin und plaudere mit ihr über alles, was mir einfällt.

Als ich fertig bin, hat sie sehr kurze Haare, aber es sieht sehr schön aus, nicht wie eine Prinzessin, aber vielleicht wie ein Popstar. Dann bin ich dran.

Margot nimmt die Schere und sagt: Nun *Madame*, wie hätten Sie's denn gerne?

Ich hätte es gerne schön kurz, sage ich. Und einen Haarreif, bitte.

Als alles fertig ist, schaue ich auf die ganzen abgeschnittenen Haare, die in kleinen Haufen auf dem Boden liegen. Ich weiß nicht genau, wie ich sie aufkehren soll, also stopfe ich alles bis auf eine perfekte Locke unter mein Kissen. Auch die Schere lege ich drunter, damit sie sicher aufgehoben ist.

Die nehme ich mit zum Mädchennest, erkläre ich Margot und zeige ihr meine Locke.

Margot sieht nach unten auf mein Kissen. Vielleicht kommen wir zurück und sind auf einmal ganz reich, weil die Haarfee da war.

Die Haarfee? Ich kann mir nicht vorstellen, dass es eine Haarfee gibt. Sonst wäre ja jeder ganz reich, man müsste sich nur jeden Tag eine kleine Strähne abschneiden und sie unter sein Kopfkissen legen.

Und wenn doch?

Wir beschließen, nur ein kleines bisschen für die Haarfee unter dem Kissen liegen zu lassen, als Experiment; den Rest verstecken wir unter dem Teppich. Wenn sie dann heute Nacht wirklich kommt, können wir ihr jeden Tag neue Haare hinlegen und dann haben wir bestimmt bald genug Geld zusammen, um ein richtig schönes Geschenk für Maman zu kaufen.

Was glaubst du, was sie sich wünscht?, frage ich Margot.

Vielleicht einen kleinen Hund?, sagt sie.

Vielleicht. Oder einen rosanen Lippenstift mit Glitzer?

So wie Sylvie? Glaub ich nicht.

Oder einen gelben Hut, passend zu ihrem gelben Kleid.

Oder mehr Kissen für ihr Bett?

Ich schließe meine Hand um meine eine letzte Locke. Komm, wir gehen los.

Wir versuchen, nicht so laut zu kichern.

Während Claude nach uns sucht, bewegt sich seine Hand immer wieder nach unten, um an seinen Beinen zu kratzen. In dem haarigen Bereich oberhalb seiner Socken und unterhalb seiner kurzen Hose ist ein Kreuz-und-quer-Muster von Schnitten zu sehen.

Nicht kratzen!, flüstert Margot und ich sage schnell: Pst.

Claude steht jetzt unter dem Baum, wo das Mädchennest ist. Er blickt nach oben und nach links und rechts, um uns zu finden; dabei macht er sehr viel Lärm.

Wo mögen die zwei wohl stecken?, sagt er zu Merlin. Merlin wedelt mit dem Schwanz, wusch, wusch, durch die Luft.

Hier sind sie nicht ... Claude schüttelt den Kopf. Und hier auch nicht ... Vielleicht sind sie heute gar nicht da.

Ich strecke den Kopf nach draußen und rufe: BUH!

Claude erschrickt nicht, aber er lacht. Hallo, Pea, sagt er.

Buh!, sagt Margot.

Hallo, Margot, sagt Claude, sieht mit zusammengekniffenen Augen den Baum hoch und winkt in die falsche Richtung. Wie geht es euch zweien heute?

Mir geht es gut und Margot geht es auch gut. Geht es dir gut?

Ja, mir geht es auch gut. Ihr wart beim Friseur, stimmt's?, sagt er.

Das ist wegen der Aufgabe, sage ich. Mamie Lafont war böse auf Maman, weil ich nicht beim Haareschneiden war. Aber Maman hat doch gar keine Zeit. Also habe ich es selber gemacht, mit der Hühnchenschere. Es ist eine Überraschung.

Und den Haarreif hat sie auf, weil sie eine Prinzessin ist, sagt Margot.

Du hast deine Beine aufgekratzt, sage ich.

Ja, schon wieder, sagt Claude. Aber erzähl mir noch ein bisschen von der Schere.

Wir haben sie nur ausgeliehen, sage ich.

Wir waren ganz vorsichtig, sagt Margot.

Hmm, sagt Claude. Und wo ist die Schere jetzt? Habt ihr sie mitgebracht?

Sie liegt unter meinem Kissen.

Meinst du nicht, dass deine Maman sich Sorgen macht, wenn sie merkt, dass die Schere weg ist?

Bestimmt merkt sie es gar nicht.

Und wenn doch?

Claude hat recht. Mama macht sich viele Sorgen, und wenn sie weder die Schere noch mich findet, dann macht sie sich bestimmt Sorgen, was wir beide zusammen anstellen könnten.

Na gut, sage ich und klettere aus dem Nest. Dann gehe ich jetzt und lege sie zurück.

Braves Mädchen, sagt Claude.

Das Brathähnchen ist schuld, dass ich es vergesse. Als wir zurückkommen, ist es ganz still im Haus, aber das Hähnchen kann noch nicht lange aus dem Ofen heraus sein, weil es in der ganzen Küche nach Butter und Estragon riecht. Die Hähnchenstücke liegen in einer Porzellanschüssel unter einer Fliegenhaube. Mein Bauch donnert so laut, dass ich Angst habe, Maman könnte davon wach werden. Also hole ich zwei Teller und wir nehmen uns ein bisschen von dem Fleisch. Wir essen es mit den Fingern und es ist salzig und köstlich. Danach nehme ich die Knochen und die Fettstückchen mit nach draußen in den Hof, falls wir Besuchskatzen bekommen, denn dann können sie sich daran satt essen statt darauf zu warten, dass Schwalbenbabys vom Himmel fallen.

Mitten in der Nacht, im Dunkeln, merke ich, dass mein Kopf sehr unbequem liegt. Zuerst denke ich, die Haarfee war da und unter meinem Bett liegt jetzt ein Berg von Münzen. Doch das ist es leider nicht. Es ist die Hühnchenschere, die immer noch zusammen mit den ganzen Haaren unter meinem Kissen liegt. Ich denke darüber nach, sie zurück in die Küche zu bringen. Dann denke ich darüber nach, wie leer das Nachthaus vor meiner Zimmertür ist. Dann denke ich darüber nach, was Claude über Maman gesagt hat, dass sie sich bestimmt Sorgen macht, aber sie kann es, glaube ich, gar nicht gemerkt haben, weil sie ja den ganzen Nachmittag im Bett war. Dann denke ich, es ist am besten, wenn ich die Schere unter meinem Kissen lasse, bis es Morgen ist.

Ich wache auf dem Boden auf. Ich bin aus dem Bett gefallen, obwohl ich mich gar nicht daran erinnern kann, wie das passiert sein soll. Margot lacht mich aus. Sie hat sich schon angezogen und trägt jetzt ein rotes Kleid mit einem silbernen Gürtel und einen silbernen Haarreif.

Ich bin die Königin von Amazonien, sagt sie, und ich sage: Guten Morgen.

Komm, wir frühstücken, sagt die Königin von Amazonien. Es gibt Kuchen und Wassermelone und Schokoladenaufstrich.

Das klingt köstlich.

Der Kuchen und die Wassermelone und der Schokoladenaufstrich sind nur gespielt. Aber wir haben noch ein bisschen Marmelade. Schnell laufen wir den Weg hinunter, um das Brot zu holen.

Das ist äußerst unpraktisch, sagt die Königin von Amazonien.

Tut mir leid, sage ich. Das ist, weil Sylvie kein Englisch kann. Und weil sie Angst hat vor Maman.

Als wären wir im Zoo, sagt Margot, die jetzt wieder Margot ist (aber trotzdem noch einen Haarreif trägt).

Ein bisschen, ja, sage ich, obwohl ich nicht genau weiß, ob ich sie richtig verstehe.

Wie wenn man den Tigern das Fleisch hinwerfen muss, damit sie einen nicht beißen. Sylvie muss uns das Brot hinwerfen, damit sie nicht von Maman angefallen wird, die grimmig und wild ist. Bloß dass das Brot entzweibrechen und schmutzig werden würde, wenn sie es werfen würde, und dann würde Maman noch wütender werden.

Deswegen muss sie es hier unten hinlegen, an das Schild, sage ich.

Genau, sagt Margot und sieht sehr zufrieden mit sich aus.

Wie in einem Zoo, sage ich. Wenn unser Haus ein Zoo wäre, wäre ich das Einhorn.

Einhörner gibt es gar nicht, sagt Margot.

Wie Dinosaurier?

Wie Hexen.

Ach so.

Na gut, dann bin ich eine Giraffe.

Ich bin ein Känguru, sagt Margot und sie hüpft davon, den Weg hinauf.

Als wir wieder am Haus angekommen sind, setzen wir uns auf die Stufe zum Hof und essen, ohne dabei zu sprechen. Irgendwo unter dem Dachvorsprung oder in der Scheune sind Spatzen. Ich höre sie zwitschern.

Maman kommt die Treppe runter und fängt an, die Küche aufzuräumen. Während sie unsere Krümel zusammenfegt, kehrt sie uns gleich mit nach draußen.

Wo sollen wir ..., fängt Margot an.

Zur unteren Wiese, sage ich. Komm.

Als wir an der Straße ankommen, sehen wir Josette am Gatter stehen, sie füttert die Esel mit Brot und Karotten und welken roten und grünen Salatblättern. Wir bleiben stehen und schauen nach links und rechts und wieder nach links und rennen dann zu ihr hinüber, um Hallo zu sagen.

Josette dreht sich mit einem Lächeln zu uns um, doch es zerfließt schnell wieder zurück in ihre Falten. *Mon Dieu!*, sagt sie. Dann dreht sie sich hoch in Richtung unseres Hauses und starrt es an, als hätte es etwas sehr Ungezogenes getan. Mitkommen! Josette wirft den Eseln das restliche Gemüse hin und packt mich dann an der Hand. Sie überquert mit uns die Straße und führt uns weg vom Dorf zu einem kleinen Häuschen aus *bonbons* und Kuchen. Na gut, in Wirklichkeit ist es bloß ein normales Häuschen aus Stein, mit einem roten Dach wie alle anderen Häuser auch. Aber es ist sehr hübsch.

Wir bleiben an der Pforte stehen und blicken ihr nach, als sie hineingeht. Als sie merkt, dass wir ihr nicht folgen, dreht sie sich um. Na los, sagt sie kopfschüttelnd, oder soll ich eine Extraeinladung verschicken?

Josettes Garten ist grün und voller Blumen. Von der einen Hausseite wachsen Weinreben über große dunkle Holzbalken und darunter stehen ein Tisch und Stühle. Die Trauben, grüne, hängen nach unten über den Tisch.

Wenn wir auf den Tisch steigen, kommen wir bestimmt an sie ran, sagt Margot.

Du bleibst schön hier stehen und wartest, du kleiner Dreckspatz. Und lass ja die Finger von den Trauben, die sind nämlich noch nicht reif.

Als ob sie dich hören könnte!, flüstere ich Margot zu.

Also warten wir neben dem Tisch, der nach Heckenkirschen und Bananen riecht. Der Heckenkirschengeruch ist nicht verwunderlich, weil nämlich an der einen Hausecke ein riesiger Heckenkirschenstrauch steht, voller weißer und gelber Blüten. Aber der Bananengeruch schon. Einen Bananenbaum kann ich nirgendwo entdecken.

Da kommt Josette zurück. Sie hat eine gelbe Rührschüssel aus Plastik und eine Schere dabei. Halt still, sagt sie und setzt sich neben mich. Josette ist schon sehr, sehr alt. Ihre Haare sind lang und metallfarben. Sie trägt sie hochgesteckt zu einem Knoten, der von einer langen schwarzen Nadel gehalten wird. Ich habe Josettes Haare noch nie angefasst, aber bestimmt würden sie sich kratzig und drahtig anfühlen. Ihr Gesicht ist das faltigste Gesicht, das ich kenne. Es sieht aus wie ein sauber gelutschter Pfirsichkern. Ihre Augen sitzen tief drin in ihrem Kopf, aber sie leuchten wie dunkle Falsch-herum-Feuerwerke vor einem weißen Himmel. Josette riecht nach Veilchen und Eseln.

Ich blicke auf die Schere und die Schüssel und mir gefällt ganz und gar nicht, was ich da sehe.

Macht sie jetzt aus dir einen Salat?, sagt Margot. Oder einen Kuchen aus Haaren?

Josette setzt mir die Schüssel auf den Kopf. Margot fängt an zu kichern.

Bist du eine Hexe?, frage ich. Machst du jetzt einen Kuchen aus mir?

Josette lächelt. Ich bin keine Hexe, sagt sie. Bloß eine alte Frau. Sie nimmt die Schere und fängt an, die Haare abzuschneiden, die unter der Schüssel hervorschauen.

Zwar ist Josettes Haus nicht aus Keksen und *bonbons* und auch ihre Finger sind nicht sehr hexig, aber vielleicht ist das ja alles bloß ein Trick. Ich zucke zurück. Die Schere pikst mir fast ins Gesicht.

Halt STILL!, sagt Josette.

Ich mag nicht, sage ich.

Pivoine, sagt Josette. Ihre Stimme lächelt. Was ist denn eigentlich passiert mit deinen Haaren?

Ich überlege, ob ich eine Lüge erzählen soll oder nicht. Margot schüttelt den Kopf, aber das könnte entweder bedeuten: Lieber nicht lügen, oder: Sag lieber nicht die Wahrheit.

Ich zucke mit den Schultern.

Du hast sie dir selber geschnitten, oder? Genau in dem Moment, als sie das sagt, taucht auf einmal eine sehr geschmeidige kleine schwarze Katze auf und streicht um die Tischbeine.

Sie ist WIRKLICH eine Hexe, flüstert Margot. Ich spüre, wie sich in mir drin alles verkrampft. Aber ich beschließe, dass es in dem Fall am besten ist, nicht zu lügen, denn Hexen können zaubern und merken es wahrscheinlich sowieso, wenn man sie anlügt.

Ja, flüstere ich.

Schon gut, sagt sie. Wir können es ja einfach ein bisschen verschönern.

Ja, okay.

Hat es deine Maman schon gesehen?

Noch nicht.

Hmm. Josette schnippelt mit kleinen Schnitten an meinem Kopf herum. Ich versuche, dich wieder schön zu machen, sagt sie. Ich blicke hoch in ihr konzentriertes Gesicht und sie lächelt zurück nach unten mit ihren ganzen weichen, braunen Falten. So, sagt sie, fertig.

Ich fand es besser, als ich es geschnitten habe, sagt Margot.

Josette schenkt ihr keine Beachtung, sie wischt mir die Haarschnipsel und Locken von den Schultern und ins Gras. So, fertig. Gab es bei euch denn schon Frühstück?, fragt sie.

Ich hab das eine Ende vom Baguette gegessen, erzähle ich ihr. Ich musste es unten vom Weg holen, weil Maman Sylvie angefaucht hat.

Josette nickt. Na dann, sagt sie und nimmt uns mit in ihre Küche, die gelb und weiß ist und nach Kuchen riecht. Auf dem Tisch stehen frisches Brot und Wurst. Sie schneidet die Wurst in runde Kreise, die aussehen wie kleine weiße und rosane Münzen. Eine große Scheibe Weißbrot schneidet sie auch ab. Dann legt sie alles auf einen Teller und macht ein Gesicht. Das Brot ist das Gesicht, die Wurstscheiben sind die Augen und die Nase. Außerdem schneidet sie mir noch eine Tomatenscheibe ab, als Mund, und schenkt Milch in Gläser ein.

Dein Haus ist ganz anders als unseres, sage ich mit vollem Mund.

Wie anders?

Bei dir gibt es saubere Teller und es riecht nach Blumen und Kuchen, sage ich.

Josette kommt herüber und küsst mich auf den Kopf.

Alles wird gut, *petite*, sagt sie. Ich frage mich, ob sie verstanden hat, was ich gesagt habe.

Du darfst mich nicht küssen, wenn Maman nicht dabei ist, sage ich.

Und wer hat das gesagt?

Claude.

Claude?

Ja, sagt Margot.

Aha, sagt Josette. So, jetzt wird es langsam Zeit, nach Hause zu gehen. Deine Maman macht sich sicher schon Sorgen.

Bestimmt nicht, sagt Margot.

Und keine Dummheiten mehr, ja?, sagt Josette.

Josettes Hals ist ganz verspielt, sagt Margot, als wir nach Hause gehen. Hast du es auch gesehen?

Verspielt?, sage ich.

Ja. Wenn sie redet, geht er die ganze Zeit rein und raus.

Bestimmt, weil sie schon so alt ist.

Wenn ich mal alt bin, sagt Margot, habe ich ein Haus, in dem es nach Blumen und Kuchen riecht.

Wenn ich mal alt bin, sage ich, küsse ich alle Leute, die mich küssen wollten, als ich jung war.

Es ist egal, wie leise wir die Haustür zumachen, Maman hat uns nämlich schon den Weg hochkommen sehen. Ihre Arme sind verschränkt, liegen auf ihrem Bauch und in einer Hand hält sie die Hühnchenschere, die ich unter dem Kissen liegen gelassen habe. Sie sieht auf meine Haare, dann sieht sie mir in die Augen. Ich sehe überallhin außer zu ihr. Aber es funktioniert nicht; sie füllt irgendwie alles aus heute. Sie hält uns die Schere vor die Nase.

Ich weiß überhaupt nicht, wo ich anfangen soll, sagt sie. Was sollte denn das werden?

Margot nimmt mich an der Hand. Wir lassen die Köpfe hängen.

Es tut mir ganz, ganz doll leid, Maman, sage ich.

Es ist zum Boden hin gemurmelt, aber Maman kocht vor Wut.

Was tut dir leid?, sagt sie. Jetzt schreit sie schon.

Dass ich meine Haare abgeschnitten habe, sage ich.

Deine Haare? Was interessieren mich denn deine Haare? Meinetwegen kannst du sie dir auch abrasieren.

Wie bitte? Das verstehe ich nicht, sagt Margot.

Du nimmst nie wieder meine Schere, verstanden?, sagt Maman. Und wie soll das erst werden, wenn das

Baby auf der Welt ist? Meinst du, du kannst dann immer noch durch die Gegend laufen und mit einer Schere herumfuchteln?

Nein, sage ich.

Nein, sagt Margot.

Entschuldigung, Maman, es tut mir so leid. Es sollte eine Überraschung werden, und außerdem war es doch nur, damit wir Geld von der Haarfee bekommen, und außerdem tut es mir leid.

Aber da hat Maman sich schon auf einen Stuhl am Tisch fallen lassen und ihren Kopf in den Händen vergraben.

Ich schaff das nicht, sagt sie.

Traurig gehen wir zurück nach draußen. Wenn Papa da gewesen wäre, hätte er mich bestimmt umarmt. Papa hatte für jeden Tag eine Umarmung, egal ob es ein glücklicher oder ein trauriger Tag war. Ich sehe Margot an. Margot ist gut mit Wörtern, aber nicht gut für Umarmungen, und manchmal reichen Wörter einfach nicht.

Komm, wir gehen zum Windigen Hügel, sagt Margot. Sie weiß immer, was ich denke.

Wir laufen, ohne ein Wort zu sagen, bis wir am Windigen Hügel ankommen und die Knoten in mir drin anfangen, sich zu lösen. Es ist schon spät und die Sonne ist hinter mir und schiebt meinen Schatten vor mir her, als wäre da noch eine andere, viel größere Person. Die Winkturbinen stehen da wie Wachposten, doch nur eine dreht sich. Heute geht alles schief. Ich spüre, wie sich mein Bauch wieder verkrampft, als würde mich jemand von innen zusammenquetschen. Ich weiß nicht, ob eine reicht. Wenn die Winkturbinen sich nicht drehen, dann gibt es keinen Strom und ich werde heute Nacht im Dunkeln schlafen müssen. Über den blaugrauen *étangs* bringt die Sonne die kleinen weißen

Häuser am Meer zum Glitzern; sie funkeln wie Edelsteine mit kleinen roten Dächern. Der Mond ist schon aufgegangen, eine getüpfelte Zitronenform, die sich im Wasser spiegelt. Wenn er sich beeilen würde, könnte er die Sonne am Himmel küssen, bevor sie untergeht, aber dafür ist es schon zu spät; die Sonne verschwindet hinter meinem Rücken und meinen Schatten nimmt sie einfach mit.

Kapitel 14

Steh auf, sagt Margot.

Schon wieder so ein rot-heißer Tag. Die Luft im Zimmer ist jetzt schon viel zu warm und zu klebrig. Die Fensterläden sind offen und das Licht ist hell, sogar mit geschlossenen Augen. Ich drücke meinen Arm dagegen und dort, wo normalerweise die Welt wäre, sind jetzt rot-schwarze Glitzerpunkte.

Ich bin müde, sage ich. Ich bleibe hier.

Red keinen Quatsch, sagt Margot. Es ist viel zu heiß. Steh auf.

Lass mich in Ruhe, sage ich. Und ich rolle mich auf die andere Seite, damit sie mich nicht sehen kann.

Margot will schon wieder alles bestimmen. Die Dusche läuft schon, sagt sie, hör doch. Sogar Maman steht heute auf; es ist Markttag.

Mmpf, sage ich, ich hab überhaupt nicht geschlafen. ICH MUSS MICH AUSRUHEN.

HEUTE IST ABER MARKTTAG, sagt Margot, und sie malt mit ihrem Zeigefinger die Wörter mit dicken Wachsmalkreidelinien in die Luft.

Markttag ist blöd, sage ich. LANGWEILIG. Und langweilig ist genauso mit dicker Wachsmalkreide geschrieben und es ist sogar unterstrichen.

Wir kriegen Essen geschenkt, sagt Margot.

Ich rolle mich wieder herum und spähe hinaus, über den Horizont meines Arms.

Was für Essen?, sage ich.

Auf jeden Fall Oliven, wenn wir Glück haben Würstchen und vielleicht Käse. Vielleicht können wir Maman ja überreden, dass sie Paella kauft.

Sie kauft nie Paella. Wenn es Paella gibt, dann macht Maman sie immer selber.

Wann hat sie das letzte Mal Paella gemacht?

Weiß ich nicht mehr.

Magst du Paella? Margot verschränkt die Arme, zieht die Augenbrauen hoch und wartet darauf, dass ich Ja sage, denn sie weiß genau, dass ich Paella mag und dass ich nicht gern lüge. Paella mag ich wirklich gern, vor allem die Garnelen. Und die gelben Reiskörner, klebrig und fischig, viele, viele klebrige, fischige, salzig und würzig schmeckende Reiskörner, die man langsam, eins nach dem anderen isst ... Mmh, Paella mag ich wirklich gerne.

Ja, ich mag Paella, sage ich.

Jetzt läuft mir das Wasser im Mund zusammen, hier, in meinem Bett. Besser, ich stehe auf und mache Frühstück.

Da schwingt die Tür auf und dahinter steht Maman, ihre Haare nass und hochgesteckt, ganz in Weiß, barfuß, Sommersprossen. Was gibt's denn zu plappern?, sagt sie. Raus aus den Federn, heute ist Markttag.

Margot hüpft aus dem Bett und schlüpft an Maman vorbei, wie immer die Erste im Badezimmer.

Heute gehen wir auf dem Weg zum Markt ganz langsam. Maman lässt es ruhig angehen, sagt sie. Ich bummle und trödle. Als wir an der Mauer zu Claudes Garten vorbeikommen, versuchen Margot und ich unauffällig hineinzuspähen, um zu sehen, ob er vielleicht da ist. Es ist schwierig, etwas durch die Lavendelbüsche zu erkennen, die sich über die Mauer ergießen. Dicke Nachtfalter schweben um sie herum wie Kolibris und trinken den Nektar mit ihren langen Zungen. Hinten am meinem Nacken ist es heiß, heiß, heiß. Ich versuche, meine Haare darüberzuschwingen, aber die Haare sind ja weg und es schwingt nichts und ich bereue schon, dass ich sie abgeschnitten habe.

Heute auf dem Markt gucken uns die Leute mehr als sonst an. Sie starren auf Mamans Bauch, während sie sich ohne ein Lächeln an ihnen vorbeischiebt. Wir bewegen uns weiter, durch den Zwischenraum zwischen den zuhausigen Leuten und den Urlaubsleuten, bis sich Josette am Gewürzstand Maman in den Weg stellt. Josette hat das blumigste Kleid an, das ich je gesehen habe, und sie riecht immer noch nach Veilchen. Bienen schwirren um sie herum und versuchen, Nektar von ihr zu trinken. Sie vertreibt sie mit ihrer braunen Hand und baut sich dann genau vor uns auf. Sie sieht hoch zu Maman – Maman ist nämlich viel größer als Josette.

Hallo, *Madame*, sagt sie.

Maman macht einen Schritt rückwärts, ihre Hand lässt unsere los und fliegt zu ihrem Bauch. In dem Moment, als sie vor Josette zurückweicht, stößt ihr Rücken gegen eine alte Frau, die dicht hinter uns gegangen ist, weil Maman so langsam läuft. Nicht mal jetzt, wo sie nicht mehr so viel kocht, kann sie schnell am Gewürzstand vorbeigehen. Der Geruch, den der Stand verströmt, ist wie Winter in der Küche, Tajine und Gewürzbrot und Glühwein. Die Farben kommen aus braunen Papiersäcken mit heruntergerollten Rändern und sie sind zu Pyramidenhaufen aufgetürmt: rot und braun und gelb und orange, aber nicht wie Buntstifte oder Blumen; eher wie verschiedene Farben von Erde. Der Mann am Gewürzstand muss nicht laut rufen wie die Leute, die Pfirsiche oder Armreifen und Perlen oder Käsereiben verkaufen. Die Gewürze rufen, ohne ein einziges Wort zu sagen, und die Leute werden allein vom Geruch angelockt. Bevor das mit dem ganzen Sterben passiert ist, haben Mamans Füße sie immer ohne ihre Erlaubnung zu den Gerüchen getragen und dann blieb sie dort am Stand kleben, genau wie die Blumen-Feder-Bilder, die an unserem Kühlschrank kleben. Man musste immer richtig fest ziehen, um sie wegzubekommen. Nach ganz viel Anschauen und Riechen nahm sie dann endlich mehrere Löffel Zauberpulver mit; sie wurden in braune Papiertüten gefüllt und brachten die Gerüche vom Gewürzstand in unsere Küche. Maman mischte sie dann immer und brutzelte sie in der Pfanne, hüpfende Körner und spritzendes Öl. Und später saßen wir gemeinsam am Tisch und probierten sie, die ganze Familie zusammen.

Die alte Frau, die gestoßen wurde, schwankt jetzt ein bisschen und wird von jemandem neben ihr aufgefangen. Alle beide sehen uns böse an und schieben sich dann weiter durch den Verkehrsstau aus lauter Körpern.

Hallo, *Madame*, sagt Maman zu Josette.

Ich wohne ganz am Ende des Wegs, der zu Ihrem Haus führt, sagt Josette. Ich heiße Josette.

Ich weiß, sagt Maman.

Josette sieht zu Maman hoch, ohne ein Wort zu sagen, aber so lange, dass es schon nicht mehr höflich ist. Die Augen in ihrem zerknitterten Gesicht verengen sich zu schmalen Schlitzen. Dann lächelt sie, streicht sich ein paar graue Strähnen zurück, die sich aus ihren Haarnadeln gelöst haben, und zeigt ihre braunen Zähne. Sie sieht zu mir herunter. Hallo, kleiner Dreckspatz, sagt sie zu mir.

Hallo, Josette, sage ich.

Maman sieht mit dunklen Augen und bösen Gefühlen zu mir, dann wieder zu Josette.

Guten Tag, sagt sie zu Josette, auf Französisch. Und dann sagt sie zu mir auf Englisch: Peony, Abmarsch.

Und dann wieder zu Josette: Bitte entschuldigen Sie uns. Und dann werde ich um Josette herum gestoßen und ich gucke sie an und hoffe, dass sie sehen kann, dass es mir leidtut.

Josette ruft uns nach: Geben Sie Acht. Wenn Sie nicht aufpassen, verlieren Sie alles.

Woher kennst du diese Frau, Peony?, fragt Maman, immer noch im Gehen.

Pass auf, zischt Margot, erzähl ihr nichts von dem Haarschneiden.

Ich versuche nachzudenken, aber es gibt ein Gedrängel von Gedanken in meinen Kopf und ich kann an nichts anderes mehr denken als an den Haarschnitt und an das Frühstück mit dem lächelnden Würstchengesicht. Und außerdem versuche ich, in den Korb zu schauen, während wir weitereilen, um aufzupassen, dass nichts herausfällt. Aber alles ist sicher im Korb verstaut. Ich verstehe nicht, was Josette gemeint hat.

Esel, sagt Margot.

Peony, sagt Maman, ich hab dich was gefragt. Margot zuckt mit den Schultern. Ihr hört nie jemand zu. Außer mir natürlich. Weil du vier bist, sage ich.

Wie bitte?

Esel, sage ich. Die Esel auf der unteren Wiese, wo wir immer spielen, die gehören Josette.

Esel, sagt Maman.

Esel, sage ich.

Dann pass auf, dass sie dich nicht treten.

Sie treten nicht. Sie fressen nur Gras.

Aha.

Ooh, schaut mal, Paella, sagt Margot und sie hat recht. In einem Lieferwagen kocht ein Regenbogenberg Paella in einer flachen runden Pfanne und dampft Meeresgerüche rüber in unsere Nasen. Salzige, fischige, gelbe Gerüche. Mein Magen gluckert. Margot lacht.

Komm, mach schon, sagt Margot. Ich wette, du schaffst es nicht, dass wir welche kriegen.

Ich überlege, was ich sagen könnte, um Maman dazu zu bringen, dass sie uns Paella kauft. Ich mache Listen in meinem Kopf. Es riecht gut, aber wir haben nicht viel Geld. Sie müsste nicht kochen, aber zurzeit isst sie sowieso nicht so viel. Sie mag Gelb und sie mag Muscheln, nur nicht jetzt, wo das Baby in ihrem Bauch ist. Papa mochte Paella.

Die Paella riecht aber lecker, sage ich schließlich.

Maman bleibt stehen und sieht hinüber zu der riesigen schwarzen Bratpfanne voller Reis und Garnelen und Paprika und glänzender schwarzer Muscheln. Sie legt die Hände auf ihren Bauch.

Sag noch was, sagt Margot.

Papa mochte Paella, sage ich.

Maman starrt auf die Paella. Die ganze Zeit schieben sich Leute an ihr vorbei. Sie sind böse, weil sie den Weg über den Markt blockiert, bis sie um sie herumgelaufen sind und ihren großen Babybauch sehen, der durch ihr schweres Atmen auf und ab geht, auf und ab, und bis sie sehen, wie sie auf die Paella schaut, mit Tränen, die aus ihr herauskommen wie Regen.

* * *

Gib mir mal die Schüssel, sage ich zu Margot.

Sogar in der Küche ist es heiß heute. Die einzigen Stellen von mir, die kühl sind, sind die Unterseiten meiner Füße auf den Fliesen. Oben machen Maman und das Baby eine Siesta unter dem Ventilator. Ich und Margot haben beschlossen, als Wiedergutmachung dafür, dass ich Maman auf dem Markt zum Weinen gebracht habe, ein Mittagessen vorzubereiten, für wenn sie aufgestanden sind. Wir müssen das verwenden, was wir im Kühlschrank und in der Speisekammer gefunden haben. Das haben wir alles gefunden:

Drei verschiedene Sorten Käse. Milch. Cornichons. Marmelade. Kaltes Hähnchen. Tapenade. Salat. Zucchini. Getrocknete Aprikosen. Es gibt auch noch Schweinebauch und Würstchen, aber die können wir nicht essen, weil sie noch nicht gekocht sind.

Außerdem haben wir noch das Brot vom Markt und Tomaten.

Wir brauchen gesunde Zutaten und Geschmack, sage ich.

Und Farbe und die richtige Konsistenz, sagt Margot.

Und Liebe, sage ich. Als Maman noch gesungen hat, hat sie die ganze Zeit gekocht und uns die richtigen Zutaten für jedes Rezept beigebracht. Man braucht von all dem etwas und dann muss das Essen außerdem abwechslungsreich sein und man muss beim Kochen lächeln, weil sonst das Essen nicht gut schmeckt.

Wir können ja einen Salat machen, sage ich.

Die Milch benutze ich nicht, weil sie zu nass ist, und die Marmelade benutze ich auch nicht, weil sie sich nicht mit dem Geschmack der anderen Zutaten reimt.

Als Erstes rupfe ich den Salat klein und tue ihn in die Salatschüssel. Weil ich nicht an die Spüle in der Küche rankomme, trage ich die Schüssel zum Wasserhahn im Hof. Das Wasser kommt warm, fast heiß heraus, und der Salat fällt ein bisschen in sich zusammen, aber ich schütte schnell das Wasser aus, und ich glaube, es wird schon gehen.

Margot hat inzwischen die Reibe gefunden und sie zusammen mit einem Schneidebrett auf den Küchentisch gestellt.

Danke, sage ich.

Gern geschehen, sagt sie. Heute sind wir superhöflich.

Ich rasple die Zucchini in die Salatschüssel und dann rupfen wir das restliche Hähnchen klein und tun es dazu. Wir finden den Glücksknochen und versuchen, daran zu ziehen, aber er ist noch zu fettig; darum lege ich ihn zur Seite, damit er trocknet. Die scharfen Messer darf ich nicht benutzen, darum nehme ich ein Tischmesser aus der Schublade, um die Tomaten und den Käse damit zu schneiden. Die Cornichons können ganz in die Schüssel.

Das Brot lässt sich nicht mit einem normalen Messer schneiden, also breche ich eins von den Baguettes von gestern in kleine Teile, tue sie auf ein Tablett und lege sie nach draußen in die Sonne, damit sie trocknen. Papa hat das immer so gemacht früher. Es ist Mittagszeit und der Hof ist heiß wie ein Backofen; er schließt die ganze Hitze in den Mauern des Hauses und der Scheune ein und macht, dass wir rosa werden. Am liebsten würde ich mich ausziehen, aber ich weiß, dass es dann noch schlimmer werden würde. Meine Haut ist nicht die richtige Haut für hier. Ich habe Mamans Haut. Aber dafür habe ich Papas Mund. So haben sie es mir erklärt.

Wir müssen draußen bleiben und aufpassen, dass die Schwalben und Ameisen nicht an das Brot gehen, während es toastet. Dann werden daraus Croûtons. Also wechseln Margot und ich uns ab. Eine spritzt Wasser aus dem Wasserhahn auf unser Gesicht, unseren Hals und unsere Hände, während die andere die Schwalben verscheucht und den Ameisenzug stört. Wenn man ihnen Sachen in den Weg legt, wie zum Beispiel Zweige und Blätter und Brotkrumen, kommen sie ganz durcheinander; das sieht lustig aus. Dann tauschen wir. Wir bleiben so lange draußen, bis wir es nicht mehr aushalten können, bis ich glaube, dass ich schon fast genauso getoastet bin wie das Brot, und dann sage ich, na gut, ich glaube, jetzt ist es fertig. Aber inzwischen ist das

Tablett zu heiß geworden, um es anzufassen. Also renne ich schnell nach drinnen, um eine Schüssel zu holen, und dann sammle ich die Brotstückchen eins nach dem anderen ein. Wir bestreichen sie mit Butter und Tapenade und werfen sie zum restlichen Salat dazu. Ich gieße noch Olivenöl darüber und tue Salz und Pfeffer dran. Der Salat ist wirklich wunderschön geworden. Ich bin ziemlich stolz auf unser Werk. Am liebsten würde ich sofort Maman aufwecken, um ihr unseren Salat zu zeigen, aber wir beschließen, lieber zu warten.

Während wir warten, sitzen wir am Tisch und singen Backe, backe Kuchen, bis wir hören, wie die Schlafzimmertür aufgeht und dann die Wasserhähne im Bad aufgedreht werden.

Schnell, sagt Margot, deck den Tisch.

Ich lege Teller und Besteck auf unsere Plätze und warte darauf, dass Maman herunterkommt. Sie hat wieder ihr gelbes Kleid an und schwebt damit die Treppe herunter, ihre Wangen sind rosa, ihre Augen rot.

Es gibt Salat zum Mittagessen, sage ich.

Ein Salat, das ist ja schön, sagt sie und schenkt sich ein Glas Wasser ein.

Er enthält gesunde Zutaten und hat Geschmack, sage ich.

Und Farbe und die richtige Konsistenz, sagt Margot.

Und Liebe, sage ich, auch wenn ich mich ganz verlegen dabei fühle.

Maman guckt in die Schüssel. Der Salat sieht immer noch wunderschön aus, auch wenn er nicht mehr ganz so schön ist wie vorher, weil er schon eine Weile auf dem Tisch in der heißen Küche steht und die Salatblätter ein bisschen welk aussehen und schlaff von dem ganzen Öl.

Marmelade habe ich nicht reingetan, sage ich. Die hat sich nicht gereimt.

Der Salat sieht sehr lecker aus, sagt sie. Aber eigentlich habe gar keinen richtigen Hunger. Vielleicht esse ich bloß ein bisschen Obst.

Sie nimmt einen Pfirsich aus der Schale und hält ihn kurz unter den Wasserhahn, um ihn abzuwaschen.

Die Haut saugt sich voll mit Wasser und wird dunkler.

Warum haben Pfirsiche eine Haut, die das Wasser reinlässt?, frage ich.

Bei Äpfeln ist das nicht so, sagt Margot.

Bei uns ist das nicht so, sage ich.

Das weiß ich nicht, sagt Maman. Jede Haut ist anders. Du hast zum Beispiel meine Haut.

Ich weiß, sage ich. Und Papas Mund.

Was? Mamans Kopf schnellt zurück, um mich anzusehen.

Nichts, sage ich und beobachte, wie sich ihre Zähne in den gelben Pfirsich versenken.

Was steht heute Nachmittag auf dem Programm?, sagt sie.

Nur ein bisschen auf der Wiese spielen, sage ich. Keine Sorge, ich passe auf mit den Eseln.

Und setz deinen Hut auf.

Ja, Maman. Oder willst du lieber, dass ich ein bisschen saubermache?

Saubermachen?

Wenn du magst?

Was denn saubermachen?

Ich sehe zu Margot. Sie tut so, als würde sie mit einem Mopp den Boden aufwischen.

Vielleicht den Boden?

Peony, du bist fünf Jahre alt. Wie kommst du darauf, dass du den Boden wischen sollst?

Entschuldigung, war nur so eine Idee.

Na, dann mal los mit dir. Ich hab noch zu tun.

Okay.

Margot und ich klauben noch schnell mit den Fingern die Hähnchenstücke aus der Schüssel und stellen den Rest in den Kühlschrank für später.

Das mit dem Kochen hat nicht funktioniert, sage ich, während wir durch den Obstgarten hinuntergehen.

Jedenfalls nicht mit dem Salat.

Aber sie hat gesagt, ich soll nicht saubermachen.

Das darf man nicht so ernst nehmen, glaube ich, sagt Margot. Manchmal wissen Erwachsene selber nicht, was sie glücklich macht.

Claude sitzt wie immer im Schatten des Maulbeerbaums im Gras, raucht eine Zigarette und lauscht den Vögeln. Ein Bein hat er ausgestreckt und das andere angewinkelt. Nicht weit weg von ihm liegt Merlin und schnauft angestrengt. Er ist nass.

Geht es Merlin gut?, frage ich.

Er ist bloß alt, sagt Claude. Und er ist genau wie du; er rennt und rennt und macht kaum Pausen, nicht mal bei dem Wetter. Aber das ist nicht gut für ihn. Wir gehen besser bald nach Hause.

Aber wir sind doch gerade erst gekommen, sage ich.

Das tut mir leid, sagt Claude. Vielleicht könnt ihr ja ein bisschen im Mädchennest spielen. Merlin ist auch mein Freund und er muss jetzt wirklich nach Hause und sich ein bisschen ausruhen.

Sollen wir etwas vorführen für dich?, fragt Margot.

Wir könnten uns eine Vorstellung ausdenken, sage ich. Sogar eine noch bessere als vorher.

Vielleicht morgen, sagt Claude.

Ich setze mich unter den Schatten des Baums, weit weg von Claude und Merlin. Ich verschränke die Arme und gucke böse.

Claude blickt mich an. Ich hab dich letztes Jahr schon mal hier gesehen, sagt er. Du warst genau hier unter diesem Baum.

Ich hab dich auch gesehen, sage ich.

Wir hatten gar keine Angst, sagt Margot.

Wir hatten überhaupt kein bisschen Angst, sage ich.

Ich schon ein wenig, sagt Claude. Ich dachte, ihr fallt vielleicht über mich her.

Wenn du noch näher gekommen wärst, wären wir über dich hergefallen, sage ich.

Oh, da muss ich ja vorsichtig sein!

Jetzt nicht mehr!

Wieso jetzt nicht mehr?

Weil wir doch jetzt wissen, wer du bist, lache ich.

Claudes Augenbrauen gehen hoch und runter, aber er sagt kein Wort.

Auch Margot macht, dass ihre Augenbrauen hoch- und runtergehen. Ich lache noch ein bisschen weiter.

Ich mag es, wenn du lachst, sagt Claude.

Ich kenne ein paar gute Witze, sagt Margot. Soll ich sie dir erzählen? Dann kannst du auch ein bisschen lachen. Alle Kinder sind sauber bis auf Rainer, den wäscht keiner. Alle Kinder ...

Hör lieber nicht zu, wenn Margot ihre Alle-Kinder-Witze erzählt, sage ich. Die sind unter aller Kanone.

Na gut, Pea, begleitest du uns noch hoch bis zum Gatter? Claude steht auf und Merlin folgt ihm mit einem Grummeln.

Na klar, sage ich.

Auf dem Rückweg den Berg hoch greife ich nach Claudes Finger. Ich bin müde, du musst mich ziehen, sage ich. Er nimmt den Finger nicht weg. So gehen wir den ganzen Weg hoch bis zur Straße, Margot hält sich auf der anderen Seite an meinem Finger fest und Merlin läuft lautlos hinter uns her in unserem Schatten.

Aïe!, ruft Claude, als wir an den Brombeersträuchern vorbeikommen, die hier am Weg wachsen. Seine Beine passen nicht in den Weg, sie sind zu groß und er trägt immer kurze Hosen. Die langen Zweige haben sich in seinen Socken verfangen und frische rote Kratzer überziehen schon kreuz und quer seine Beine. Er beugt sich nach vorn und zupft sich die Dornen von den Socken, dann hebt er vorsichtig die lange, dornige Ranke vom Weg auf und setzt sie zurück in das Gestrüpp.

Alles in Ordnung?, frage ich.

Jeden Tag bekomme ich neue Kratzer von diesen Sträuchern, sagt Claude. Ich hoffe nur, die Brombeeren sind es auch wert.

Ich sehe mir die Sträucher genauer an. Die Brombeeren ändern langsam ihre Farbe, die roten sind schon halb schwarz und bestimmt kann man in ein paar Tagen schon welche essen. Die grünen *punaises* stehen Schlange auf den Blättern. Wenn die Beeren erst mal reif sind, wird es ein großes Wettrennen geben.

Als der Weg wieder breiter wird und in Weide übergeht, traben die Esel an uns vorbei. Ich blicke hoch und sehe Josette, die mit einer Tüte voller Schalen am Gatter steht. Sie sieht uns kommen, winkt aber nicht. Claude windet seinen Finger aus meinem Griff.

Ich winke Josette zu und sie hebt die Hand, die auf dem Gatter liegt. Immer noch kein richtiges Winken, aber jetzt weiß ich zumindest, dass sie mich gesehen hat. Dann drängeln sich die Esel um sie, um ihr Essen zu bekommen, und sie verschwindet hinter ihren Eselhintern.

Josette hat mir die Haare geschnitten, erzähle ich Claude.

Er sieht zu mir herunter, aber er bleibt nicht wie sonst stehen und geht in die Hocke, um mir zuzuhören.

Josette hat mir die Haare geschnitten!, schreie ich. Claude hört jetzt gar nicht mehr zu, er geht weiter und wird immer schneller. Merlin trabt neben ihm her, aber er winselt dabei.

Na gut, sage ich. Dann erzähl ich es dir eben später.

Hallo, Josette, sagt Claude.

Hallo, Claude, sagt Josette und macht uns das Gatter auf. Was für ein schöner Tag heute. Sie sagt, dass es ein schöner Tag ist, aber sie lächelt nicht dabei.

Hallo, Josette, sage ich.

Hallo, kleiner Dreckspatz, antwortet sie und streicht mir das Haar aus der Stirn.

Inzwischen habe ich schon so viele Namen, dass ich langsam durcheinanderkomme. Die meisten Leute nennen mich Pea, erkläre ich ihr.

Was machst du hier unten auf der Wiese, Pea?, fragt Josette.

Sie steht vor der Sonne, deshalb ist sie großteils nur ein lilaner Schatten und ich muss die Augen zusammenkneifen, um sie besser sehen zu können. Wir spielen jeden Tag hier unten, sage ich. Das macht mehr Spaß als zu Hause. Wir tun den Eseln nicht weh und sie treten uns auch nicht.

Ich bin vier Jahre alt und Pea ist fünfeinhalb, sagt Margot. Wir sind schon groß. Und wir wissen genau, wo es den besten Schatten gibt und wo die Feen wohnen.

Josette hebt die Augenbrauen. Und du, Claude?

Was wohl, ich gehe mit meinem Hund spazieren, sagt Claude. Er klingt böse. Ich habe nur ein einziges Mal erlebt, wie es klingt, wenn Claude böse ist, und das war, als wir in Gefahr waren. Aber jetzt gerade sind wir nicht in Gefahr, außer Josette ist doch eine Hexe, aber wir haben ja eigentlich beschlossen, dass sie keine ist. Irgendwie verstehe ich es nicht.

Merlin ist ein Zauberhund, sage ich zu Josette, als eine Art Test.

Ein Zauberhund, das ist ja kaum zu glauben, sagt sie. Na gut, aber solltest du nicht längst zu Hause sein? Deine Mutter macht sich bestimmt schon Sorgen. Ich bring dich noch über die Straße.

Das ist keine Frage. Also lassen wir sie uns über die Straße bringen und rennen dann den Weg hoch. Hinter uns hören wir Josette rufen.

Warte!

Wir drehen uns um, aber sie hat nicht uns gemeint. Claude und Merlin sind schon fast bei sich zu Hause, doch Josette läuft ihnen nach, sie rennt und schreit.

Du bleibst jetzt sofort stehen!, brüllt sie. Claude dreht sich nicht um, aber sie holt ihn trotzdem ein. Für eine alte Frau kann sie sehr schnell rennen. Dann fangen sie an, sich zu streiten. Im Stehen, am Zaun. Die Esel schauen zu, wir schauen auch zu. Merlin hat sich ins Gras gelegt. Es ist zu heiß für ihn. Claude fuchtelt mit den Armen herum. Josette auch. Ihre Schultern bewegen sich hoch und runter.

Was ist denn mit Josette und Claude los?, frage ich Margot.

Nur so eine Erwachsenengeschichte, sagt Margot. Erwachsene streiten sich wegen lauter blödem Zeug.

Mmpf, sage ich. Ich hab ziemlichen Hunger, du auch?

Ich hab einen Bärenhunger, sagt Margot.

Die Pfirsiche essen wir lieber nicht, sage ich. Es sind sowieso kaum noch welche da.

Aber immerhin steht noch was Leckeres im Kühlschrank, sagt Margot.

Ja, stimmt, sage ich. Ich habe ganz vergessen, dass wir ja gekocht haben. Außerdem bin ich müde.

Glaubst du, Maman merkt, wenn wir im Bett essen?

Bestimmt nicht.

Kapitel 15

Mein Zimmer liegt im blauen Halbdunkel. Die Frösche rufen noch und die Grillen, aber man hört auch schon die Schwalben und das Krähen eines Hahns. Papa löst sich langsam auf.

Ich schließe meine Augen, so fest ich kann. Bleib da, bleib da!, sage ich laut, während er zu Grau zerfließt, sein Lächeln, sein Geruch. Es war so schön gewesen. Der Traum hatte so lang angehalten. Ich bin immer wieder aufgewacht und dann wieder eingeschlafen und habe immer denselben Traum geträumt. Papa, der nach Draußen riecht, nach Regen und Heu und Traktorenöl. Papa, wie er mit offenen Armen am Fuß der Treppe steht und sich vorbeugt, als ich auf ihn zugerannt komme. Seine Arme, die mich fest umschließen und mich hochheben für einen Kuss. Wie ich an seiner Haut rieche und meinen Kopf auf seine Schulter lege. Ich versuche, meinen Traum auszudehnen, ihn bis in den Morgen hinüberzuziehen, die Gerüche festzuhalten. Aber dadurch, dass ich den Traum unbedingt festhalten will, werde ich nur noch wacher.

Warte doch, Papa! Ich hab dir doch noch gar nicht von dem Mädchennest erzählt und von Claude, ach so, und Papa, auf deinem Traktor ist überall Pfirsich ...

Wo sind meine Traktor-Fahr-Stiefel?, sagt Papas Stimme. Wo sind meine Traktor-Fahr-Stiefel?

Maman hatte sie an, um den Skorpion totzumachen.

Wo ist Maman?

Sie schläft.

Wo ist deine *maman*?

Ich weiß es nicht.

Ich glaube, wir haben sie verloren, Pea. Papas Stimme zerfließt, löst sich auf in die Farben hinter meinen Augen.

Es tut mir leid, Papa. Aber ich weiß nicht, wie ich sie finden soll, sage ich.

Papa ist weg. Er hat noch nicht mal Auf Wiedersehen gesagt. Ich mache die Augen auf, aber da ist nur das Zimmer, und ich schäme mich.

Ich rolle mich wieder zur Wand und kneife die Augen fest zu. Ich will wieder einschlafen, aber da kräht schon der Hahn und die Schwalben zwitschern und das macht mich wütend. Sie nehmen mit ihrem Lärm und ihrer heißen weißen Farbe die kühle, leere Dunkelheit weg. Sie nehmen mir meinen Papa weg und er kommt nie mehr zurück.

Ich fühle die Dunkelheit in mir, schwer, als hätte ich einen großen, kalten Stein verschluckt, der mich auf dem Weg nach unten von innen aufgeschrammt hat. Auf einmal fange ich an zu zittern, die Schluchzer kommen rein durch meinen Bauch und durch meinen Mund wieder raus und ich rolle mich zu einer kleinen Kugel zusammen und warte, bis mich die Schluchzer hellwach gemacht haben.

Nach einer Weile wacht Margot auf. Obwohl ich mit dem Rücken zum Zimmer liege, merke ich, dass sie wach ist, und ich drehe mich um, um nachzusehen. Margot sitzt im Schneidersitz auf ihrem Bett.

Keine Angst, mein kleiner Floh, sagt sie und ich muss lächeln. Sie klingt wie Claude und deswegen geht es mir gleich besser.

Ich hab von Papa geträumt, sage ich.

Wirklich?, sagt Margot. Was hat er gesagt?

Weiß ich nicht mehr.

Ich hab geträumt, dass wir am Strand waren und Tennis gespielt haben, sagt Margot. Wir hatten orangene Tennisschläger, aber keinen Ball, das war sehr lustig.

Das klingt wirklich lustig, sage ich.

Wo sollen wir heute hingehen?

Untere Wiese, sage ich. Wir können zum Mädchennest gehen und nachsehen, was Claude für uns dagelassen hat.

Genau in dem Moment steckt Maman ihren Kopf zur Tür herein. Die Haare hängen ihr über das Gesicht und die Augen sind immer noch im Halbschlaf.

Was war denn das für ein Geschrei eben?, sagt sie.

Tut mir leid, sage ich, ich habe schlecht geträumt.

Es quietscht, als Maman sich auf meine Bettkante setzt. Sie legt eine Hand auf mein Bein und sieht zu mir herunter. Was hast du denn geträumt?, sagt sie.

Nichts.

Das kann nicht sein, dass du nichts geträumt hast.

Es war ein schöner Traum, sage ich. Ich hatte nur Angst, als er dann vorbei war.

Mamans Gesicht wacht langsam auf. Sie sieht mir genau in die Augen.

Solche Träume habe ich auch manchmal, sagt sie. Na gut. Wieder quietscht das Bett, als sie sich mühsam hochhievt. Ihr Bauch ist inzwischen so riesig, dass sie wahrscheinlich gleich umkippt und auf den Rücken fällt. Ich weiß nicht genau, was ich dann tun könnte, um ihr zu helfen; das macht mir ziemliche Sorgen.

Dann mal rein in die Klamotten, sagt Maman. Es gibt gleich Frühstück.

Sei vorsichtig, sage ich.

Sie lächelt mit einem halben Mund und sagt: Ja, bin ich, Pea. Was willst du denn anziehen?

Ich zucke mit den Achseln. Ich habe keine sauberen Kleider mehr. Maman schaut in meinen Schrank und zieht das lilane Kleid heraus, das ich im letzten Sommer am liebsten angehabt habe.

Das ist doch dein Lieblingskleid, oder? Warum ziehst du das nicht an?

Ich lächle und nehme das Kleid. Es ist ein Kleid für eine vier Jahre alte Peony. Ich ziehe es an und es ist mir viel zu eng, aber irgendwie mag ich, wie ich mich damit fühle.

Während wir frühstücken, flitzt die Maus hinter dem Vorhang hervor, genau hinter Maman. Ich halte die Luft an.

Margot zieht eine Schnute. Wir mögen die Maus. Aber Erwachsene mögen keine Mäuse und bestimmt wird Maman sie totmachen wollen.

Wir haben recht. Maman sieht die Maus aus dem Augenwinkel und steht vom Tisch auf, um aus der Speisekammer eine Mausefalle zu holen. Sie nimmt eine Wurst von ihrem spitzen Haken herunter und holt ein scharfes Messer aus der Spüle. Sie wischt es ab. Dann schneidet sie das Ende der Wurst ab, lässt die Metallklammer und die herunterhängende Schnur dran und belädt damit die Mausefalle. Die Mäuse in unserem Haus mögen nämlich Wurst.

Nun zieht Maman den Vorhang zurück, damit sie die Falle hineinstellen kann, aber sofort ist ein komischer Gestank zu riechen. Es riecht jedoch nicht nach Mäusen, die eigentlich sowieso keinen starken Geruch haben. Es riecht eher wie unser Korb mit dreckiger Wäsche, voll mit muffigen Handtüchern und schmutzigen Kleidern, die darauf warten, gewaschen zu werden.

Oh nein, das gibt's doch nicht, sagt sie.

Was ist denn, Maman?

Es tropft, sagt sie. Der Abfluss ist undicht.

Wir beobachten ihr Gesicht, um herauszufinden, was wir tun sollen. Es hat sich noch nicht entschieden, ob es ein kämpferisches Gesicht oder ein Tränengesicht wird.

Peony, könntest du mir bitte den Schraubenschlüssel aus der Scheune holen?

Okay, sage ich und hopse vom Stuhl.

Weißt du, wie ein Schraubenschlüssel aussieht?

Wie ein großer Hundeknochen aus Metall?

Mehr oder weniger.

Die Scheunentür steht offen und wir gehen um die klebrige Sauerei herum, alles ist voller Ameisen und Fliegen. In der Scheune ist es schattig und kühl und in der Ecke steht Papas Werkzeugschrank, in dem alle seine Werkzeuge sauber und ordentlich verstaut sind.

Oben, Mitte oder unten?, sage ich zu Margot.

Mitte.

Ich ziehe die Schublade auf und sie hat recht.

Gut geraten!, sage ich.

Schnell finde ich einen Schraubenschlüssel. Eigentlich finde ich sogar drei, einen kleinen, einen mittelgroßen und einen richtig großen, aber als ich die Schublade wieder zumache, rutscht mir der kleinste aus der Hand und fällt scheppernd auf den Boden. Als ich ihn aufheben will, sehe ich gleich daneben in einem weißen Lichtspalt etwas liegen. Es sieht aus wie eine Hand.

Iih! Mir entfährt ein kleiner Schrei und ich zucke zurück.

Das ist keine Hand, sagt Margot.

Was ist es dann?

Das ist ein Handschuh.

Ich blicke auf die Finger und den Handrücken entlang bis zu der Stelle, wo die Hand aufhört; dort ist ein kratziger Verschluss um das Handgelenk geschlungen.

Ein Handschuh. Papas Handschuh. Ich hebe ihn auf und halte ihn in den Fingern, als würde ich Papas Hand halten. Er ist zu weich und zu schlaff, aber er hat den richtigen Geruch.

Den behalte ich, sage ich. Ich verstecke den Handschuh unter einem Stein bei der Scheune; er kann dann später im Mädchennest wohnen.

Als ich in die Küche zurückkomme, kniet Maman auf dem Boden und ihr Kleid wird ganz schmutzig. Aber ihr Bauch ist zu groß. Sie kommt nicht unter die Spüle, um die undichte Stelle zu reparieren.

Ihr Gesicht hat sich entschieden und sie fängt an zu weinen.

Wir können doch jemanden anrufen, damit er kommt und es repariert, sage ich.

Und womit sollen wir den bezahlen?

Weiß ich nicht, sage ich. Entschuldigung.

Sie lässt den Schraubenschlüssel neben die Spüle fallen und zieht den Vorhang wieder zu. Die Mausefalle lässt sie an der Seite stehen.

Nicht anfassen, sagt sie und stapft mit schweren Schritten die Treppe hoch.

Wir bleiben ziemlich lange am Tisch sitzen, weil wir denken, dass Maman bald zurückkommt. Ich schaue auf die Mausefalle und hoffe, dass die Maus es nicht tut. Lange Zeit passiert gar nichts. Die Uhr tickt, bis es acht Uhr ist, und macht dann *drrring*.

Mir ist gerade eine ausgezeichnete Idee gekommen, sagt Margot. Sie hat etwas sehr Wichtiges zu verkünden, das sieht man. Eine feierliche Bekanntgabe. Sie wartet, bis sie meine volle Aufmerksamkeit hat.

Also, sage ich, was ist denn deine ausgezeichnete Idee?

Ich weiß, wie wir die Aufgabe schaffen können, sagt Margot. Wir brauchen einen neuen Papa, und dieser neue Papa könnte Claude sein. Sie lächelt stolz. Das ist eine ziemlich große Bekanntgabe.

Ein neuer Papa? Kriegt man denn so was?

Jeder kann doch ein Papa sein, oder? Wir brauchen jemand, der Sachen im Haus reparieren kann und der Maman zum Lachen bringt. Wenn wir einen Papa hätten, würde sie wieder richtig kochen müssen, um ihm sein Abendessen zu machen.

Jeden Tag, sage ich.

Ja, jeden Tag.

Und du meinst, Claude könnte unser neuer Papa sein?

Ich finde, er wäre perfekt.

Die Vögel machen heute Morgen sehr viel Lärm. Manche sitzen sogar in dem Baum ganz nah über unseren Köpfen und schwatzen und zwitschern. Ein Specht bohrt Löcher. Wahrscheinlich ist es noch zu früh für Claude, also warten wir auf ihn und spielen solange Einkaufen.

Ich bin der Verkäufer, sagt Margot, und du bist der Kunde.

Okay, sage ich. Hallo, Herr Verkäufer.

Hallo. Was möchten Sie denn heute kaufen?

Ich hätte gerne etwas Käse.

Margot schüttelt den Kopf. Käse haben wir leider nicht.

Na gut, dann hätte ich gerne ein paar Buntstifte.

Buntstifte verkaufen wir nicht.

Haben Sie vielleicht Eier?, sage ich.

Eier?, sagt Margot. Was soll denn das sein? Und wir fangen beide an zu lachen.

Was verkaufen Sie denn in Ihrem Laden?, frage ich.

Alles Mögliche, sagt Margot. Fast alles, was das Herz begehrt.

Haben Sie Karotten?

Karotten nicht. Margot streckt die Zunge raus und ich lache noch ein bisschen weiter.

Was haben Sie denn?

Wir haben Tintenfisch, Wäscheklammern, Oliven und Zwiebeln, sagt Margot. Sie fährt mit der Hand über die Ladentheke. Sehen Sie, hier steht doch alles, genau vor Ihren Augen.

Dann hätte ich gerne einen Tintenfisch und ein paar Wäscheklammern, bitte.

Neunundneunzig Euro, sagt Margot. Sie kennt nämlich schon die großen Zahlen, jetzt gibt sie damit an.

Wir spielen ziemlich lange Einkaufen, bis die Sonne schon halbhoch am Himmel steht und sich sogar die Luft im Schatten des Baums langsam aufheizt.

Komm, wir gehen planschen, sagt Margot. Dann wartet sie noch nicht mal meine Antwort ab, sondern rutscht einfach den Baum hinunter und rast dann los durch das hohe Gras in Richtung Bach. Als ich dort ankomme, ist Margot schon auf der anderen Seite und sitzt am Ufer auf einer Wurzel.

Lahme Ente!, sagt sie.

Heute habe ich keine Lust, mich herumkommandieren zu lassen, also beschließe ich, noch ein bisschen zu trödeln. Meine Augen haben die Nachtkerzen wiederentdeckt, von denen ich zuerst dachte, sie wären von Hexen dort hingepflanzt worden; das war, bevor ich wusste, dass es Claude gibt. Heute werde ich sie pflücken, für Maman. Obwohl die Blüten ganz zart sind, sind die Stiele dick und schwer abzuknicken. Aber nachdem ich fertig gezerrt und gedreht habe, liegen vor mir fünf lange Stiele mit mehr als zehn Blüten und ganz vielen langen grünen Blättern.

Wunderschön, sagt Margot. Aber jetzt komm endlich!

Ich grinse sie an und laufe mit meinen Sandalen geradewegs in den Bach hinein. Er ist ziemlich hoch heute und das Wasser schwappt um die Unterseite meiner Beine herum, kalt und angenehm. Eine Weile lang bleibe ich an derselben Stelle stehen, stampfe abwechselnd mit den Füßen und plansche ein bisschen. Dann sehe ich nach unten ins Wasser. Meine Füße kann ich nicht erkennen, nur meine rosalila Spiegelung und die gelbe Spiegelung der Blumen. Ich frage mich, ob sie Maman wohl zum Lächeln bringen werden. Das erinnert mich an die undichte Spüle und an die Mausefalle mit der Wurst und daran, dass wir kein Geld haben und einen Papa brauchen.

Das wird aber eine ziemlich große Aufgabe, sage ich.

Vielleicht müssen wir ja nicht alles wieder in Ordnung bringen.

Aber wenn wir nicht alles in Ordnung bringen, ist Maman doch immer noch unglücklich.

Margot macht ihr Nachdenk-Gesicht. Wenn wir das mit dem Papa hinkriegen und vielleicht das mit dem Saubermachen, sagt sie, reicht es bestimmt schon.

Na gut, sage ich, dann müssen wir jetzt Claude finden.

Komm, lass uns gehen!

Ich höre auf mit meinem Gestampfe und wate los durch den Bach. Aber der Boden ist ganz rutschig und steinig und fast falle ich hin.

Oh!

Benutz doch die Brückensteine, du Dummerchen!

Ich strecke die Arme aus wie ein Akrobat und mache winzige, langsame Schritte, um hinüber zu den Brückensteinen zu kommen. Juchhu!, sage ich. Geschafft! Und ich klettere hoch auf das Grünbraun des ersten Steins und trete auf den zweiten.

Endlich, sagt Margot.

Ich weiß nicht genau, was als Nächstes passiert. Meine Füße rutschen von den Steinen. Ich versuche, das Gleichgewicht zu halten und mit den Füßen auf den Steinen zu bleiben. Und dann sind beide Füße im Wasser und mein Hintern auch und ich bin nass. Zuerst ist es am wichtigsten, dass mein Vier-Jahre-alt-Erinnerungskleid und meine Unterhose nass und kalt sind. Aber nur kurz, denn dann spüre ich den Schmerz in meinem Fuß. Nicht der Skorpionfuß, der andere. Und als ich versuche, ihn zu bewegen, um aufzustehen, tut er noch mehr weh. Ich taste mit der Hand im Wasser herum. Mein Fuß steckt unter einem Stein fest. Ich versuche, ihn wegzuschieben, hochzuheben, hin und her zu bewegen, doch nichts geschieht.

Margot!, rufe ich. Doch als ich hochschaue, ist sie weg.

Dass das Wasser so kalt ist, tut schon bald mehr weh als die Steinzerquetschung, also versuche ich irgendwie aufzustehen, indem ich meinen Knöchel drehe und mein Knie verrenke. Die dunkle lilane Kleidnässe breitet sich bis zu meiner Taille aus, bis in die fliederfarbenen Teile hinein. Jetzt bin ich ganz allein. Am Ufer des Bachs stehen unheimliche Büsche und ich bin ganz sicher, dass ich mehrere Monster erkennen kann, die sich darin verstecken. Erst will ich weinen, aber stattdessen fange ich an zu rufen. Ich rufe nach Claude und nach Merlin und nach Josette. Ich rufe, so laut ich kann, und dann mache ich eine Pause, um zu hören, ob jemand kommt. Dann rufe ich weiter. Langsam mache ich mir Sorgen, dass mich keiner jemals finden wird.

Da höre ich es im Gras rascheln. Als ich hochsehe, ist Margot wieder da und hockt wie ein Frosch am Ufer.

Mach dir keine Sorgen, sagt sie. Es wird alles gut.

Margot, sage ich, du hast doch keine Ahnung.

Es wird alles gut.

Claude! Merlin! Meine Rufe werden langsam ziemlich schreiig. Claude!

Merlin kommt als Erster; schon von Weitem höre ich sein Bellen und dann kommt er runter zum Fluss gerannt. Aber er galoppiert nicht wie sonst, sondern trabt nur. Er beeilt sich gar nicht, obwohl ich doch feststecke. Jetzt ist Merlin im Wasser und ich höre auf zu schreien, um ihn nicht zu erschrecken. Er legt sich auf seinen Bauch und sieht mich mit traurigen Augen an.

Sei nicht traurig, Merlin, sage ich. Ich bin nicht tot, nur verletzt.

Kurz nach Merlin kommt auch Claude. Seine Arme und Beine sind ganz verkratzt und blutig. Sogar auf seinem Gesicht sind gepunktete Striche, aus denen Blut hervorquillt. Bestimmt ist er ganz schnell durch die Brombeersträucher gelaufen, ohne aufzupassen. Ohne ein Wort zu sagen, watet er geradewegs ins Wasser. Er beugt sich nach vorne und packt mich mit einer Hand an der Taille, und dann geht seine andere Hand nach unten ins Wasser. Auf einmal ist der Stein weg von meinem Fuß und ich werde aus dem Bach gehoben. Claude trägt mich den ganzen Weg und setzt mich ans Ufer der unteren Wiese. Ich habe immer noch die Blumen in der Hand. Merlin kommt auch her, schnüffelt an meinem Gesicht und drückt seinen Kopf gegen meinen Hals. Ich wuschle ihm durchs Fell. Claude setzt sich neben mich und nimmt meinen Fuß in die Hand. Er zieht den Schuh aus und drückt mit seiner Hand gegen die Haut. Seine Hände sind so heiß, dass es sich anfühlt, als würden sie mich verbrennen.

Du bist ja eiskalt, sagt er. Was ist denn passiert?

Weiß ich nicht, sage ich.

Mein Fuß fühlt sich an, als würde er mit ungefähr einhundert kleinen Nadeln gepikst werden; das ist sehr unangenehm.

Claude steht auf.

Kannst du gehen?, sagt er.

Ich weiß nicht, ob ich gehen kann. Aber ich zittere am ganzen Körper. Ich will so sehr, dass er mich umarmt. Ich klammere mich an seine Beine und schlinge meine Arme ganz fest darum. Ich sehe zu ihm hoch. Ich wünsche mir, er würde mich umarmen. Er versucht, mich wegzuschälen, aber ich klammere mich an ihn wie ein Äffchen.

Claude sieht unglücklich aus. Lass los, Pea, sagt er. Claude will mich nicht mal umarmen, wenn ich verletzt bin, weil er nicht mein Papa ist. Margot hat recht.

Claude, sage ich, ich muss dich was ganz Wichtiges fragen.

Was extrem Wichtiges, sagt Margot.

Na gut, sagt Claude und setzt sich wieder hin. Dann schieß mal los.

Wirst du unser neuer Papa?

Ich bin nicht euer Papa, sagt Claude.

Aber wir BRAUCHEN einen neuen Papa, sagt Margot.

Und du wärst so ein guter Papa für uns. Du musst auch gar nicht bei uns wohnen, wenn du lieber in deinem Haus bleiben willst.

Aber wie wäre ich dann euer Papa?

Na ja, du müsstest halt die ganzen Papa-Sachen machen, sage ich.

Hier ist unsere Liste, sagt Margot und tut so, als würde sie ein langes Stück Papier entrollen und daraus vorlesen. In Wirklichkeit hat sie natürlich gar kein Papier.

Erstens!, sagt Margot.

Papa muss Maman zum Lächeln und zum Singen bringen, sage ich.

Zweitens!, sagt Margot.

Papa muss Maman dazu bringen, dass sie aufsteht und uns leckeres Essen kocht, so wie früher.

Drittens!, sagt Margot.

Papa muss uns umarmen und Gutenachtgeschichten vorlesen.

Viertens!, sagt Margot.

Papa muss die Küchenspüle reparieren, die ist nämlich undicht, sonst ist unsere Küche irgendwann voller Wasser und wir müssen vielleicht ertrinken.

Fünftens!, sagt Margot.

Papa muss ...

Ertrinken? In eurer Küche?, sagt Claude. Was ist das überhaupt für eine lange Liste? Er sieht ungeduldig aus und sein Gesicht sagt jetzt schon Nein.

So einfach ist es nicht, ein Papa zu sein, sagt Margot, man hat sehr viele Aufgaben.

Aber am wichtigsten ist die erste Aufgabe, sage ich. Ich will nicht, dass Claude denkt, es wäre zu viel Arbeit, unser Papa zu sein.

Und die Umarmungen, sagt Margot.

Die Umarmungen wären schön, sage ich.

Du vermisst deinen Papa, stimmt's?, sagt Claude.

Ich nicke.

Claude beugt sich nach unten und umarmt mich, aber es ist eine steife Umarmung, als wäre er flach zusammengefaltet wie Kleider in einer Schublade.

Du wirst ja immer dünner!, sagt er. Wir müssen dich ein bisschen mästen.

So wie bei Hänsel und Gretel? Damit du mich auffressen kannst?

Wenn ich dich auffressen würde, hätte ich doch gar keinen mehr, mit dem ich hier sitzen und plaudern könnte, sagt Claude.

Stimmt, dann hättest du niemanden mehr, also kannst du mich niemals auffressen, ätsch, sage ich.

Claude lächelt und umarmt mich noch mal. Ein bisschen sanfter, aber nicht viel.

Wenn du unser Papa bist, sage ich, musst du das mit dem Umarmen noch ein bisschen üben. Fürs erste Mal war es schon ganz gut, aber es kann noch besser werden.

Merlin ist besser als ich mit solchen Sachen, sagt Claude. He Merlin, komm mal her und kuschle ein bisschen mit Pea und Margot! Merlin steht auf und kommt herüber. Er lässt sich mit einem Ächzen neben mich plumpsen und legt seinen Kopf in meinen Schoß. Margot und ich strubbeln ihm durchs Fell am Bauch und streicheln seinen roten Wuschelkopf und seine Schlappohren. Sein wedelnder Schwanz macht ein weiches Geräusch auf dem nassen Gras.

Mögt ihr Würstchen?, sagt Claude.

Wir lieben Würstchen!, sagt Margot.

Ja, Würstchen mögen wir!, sage ich.

Also, dann ist es abgemacht, sagt Claude. Ihr kommt später vorbei und helft mir beim Würstchenaufessen und ich verspreche, euch nicht zu fressen.

Merlins Schwanz klopft auf den Boden.

Ja, sagt Claude. Du bekommst natürlich auch eins.

Als wir zu Hause ankommen, lasse ich meine Sandalen draußen in der Sonne und trage die Blumen nach drinnen für Maman. Doch die gelben Blüten lassen schon traurig die Köpfe hängen. Ich lege sie flach auf den Tisch und versuche, mir irgendwas einfallen zu lassen, damit sie wieder schön aussehen. Das Telefon klingelt, aber ich bin zu müde, um ranzugehen. Ich glaube, ich weiß jetzt, was Maman damit meint. Es ist nicht, dass meine Hand zu müde wäre, um den Hörer abzunehmen, aber meine Ohren sind zu müde, um zuzuhören. Also klingelt das Telefon und klingelt. Irgendwann ist oben ein Bettquietschen zu hören und Mamans Tür fliegt auf und knallt gegen die Wand.

Warum gehst du denn nicht ans Telefon?, schimpft sie, während sie die Treppe heruntergetrampelt kommt. Stattdessen lässt du es einfach läuten, bis ich wach werde. Du meinst wohl, ich hätte schon genug Schlaf gehabt für heute, wie?

Nein, sage ich. Tut mir leid, sage ich. Ich sehe zu Margot, die mit ihren Sandalen gegen den Küchenboden tritt und auf ihre Zehen starrt.

Ich dachte, es wäre bloß wieder Mamie Lafont und wir beachten es besser gar nicht.

Maman sieht die unglücklichen Blumen auf dem Tisch.

Wenn wir sie vielleicht ins Wasser stellen?, sage ich.

Die sind tot, sagt sie. Wirf sie in den Mülleimer.

Vielleicht kann ich sie im Hof einpflanzen?

Peony, die sind tot. Wirf sie einfach weg.

Ich schnappe mir die Blumen vom Tisch, gehe wieder nach draußen und lasse die Tür laut hinter mir zuknallen. Maman kommt nicht nach.

Wir setzen uns hinter der Scheune in den Schatten und lehnen uns mit dem Rücken an die kalten, harten Steine. Ich halte die Blumen an die Brust gedrückt, doch die gelben Blütenblätter fallen schon von den Köpfen. Ich weine, obwohl mich niemand sehen kann und mich fragen kann, was ich habe.

Was hast du denn?, fragt Margot. Sie sitzt neben mir und rutscht jetzt so nah heran, dass sich unsere Hintern berühren, ihre Hand liegt auf meinem Knie.

Maman will, dass ich sie wegwerfe, weil sie tot sind.

Die sind wie Mohnblumen, sagt Margot. Solche pflücken wir lieber nicht mehr, die werden bloß welk und sterben.

Das wusste ich nicht, sage ich. Ich wollte sie nicht totmachen.

Sollen wir sie begraben?, sagt Margot.

Das ist eine gute Idee. Margot ist erst vier, aber sie hat oft ausgezeichnete Ideen. Ich nicke.

Unter dem Granatapfelbaum drücken wir die Blumen in das Loch, das wir mit unseren Fingern gegraben haben. Dann streuen wir die Erde wieder oben drauf.

Asche zu Staub, sage ich.

Es ist eine Tragödie, sagt Margot.

Es tut mir leid, sage ich. Es war meine Schuld. Dann weine ich noch ein bisschen, bis mir die Tränen ausgehen. Margot wartet.

Als ich fertig bin mit Weinen, sagt Margot: Und was ist jetzt mit den Würstchen?

Während wir durch den Pfirsichgarten gehen, kann ich schon schmecken, dass gegrillt wird. Rauchige Holzgerüche schlängeln sich durch die Bäume und ziehen uns in Richtung Claudes Haus. Mein Bauch blubbert und mir läuft das Wasser im Mund zusammen. Ich habe Hunger. Richtig, richtig Hunger. Wir rennen los. Schneller, schneller durch die Bäume hindurch. Als wir am Kanal ankommen, springen wir drüber und durch die Lücke in der Hecke. Claude steht genau vor dem Loch und sieht uns gleich.

Genau zur rechten Zeit, sagt er und zieht die Zigarette zwischen den Lippen hervor, damit er uns richtig anlächeln kann.

Claude hat schon den Tisch gedeckt. Es gibt in Scheiben geschnittene Tomaten, die aussehen wie Räder, und Radieschen und Butter und einen Riesenlaib Brot. Er sieht, wie wir gucken.

Wollt ihr vielleicht ein Stück Brot?, sagt er, bis die Würstchen fertig sind?

Ja, bitte!, sagen wir zusammen und strecken die Hände aus. Claude bricht die zwei knusprigen Enden ab und reicht sie uns. Wir setzen uns ins Gras neben den Grill.

Aber nicht anfassen, ja?

Ich weiß, der Grill ist heiß.

Braves Mädchen.

Es vergeht eine lange Zeit und die Würstchen grillen immer noch. Je länger sie auf dem Grill brutzeln, desto mehr Würstchengerüche schweben mir in die Nase und der Rauch brennt ein bisschen in den Augen. Merlin ist gar nicht bei den Würstchen. Er liegt unter einem Baum im Schatten. Claude hat ihm etwas Wasser zum Trinken hingestellt. Aber Merlin liegt einfach nur im Gras, döst und beobachtet uns mit einem Auge. Nicht mal sein wedeliger Schwanz wedelt heute. Er sieht so traurig aus, dass ich aus der Würstchenluft herausmuss, um zu ihm zu gehen und ihn zu umarmen.

Na gut, sagt Claude schließlich. Ich glaube, sie sind fertig. Und er trägt die erste Wurst hinüber zu Merlin, er schwenkt sie auf einer Gabel hin und her durch die Luft und bläst darauf, damit sie nicht mehr so heiß ist.

Merlin hebt den Kopf und guckt die Wurst an. Sein Schwanz wedelt ein kleines Glücklichkeitsgefühl, klopf, klopf, klopf, in den Staub, aber er steht nicht auf, um sich sein Mittagessen zu holen.

Claude runzelt die Stirn. Er kniet sich neben Merlin hin. Hier, für dich, sagt er. Aber Merlin sagt bloß: Auuuuuuuuu!, und lässt dann den Kopf wieder sinken. Claude legt die Wurst neben seine Nase und wir schauen alle zu ihm hin.

Vielleicht ist es die Hitze, sagt Claude leise.

Kapitel 16

Ich kann diese fleckigen Kleider nicht mehr sehen, sagt Margot.

Ich auch nicht, sage ich. Außerdem habe ich inzwischen keine sauberen Unterhosen mehr und da oben, genau über meinem Kopf, hängen immerhin ein paar. Tomatig-sauber, aber das können wir hinkriegen.

Komm, wir holen die Sachen runter und waschen sie, sagt Margot. Heute schaffen wir die Aufgabe, du wirst schon sehen.

Wir klettern beide auf den Holztisch. Ich muss das mit dem Stehen machen, weil ich meine Arme am weitesten hochstrecken kann. Trotzdem muss ich mich dabei auf die Zehenspitzen stellen, was schwierig ist, weil meine beiden Füße noch nicht wieder heil sind. Der eine von dem Skorpion tut immer noch ein bisschen weh, und der andere, der unter dem Stein eingeklemmt war, tut ganz doll weh, weil da die Verletzung noch frisch ist. Außerdem wird mir jedes Mal schwindlig, wenn ich versuche hinaufzulangen, um an die Wäsche zu kommen. Margot kniet neben mir, hält mich an den Knien fest und guckt nach oben, um zu beobachten, was ich mache.

Eins nach dem anderen nehme ich die fleckigen Kleider ab und lasse sie auf den Tisch fallen. Alles geht gut, bis ich mit dem Ellbogen gegen eine kleine Pfanne stoße, die mit einem lauten Krachen herunterfällt. Ich muss schnell machen, damit ich Maman sagen kann, ich wüsste nicht, was da so gerumst hat. So schnell ich kann, hebe ich die Pfanne auf und versuche, sie wieder hinzuhängen, aber das ist sehr knifflig und wieder und wieder verfehle ich das glänzende Metall-S mit den spitzen Enden. Schließlich fällt mir auch noch das S runter. Es prallt gegen den Tisch und macht eine winzige Delle. Ich glaube aber nicht, dass Maman es merken wird.

Ups, flüstere ich. Tut mir leid. Aber es ist alles okay, Margot ist nicht verletzt.

Ich klettere wieder runter und wir beladen uns mit Wäsche und tragen alles zur Waschmaschine in der *buanderie*. Ich gieße ein bisschen Waschmittel über die Kleider und mache den Deckel zu.

Welchen Knopf müssen wir drücken?, frage ich Margot.

Probier doch mal den hier, sagt sie und zeigt auf einen Knopf mit einer Hand drauf, die in eine Schüssel eintaucht. Das sieht nach Waschen aus.

Okay, sage ich und drücke drauf. Nichts passiert.

Probier halt einen anderen, sagt sie.

Ich lasse die Finger über die Knöpfe gleiten und drücke sie alle nacheinander. Als die Maschine mit einem Ächzen angeht, erschrecke ich kurz, obwohl ich ja eigentlich wollte, dass sie angeht.

Maman wird sich freuen, sagt Margot.

Hoffentlich, sage ich.

Die Waschmaschine braucht sehr lange, länger als wir brauchen, um den Hühnern zu essen und zu trinken zu geben; und bis wir die Kleider draußen zum Trocknen aufgehängt haben, können wir auch nicht spielen gehen, also beschließen wir, zu tanzen. Die Pflastersteine im Hof sind heiß unter unseren Füßen. Ich tanze langsam und Margot macht mich nach. Wir tanzen denselben Tanz, obwohl die Musik in unseren Köpfen ist.

Dein Tanz ist wunderschön, sagt Margot.

Danke, sage ich, deiner aber auch.

Vielleicht werde ich Ballerina, wenn ich groß bin, sagt Margot.

Keine Flamencotänzerin?

Wahrscheinlich beides, sagt sie. Und du?

Ich hebe die Arme hoch über den Kopf und fange an, mich im Kreis zu drehen. Mein Hut fällt runter, doch ich drehe mich immer weiter, bis mir schwindlig und ein bisschen schlecht ist. Keine Ahnung, sage ich.

Der Wäschekorb ist zu groß für mich zum Tragen und zu laut zum Ziehen. Außerdem komme ich nicht an die Wäscheleine, aber das macht nichts.

Ich habe eine gute Idee. Ich nehme immer ein paar von den nassen Kleidern auf einmal, trage sie hinaus in den Hof und hänge sie über die Stühle.

Komm, wir gehen Claude suchen, sage ich danach zu Margot, dann können wir ihm erzählen, was wir heute schon alles geschafft haben.

Au ja, sagt sie. Wir sind die Experten im Wäschewaschen.

Und wenn wir zurückkommen, wird sich Maman bestimmt gefreut haben, füge ich hinzu.

Bestimmt, sagt Margot. Heute hattest du gute Ideen.

Auf der unteren Wiese ist heute alles komisch. Die Esel stehen ganz hinten auf der Wiese, aber sie kommen gar nicht her, als sie uns über das Gatter klettern sehen. Sie finden das Gras interessanter. Die Aprikosenspinne ist weg und ihr Netz ist kaputt. Die Grillen sind zwar noch da und hüpfen um meine Sandalenzehen herum, aber es sind nur ganz wenige und keine landet auf meiner Haut.

Eigentlich möchte ich nicht allein den Bach überqueren, aber weil wir heute gar keine Zeit zum Frühstücken hatten, möchte ich nachsehen, was Claude für uns dagelassen hat. Wir nehmen uns an der Hand und waten gemeinsam langsam und vorsichtig auf die andere Seite. Aber auch im Mädchennest ist heute alles komisch. Am Baumstamm stehen keine Wasserflaschen und oben im Nest sind keine Rosinen, keine Kekse, nichts. Alles fühlt sich leer und falsch an und ich habe noch nicht mal Lust, meine Dose herauszuholen und meine Schätze zu mögen. Wir setzen uns auf den Boden, mit dem Rücken an den Baumstamm gelehnt, und warten darauf, dass das Gras auseinandergeht und wir erst Merlin und dann Claude sehen.

Nachdem wir sehr lange gewartet haben und ich schon sehr durstig und müde bin, lasse ich die Traurigkeit gewinnen.

Claude ist noch nicht hier gewesen, sage ich. Und ich glaube, er kommt auch nicht mehr.

Komisch, es ist doch schon fast Mittagszeit.

Es kann nicht sein, dass er es vergessen hat. Bestimmt ist er böse auf uns.

Es macht ihm doch Spaß, uns Süßigkeiten zu bringen, sagt Margot. Da steckt irgendwas dahinter.

Vielleicht fand er es nicht gut, dass wir gesagt haben, er soll unser neuer Papa werden?

Er sollte sich freuen, sagt Margot, dann hätte er doch eine richtige Familie.

Vielleicht fand er es nicht gut, dass ich gesagt habe, seine Umarmung war unter aller Kanone?

Aber sie war unter aller Kanone, sagt Margot.

Vielleicht fand er es nicht gut, dass wir es gesagt haben.

Vielleicht ist Claude seit Neuestem unsichtbar. Vielleicht hat er uns beobachtet, wie wir Einkaufen gespielt haben, und hat über uns gelacht und wir haben ihn einfach nicht gesehen.

Claude ist nicht besonders zauberig, aber Merlin schon, also vielleicht stimmt es. Ich denke eine Weile darüber nach. Ich sehe mich um, ob ich irgendwelche Hinweise entdecken kann.

Unten am Baum ist der Boden aufgescharrt, als ob jemand nach etwas gegraben hätte.

Wer hat das gemacht?, frage ich. Das könnte Merlin gewesen sein, oder?

Merlin ist aber kein grabiger Hund.

Stimmt. Margot hat recht. Vielleicht waren es bloß Kaninchen?

Kann es von Kaninchen sein?

Margot reißt ihre Augen weit auf.

Riesenkaninchen?

Oder Monster, die versucht haben, auf unseren Baum zu klettern, um uns zu fangen?

Nein! Ich betrachte die Kratzspuren rund um den Baum.

Könnte sein.

Die Dunkelheit breitet sich in mir aus. Ich mag jetzt zum Windigen Hügel gehen, sage ich.

Das Gras ist so lang hier und es gibt Hunderte von Blumen – Klee und Wiesenkerbel und Hahnenfuß –, rosa und weiß und gelb. Auf dem Rückweg zum Bach werde ich deswegen gleich ein bisschen fröhlicher, also pflücke ich schnell ein paar, obwohl ich mich gleichzeitig beeilen muss wegen der Monster. Von den Nachtkerzen pflücke ich diesmal aber keine.

Ich habe gerade einen schönen großen Strauß zusammen und bin fast fertig mit Pflücken, als hinter mir das Gras raschelt und ich laut aufschreie. Schnell drehe ich mich um, um zu sehen, woher es kam, aber mein Steinfuß funktioniert noch nicht richtig und ich knalle auf den Rücken.

Autsch!

Tut mir leid, sagt Margot. Ich wollte dich nicht erschrecken.

Margot!, sage ich und sehe zu ihr hoch. Aber ich freue mich, dass sie kein Monster ist. Hoch über uns kreisen zwei Bussarde; ihre fingerförmigen Flügel haben sie weit ausgestreckt, als ob sie meine Hand halten wollten, aber nicht hinkämen.

Wenn ich ein Vogel wäre, würde ich so fliegen.

Ich auch, sagt Margot. Komm, steh wieder auf.

Unten am Bach, als wir gerade wieder auf die andere Seite Richtung untere Wiese gehen wollen, sehe ich unter einem Baum einen großen grauen Fleck. Ich gehe hin und sehe nach, was es ist, und entdecke mehr Federn, als ich jemals gesehen habe. Sie sind grau und flauschig, solche, die den Vogel wärmen, nicht solche, mit denen er fliegen kann. Ich sehe aber auch ein oder zwei Fliegefedern, braune. Ich frage mich, welcher Vogel sie wohl dagelassen hat, und dann noch so viele. Da erspähe ich mittendrin eine winzige Feder mit blauen Streifen. Ein Eichelhäher! Dann sehe ich noch eine. Die blauen Federn liegen zwischen den grauen verteilt wie Edelsteine. Ich bücke mich und wühle darin herum, um sie alle herauszusuchen und um den Schatz zu finden, der darunter versteckt ist.

Inmitten der ganzen Flauschigkeit berühren meine Finger plötzlich etwas Feuchtes und schnell ziehe ich sie wieder heraus. Sie sind blutverschmiert. Eine Weile sehe ich sie bloß an und spüre wieder die Dunkelheit in meinem Bauch, doch irgendwann nehme ich einen Stock, um die Federn beiseitezuschieben. Ich sehe einen Teil von einem Vogelkopf, mit einem Schnabel dran, und Stückchen von Fleisch, die an dem Kopf herunterhängen.

Jemand hat den Vogel totgemacht, sagt Margot.

Ich fange an zu weinen. Ich versuche, mir das Blut

von den Fingern und auf mein Kleid zu wischen. Nicht alles geht weg, meine Hände sind immer noch voller roter Flecke.

Maman!

Das Wort ist mir ganz von selber rausgerutscht. Komisch, dass mein Mund das macht. Der Rest von meinem Kopf weiß doch, dass sie nie da ist.

Als wir wieder am Haus angekommen sind und etwas getrunken haben, war ich ganz erledigt von der Hitze und dem schlimmen Morgen. Die Kleider im Hof waren zwar schon trocken, aber ich wollte einfach nur reingehen und mich ausruhen. Ich beschloss, mich erst mal ein bisschen hinzulegen und sie später wegzuräumen.

Auf meinem Bett war es zu heiß, also habe ich auf dem Boden geschlafen, mit einem Kissen, und jetzt bin ich mit einem schwummrigen Gefühl und nass geschwitzt wieder aufgewacht. Mein Hals ist trocken.

Margot ist auch wach. Sie fährt mit dem Finger über die Muster auf den Dielen, über die Kreise im Holz. Natürlich zählt sie sie.

Weißt du, wie die Muster in das Holz kommen?, sagt Margot.

Nein, sage ich.

Dann erklär ich es dir, sagt sie. Als dieses Holz noch ein Baum war, hat jemand einen Stein auf den Baum geworfen, und daher kommen diese Wellen.

Aber wenn man einen Stein in den Fluss wirft, dann gehen die Wellen doch irgendwann wieder weg, sage ich.

Das ist, weil der Fluss aus Wasser ist und nicht aus Holz, sagt Margot. Holzwellen bleiben für immer.

Also könnten wir Steine auf die Dielen werfen und so neue Wellen machen, oder wie?, sage ich.

Nein, du Dummerchen, sagt Margot. Die Wellen kann man nur machen, wenn der Baum noch lebt.

Ach so, sage ich. Und fahre ebenfalls mit dem Finger über die Totes-Holz-Wellen.

Riechst du auch den Winter?, sagt Margot.

Ich schnuppere und sie hat recht. Durch das Fenster kommen Wintergerüche herein. Ich reiße die Fensterläden weit auf, um zu sehen, wer solche komischen Gerüche macht, und weiche vor Schreck einen Schritt zurück. Ein Rauchmonster guckt hinter der Scheune hervor, schwarz und wellig. Der Gestank, den es mitbringt, ist so stark, dass ich das Brennen schmecken kann, als ob ich es trinken würde.

Oh nein!

Ich geh mal nachsehen, sagt Margot.

Nein, das darfst du nicht, das ist zu gefährlich.

Ich passe auf, sagt sie. Vielleicht muss ich die Feuerwehr rufen.

Dann komm ich besser mit, sage ich. Wir rasen im Zehenspitzengang die Treppe runter, weil Maman immer noch nicht aufgestanden ist. Dann rennen wir durch die Küchentür nach draußen, achten aber darauf, dass sie leise ins Schloss fällt.

Wir rasen um das Haus herum bis zum Maulbeerbaum, wo wir stehen bleiben. Ein Wolfwind weht, er heult durch die Lücken zwischen den Häusern und zwischen den Bäumen hindurch. Die Blätter flattern wie Vögel, die mit den Flügeln schlagen. Obwohl der Brenn-Geruch so nah ist, ist der Rauch weiter weg, als wir dachten. Er kommt nämlich gar nicht von hinter der Scheune. Aber es ist wirklich jede Menge Rauch und er weht in unsere Richtung. Die Luft knistert.

Windiger Hügel, sage ich. Los, komm, wir gehen!

Ein ganzer Hang steht in Flammen. Nicht unserer, sondern der weiter drüben hinter den Winkturbinen. Die Turbinen drehen sich, ihre weißen Flügel gehen rein in die Rauchwolken und dann wieder raus. Unterhalb des schwarzen Rauchs sehe ich orangene Flammen flackern.

Hallo, sagt Margot. Aber sie redet nicht mit mir. Sie ist am Telefon. Ja, hier sind Margot und Pea. Wir rufen an, um Bescheid zu sagen wegen einem Feuer. Können Sie bitte jemanden schicken, der es ausmacht? Sie sieht zu mir her und hebt den Daumen. Bitte beeilen Sie sich, sagt sie in das Telefon hinein. Dann: Vielen Dank.

Sie sind schon auf dem Weg, erklärt sie mir.

Gut zu wissen, sage ich.

Ich hab ihnen gesagt, sie sollen sich beeilen.

Hoffentlich tun sie das auch, sage ich. Ich mache mir Sorgen, dass die Winkturbinen anfangen zu brennen, wenn sie nicht ganz schnell kommen.

Hörst du das?, sagt Margot und in der Ferne kann ich das *pin-pon-pin*-Geräusch von Feuerwehrautos hören. Ich bin sehr erstaunt.

Wie hast du das gemacht?, sage ich.

Margot grinst und wackelt mit den Schultern. Ich kann zaubern, sagt sie.

Genau in dem Moment ist am Himmel ein Summen zu hören. Wir blicken hoch, aber das Flugzeug fliegt genau an der Sonne vorbei und ist zu glänzend weiß zum Anschauen, selbst wenn wir die Augen zusammenkneifen. Schließlich kommt es in das Blau. Es steuert direkt auf den Rauch zu.

Das scheint mir nicht sehr vernünftig, sagt Margot.

Mir auch nicht, sage ich, und wir sehen beide dem kleinen Flugzeug nach, wie es direkt in das Feuer hineinfliegt. Es verschwindet hinter einer Hügelkuppe, doch das Summen ist immer noch zu hören.

Wir müssen dorthin, sagt Margot und zeigt nach unten auf eine Stelle hinter ein paar Steinen und Büschen, von dort aus können wir besser sehen.

So schnell scheint das Feuer sich nicht in unsere Richtung auszubreiten und wir könnten wahrscheinlich im Notfall davor wegrennen, also bin ich einverstanden. Zwischen dem stachligen gelben Kokosnussgebüsch und dem Lavendel verläuft eine Art Weg, wo der Boden nicht so steinig ist, also folgen wir dem. Er führt uns durch riesige dichte Büsche voller Blüten hindurch, die aussehen wie Spiegeleier. Irgendwas flitzt davon, als wir vorbeigehen, und es knistert.

Ich frag mich, was mit dem Flugzeug passiert, wenn es verbrannt ist, sage ich. Unter unseren Füßen rascheln tote Eichenblätter, die die gleiche Farbe haben wie Brotkruste.

Es verschwindet, sagt Margot.

Aber wo kommen dann die verschwundenen Teile hin?

Ach so, sagt Margot. Das weiß ich nicht. Da muss ich erst im Internet nachschauen.

Es kann doch nicht einfach da sein und dann nicht mehr.

Warum denn nicht?, sagt Margot. Das ist doch bei vielen Sachen so.

Aber es muss doch irgendwohin.

Nein, im Internet steht, dass die Sachen einfach verschwinden, sagt Margot. Überleg doch mal. Wenn man die ganzen toten und kaputten Sachen irgendwo hintun müsste, dann wäre die Erde nur ein einziger riesiger Berg aus lauter totem und kaputtem Zeug und wir müssten die ganze Zeit über alles drübersteigen.

Hmm, na gut, aber was ist dann mit dem toten Holz, aus dem unser Fußboden gemacht ist?

Du stellst aber viele Fragen, sagt Margot.

Der Weg hat uns einen kleinen Hügel hoch und an mehreren Kiefern vorbeigeführt. Und hier stoßen wir auf etwas wirklich sehr Merkwürdiges: ein Haus für einen ganz kleinen Menschen, aus Steinen gebaut. Aber nicht aus solchen wie unser Haus. Das hier besteht nur aus vier Steinen, aber die sind riesengroß, wie zerquetschte Felsbrocken. Sie sind größer als Menschen und haben abgerundete Ecken, wie Kieselsteine, aber sie sind nicht glatt, sondern rau. Ein Stein ist die Rückseite des Hauses, zwei sind die Seitenwände. Aber das Allermerkwürdigste ist das Dach, das besteht nämlich bloß aus einem sehr großen flachen Stein, der auf dem nicht flachen oberen Rand der anderen drei Steine aufliegt.

Hier, sagt Margot, haben sich die Menschen vor langer langer Zeit vor Tigern versteckt.

Hatten sie da keine Angst, dass das Dach runterfällt?

Sie hatten mehr Angst vor den Tigern als vor dem Dach.

Ich versetze dem obersten Stein einen Stoß. Er bewegt sich nicht das kleinste bisschen.

Drinnen ist es schattig und kühl und man fühlt sich wie in einer Höhle. Das Haus hat genau die richtige Höhe für mich, ich kann stehen, ohne mir den Kopf anzuhauen. Ein Haufen Kiefernzapfen und Kiefernnadeln liegt herum, sonst nichts.

Schade, dass es keinen Tisch und keine Stühle gibt, sagt Margot.

Vielleicht lebt hier gar niemand mehr, sage ich. Vielleicht könnte ich ja die Keksdose hierherbringen, dann müssten wir nicht immer den Bach überqueren. Das könnte doch unsere Mädchenhöhle auf dem Windigen Hügel werden und wir könnten immer hierherkommen, sogar wenn es heiß ist, und wir wären vor Stürmen geschützt und wir könnten Claude und Merlin zum Picknick einladen. Und niemand würde uns hier finden.

Oh, schau mal!

Auf einer Wand ist ein großer roter Fleck zu sehen. Wir fahren mit dem Finger drüber, um zu sehen, ob er abgeht, tut er aber nicht. Ich frage mich, wer den Fleck gemacht haben könnte.

Und wir bräuchten auch eine richtige Tür, damit die Tiger und Krokodile nicht reinkommen können, sage ich. Und ein Fenster, damit es nicht so dunkel ist, wenn die Tür zu ist.

Und eine Kasserolle, sagt Margot. Und eine Spüle, an die wir rankommen, damit wir uns die Hände waschen können.

Und Strom für abends. Und Bücher zum Lesen.

Ja, stimmt Margot mir zu.

Ich setze mich vor den Eingang und betrachte die Aussicht. Von hier aus kann man alles sehen, alle Hügel und die Winkturbinen und sogar bis hinüber zu den *étangs*. Die Winkturbinen drehen sich immer noch schnell, rein und raus aus dem schwarzen Rauch. Das summende Geräusch kommt langsam näher. Das Flugzeug fliegt weg von dem Feuer und es ist überhaupt nicht verbrannt. Im Vorbeifliegen sprüht es Wasser auf das Feuer.

Ein fliegendes Feuerwehrauto!, sage ich.

So eins hab ich auch bestellt, sagt Margot und ich lache.

Das Flugzeug ist wieder und wieder über das Feuer geflogen und hat sehr viel Wasser abgeworfen, aber der Hang brennt immer noch. Ein Teil ist jetzt schwarz und leer, ohne Feuer, aber woanders sieht man immer noch orangene Flammen und schwarzen Rauch.

Wenn das Flugzeug da ist, beobachten wir, wie es das Wasser abwirft, und wenn es weg ist, sehen wir uns an unserem neuen Höhlenplatz um. Es gibt viele interessante Sachen zu entdecken. Zum Beispiel hängen in den Ästen der Pinie direkt neben uns riesige Spinnwebenbälle. Man würde denken, dass in solchen Bällen riesengroße Spinnen wohnen, aber das stimmt gar nicht. Zum Glück weiß ich, was das für Bälle sind, sie sind nämlich gefährlich und Maman hat mich oft davor gewarnt. Darin wohnen die marschierenden Raupen. Die Raupen sind dick und haarig. Ich stelle mir vor, wie sie alle aus ihrem Spinnwebenball rausgekrabbelt kommen und in einer langen schlängeligen Reihe den Baumstamm runter und über den Boden marschieren. Sie kommen genau auf meine Beine zu. Ich frage mich, was passieren würde, wenn ich mich nicht bewege. Wenn die haarigen Raupen einfach auf meinen Fuß und dann an meinem Bein hochspazieren würden. Über meine Haare drüber und dann auf der anderen Seite wieder an mir herunter, als ob ich eine Brücke wäre. Würden sie mich stechen und vergiften und würde ich dann sterben? Würde ich für immer verschwinden oder wäre ich immer noch hier, nur eben tot, und niemand könnte mehr irgendwelche Wellen auf mir machen?

Ich frage mich, was da eigentlich brennt, sagt Margot.

Alles, sage ich. Komm, wir gehen lieber nachschauen, ob es Maman gut geht.

Als wir nach Hause kommen, sehen wir Maman im Hof mit einem Sieb voller klein gehackter Zwiebeln vor sich. Sie sitzt unter dem Sonnenschirm am Tisch und schält sie, ihre Füße hat sie in einen Wassereimer getaucht. Überall um sie herum hängen die Socken und Unterhosen und werden ganz steif in der Sonne. Das Küchenfenster steht offen und im Radio läuft ein Lied über eine blaue Frau.

Hast du gut geschlafen, Maman?

Ja, danke.

Hast du das Feuer gesehen?

Ja, sagt sie. Und auch gerochen.

Warum sitzt du hier draußen in dem Gestank?

Im Haus ist es noch schlimmer. Maman reibt sich mit dem Handrücken die Zwiebeltränen aus den Augen.

Soll ich dir was zu trinken holen?

Maman sieht zu uns hoch und lächelt. Das wäre nett, sagt sie, danke.

Im Kühlschrank ist nichts zu trinken und der Wasserhahn draußen ist wahrscheinlich keine gute Idee, also muss ich mir was ausdenken, um an die Küchenspüle zu kommen. Ich ziehe mir einen Stuhl heran und klettere darauf, um ein Glas mit Wasser zu füllen. Maman sieht mich durch das Fenster hindurch an und lächelt. Ich lächle zurück. Dann steht Maman unbeholfen auf, als würde sie dieses Spiel spielen, wo man sich einen Luftballon zwischen die Beine klemmen und dann um die Wette laufen muss, ohne ihn zu verlieren.

Was macht sie denn jetzt?, fragt Margot.

Weiß ich nicht.

Maman nimmt den Eimer und trägt ihn hinüber zur Scheune, ihre Füße machen quer über den ganzen Hof Fußabdrücke. Als sie an der Scheune angekommen ist, holt sie sich den Hofbesen. Sie taucht ihn ins Wasser und zieht ihn dann hinter sich her.

Maman ist plemplem geworden, sagt Margot.

Vielleicht will sie den Hof saubermachen, sage ich.

Aber dann würde sie doch den Schlauch nehmen.

Hmm, stimmt.

Sie schreibt Buchstaben mit dem Besen.

Buchstaben?

Ja, Buchstaben. H ... A ...

Maman schreibt mit Wasser auf die Steine im Hof.

Während sie schreibt, versuche ich, die Wörter zu entziffern.

HAB

DICH

LIEB

Als sie fertig ist, sieht sie zu mir hoch und lächelt genau wie Merlin, wenn er ein Stöckchen bringt, das Claude ganz weit weg geworfen hat.

Ich leuchte innerlich auf wie der Morgen nach einem Sturm und renne schnell nach draußen, um sie zu umarmen. Maman stützt sich auf den Besen und sieht fröhlich aus. Doch als ich näher komme, wird ihr Gesicht sauer. Sie packt mich an den Schultern und starrt auf meine Brust.

Was hast du denn mit deinem Kleid gemacht?, stößt sie hervor.

Ich sehe nach unten. Ach das. Das ist Blut von einem toten Vogel, sage ich. Von heute Morgen.

Blut von einem Vogel? Was hast du denn bitte schön angestellt, dass ...? Schon gut, ich glaube, ich will es gar nicht wissen.

Die Zwiebel von Mamans Fingern brennt mir in den Augen.

Geh nach oben, sagt sie. Mach dich sauber.

Von meinem Zimmerfenster aus werfe ich schnell noch einen Blick in den Hof. Das Wasser ist in der Sonne schon fast getrocknet. Mit meinem Finger male ich die letzten Buchstaben des Wortes DICH nach, während sie allmählich verschwinden, doch dann ist es, als hätte sie es nie geschrieben.

Beim Abendessen herrscht eine seltsame Stimmung in der Küche. Maman hat Ratatouille gemacht. Sie schaufelt gelben Couscous auf unsere Teller und verteilt die Regenbogensoße darüber. Das Essen ist zu bunt für unsere Stimmung. Maman findet das anscheinend auch. Sie isst gar nichts von ihrem Essen, sie sitzt bloß da, am Tischende, und fächelt sich mit einem Platzdeckchen Luft zu. Vor uns stehen Wassergläser mit Eiswürfeln, die knacken und gegen das Glas klacken, während sie schmelzen.

Du bist so still heute, sagt Maman.

Heute Nachmittag war es nicht so interessant auf der Wiese, sage ich. Und das mit dem Kleid tut mir leid.

Sie nickt. Danke, dass du die anderen Kleider gewaschen hast, sagt sie.

Bitte, sage ich.

Ich frage mich, wie lange ich noch am Tisch sitzen bleiben muss, bevor ich ins Bett gehen darf.

Kapitel 17

Wir haben Verstecken gespielt. Wir haben im Elfengarten herumgestöbert. Wir haben vierblättrige Kleeblätter gepflückt (zwei) und wir haben im Bach geplanscht. Wir haben aus Spitzwegerichstängeln Schießgewehre gemacht und uns damit abgeschossen. Es ist heiß und wir haben Durst. Wir sind schon auf die Bäume geklettert und haben Äpfel gegessen, die waren ein bisschen sauer, aber es ging. Leider waren sie nicht saftig genug, damit der Durst weggeht. Wir haben die Brombeeren abgesucht und endlich ein paar reife gefunden. Eine Handvoll davon haben wir gegessen. Süß und weich, aber auch die waren nicht saftig genug. Und wir haben mehrere Handvoll Holunderbeeren gegessen, aber die schmecken wie Zitronen und machen einen noch durstiger. Schon wieder steht beim Mädchennest nichts. Kein Wasser. Nichts. Keine Spur von Merlin und keine Spur von Claude. Es ist noch zu früh, um nach Hause zu gehen.

Was haben wir denn früher gemacht, bevor wir Claude und Merlin zum Spielen hatten?, frage ich Margot.

Da waren es nur du und ich, sagt sie.

Aber was haben wir gemacht?

Dies und das, sagt sie. Margot ist nicht so lustig heute.

Die Wiese wirkt leer ohne Claude. Wir sind schon den ganzen Tag hier und warten. Warum ist er denn so böse auf uns? Was haben wir denn angestellt?, sage ich.

Vielleicht ist er krank, sagt Margot.

Könnte sein, sage ich, oder vielleicht ist er gestorben.

Stimmt, sagt Margot. Na gut. Dann müssen wir jetzt eine Entscheidung sagen. Was, wenn Claude Hilfe braucht und niemand ihm hilft? Vielleicht wissen wir als Einzige, dass er in schrecklicher Gefahr ist.

Ja, sage ich. Wir müssen rausfinden, was los ist.

Vorsichtig überqueren wir die Straße und gehen am Straßenrand entlang, bis wir an sein Tor kommen. Die Hitze steigt von der Straße hoch und drückt vom Himmel runter. Der Asphalt ist klebrig unter meinen Sandalen und glänzt im Sonnenlicht. Claudes Tor steht offen, ich mache es hinter mir zu und lasse die Klinke einrasten. In der Einfahrt steht ein Auto. Es hat dieselbe blaue Farbe wie die Federn eines Blauhähers; es sieht alt aus, aber sauber. Es passt zu Claude. Als wir dran vorbeigehen, fahre ich mit dem Finger drüber.

Das Auto ist ein Hinweis, sagt Margot.

An der Haustür lehnt ein Spaten, ein schmutziger.

Der Spaten ist ein Hinweis, sagt Margot.

Ich strecke mich nach dem Türklopfer aus Metall aus und lasse ihn dreimal gegen die Tür scheppern. Niemand macht auf.

Wir stehen vor der Tür zu Claudes Haus und ich weiß nicht genau, was wir als Nächstes tun sollen. Seit drei Tagen ist er nicht mehr zur unteren Wiese gekommen.

Was ist, wenn Claude tot ist?, sage ich. Dann gibt es keinen mehr, der sich um Merlin kümmert. Wenn Claude Merlin nicht zu essen und zu trinken gibt, dann stirbt Merlin.

Vielleicht hat Merlin einen Hinweis für uns, sagt Margot.

Verstehst du seine Sprache?, frage ich sie. Ich nämlich nicht.

Ich kann's versuchen, sagt sie.

Also rufe ich nach ihm. Merlin!

Es ist kein Bellen zu hören. Ich rufe lauter. Merlin! Ich bin's, Pea!

Nichts. Es ist schaurig leise in Claudes Haus.

Das ist ein entscheidender Hinweis, sagt Margot.

Irgendwas stimmt nicht und die Dunkelheit ist in meinem Bauch.

Wir müssen jetzt was Erwachsenes tun, sagt Margot. Sollen wir vielleicht die Polizei rufen?

Wie ruft man die Polizei?, sage ich.

Das weiß ich ehrlich gesagt gar nicht, sagt Margot.

Also brauchen wir nicht lange überlegen. Wir müssen selber nachsehen, ob Claude tot ist. Wieder schlage ich den Türklopfer gegen die Tür, dreimal, und dann noch dreimal, lauter, und dann ganz oft und richtig laut. Niemand kommt.

Ich frage mich, ob Claude vielleicht von den bösen Männern geholt wurde oder vielleicht ist er ... Eine Gottesanbeterin landet mit einem rasselnden Geräusch auf der Wand neben der Haustür. Ihre Augen sehen aus wie schwarze unfreundliche Perlen. Sie hebt ein fedriges Bein und ich zucke zurück. Ich mag die Gottesanbeterin nicht. Ich mag die Gottesanbeterin so wenig, dass ich lieber drinnen im Haus wäre mit der Stille als draußen vor dem Haus mit ihren Augen. Die Dunkelheit ist sowieso in mir drin und ich nehme sie überallhin mit, egal wohin ich gehe. Ich greife nach der Türklinke und die Tür schwingt auf.

Du zuerst, sage ich zu Margot. Auch wenn ich die Älteste bin, ist sie trotzdem die Mutigste.

In Claudes Haus riecht es muffig. Es riecht wie in Mamans Zimmer, wenn sie tagelang das Fenster nicht aufmacht. Es riecht nach Käse, der auf dem Küchentisch liegen gelassen wurde und der dann in der Hitze anfängt zu schmelzen und eklig zu stinken. Es riecht nach Zu-nahen-Menschenkörpern auf dem Markt im Sommer und nach den Haaren unter ihren Armen. Sauer. Kalter Kaffee in einer Tasse. Mein Knochen fängt an zu jucken. Ich kratze mich, ganz doll, und an manchen Stellen geht der alte Schorf ab und meine restliche Haut wird rot und striemig. Immerhin sieht das Haus normal aus. Wenn man durch Claudes Tür geht, kommt nicht die Küche, sondern ein Flur. An den Wänden hängen Bilder in Rahmen. Auf dem Boden stehen vier Tierbeine aus Holz, die zu einem runden Tisch gehören, und auf dem Tisch steht ein großes Telefon, fast verdeckt von einem Stapel mit Briefumschlägen. Der sieht aus wie der Stapel bei uns zu Hause in der Küche, nur kleiner. Außerdem kommt gleich eine Treppe mit einem schwarzen Treppengeländer, die hoch, hoch, hoch führt, wahrscheinlich schlängelt sie sich nach oben zu den Schlafzimmern und dem Bad. Margot geht voraus durch den Flur. Dabei fährt sie mit dem Finger an der Wand entlang.

Irgendwelche Hinweise?, flüstere ich.

Keine Hinweise, sagt sie und schüttelt den Kopf.

Am Ende des Flurs bleibt Margot stehen. Vor ihr sind zwei geschlossene Türen, eine links und eine rechts.

Du darfst aussuchen, sagt sie.

Die Dunkelheit verknotet sich ineinander. Sie zieht sich zusammen und saugt von innen an mir. Der Geschmack von Erbrochenem kommt hoch in meinen Hals und ich schlucke ihn schnell wieder runter. Es ist heiß hier im Haus und es stinkt. Draußen ist die Gottesanbeterin. Ich will es schnell hinter mich bringen. Ich schließe die Augen. Ich wähle die linke Tür. Ich lege die Finger auf die Klinke und will sie gerade herunterdrücken, als die Musik anfängt. Die Musik ist langsam und traurig und sie ist hinter der anderen Tür.

Kannst du es mit mir zusammen machen?, sage ich zu Margot. Sie nickt und wir greifen zusammen nach dem anderen Türgriff.

Margot und ich stehen nebeneinander in der Tür. Vor uns ist ein Wohnzimmer, es ist gelb und es ist dunkel, weil alle Fensterläden geschlossen sind. Claude sitzt auf einem Hocker an einem Klavier. Der Hocker hat goldene Knöpfe rund um das Kissenteil und Löwenbeine. Claude hat einen gestreiften Pyjama an, obwohl es nicht früh am Morgen ist und auch nicht Siestazeit oder Schlafenszeit. Seine Haare stehen ab wie bei einer Palme. Seine Finger drücken die Klaviertasten runter, als ob sie müde wären. Aber immerhin sind sie im Takt mit der Pendeluhr. Die Pendeluhr steht neben dem Klavier, als ob sie Claude beim Spielen zusehen würde, und das Pendel schwingt hin und her und macht ein richtiges Ticktack-Geräusch. Währenddessen drückt Claude die Tasten und die traurigen Töne kommen heraus. Auf dem Klavier stehen Bilderrahmen mit Fotos. Überall im ganzen Raum sind Fotos. Auf Tischen und Regalen und auf dem Boden und manche in Rahmen an der Wand. Hauptsächlich von kleinen Mädchen und eins von einer Frau. Claude weint, das Klavier wird nass.

Claude!

Ich sage es zuerst mit einem Ausrufezeichen (die machen, dass die Wörter aufgeregt klingen), aber er hört mich nicht, also sage ich es noch mal, ein bisschen lauter, und dann hole ich tief Luft und schreie, so laut ich kann.

Claude springt vom Hocker auf und dreht sich um. Als er uns entdeckt, sieht er so erschrocken aus, als wären wir riesige Monster. Er sieht so erschrocken aus, dass ich mich erschrecke und einen kleinen Schritt zurückweiche. Margot hält meine Hand ganz fest. Claudes Mund ist offen, aber es kommen keine Wörter raus.

Das war vielleicht doch keine gute Idee, sagt Margot.

Tut mir leid, sage ich. Und dann will ich ihn am liebsten umarmen, um mich dafür zu entschuldigen, dass ich ihn so erschreckt habe und damit er wieder Claude ist und nicht ein weinender Mann im Schlafanzug. Ich öffne die Arme weit und gehe langsam auf ihn zu, wie man es mit Pferden machen muss, wenn sie Angst vor einem haben.

Nein!, schreit er und es fühlt sich an wie ein dumpfer Schlag in meinen Bauch. Er blickt zu den Fenstern mit den geschlossenen Fensterläden. Er blickt zu der Tür hinter uns, offen, leer, dann wieder zu den Fenstern. Er fängt an, uns durch die Tür nach draußen zu scheuchen, und wird dann abgelenkt von den Ärmeln seines gestreiften Schlafanzugs, die um uns herumschlabbern. Er sieht an sich herunter und erschaudert. Er macht einen Schritt zurück, überlegt es sich anders und scheucht uns zurück ins Zimmer. Sein Gesicht ist rot und verweint. Er riecht furchtbar.

Bleibt hier!, sagt Claude und geht aus dem Zimmer und macht die Tür hinter sich zu. Wir stehen allein in dem dunklen, stinkenden Raum. Claude ist nicht tot, aber er ist komisch geworden. Genau genommen ist er wie Maman geworden. Er versteckt sich in der Dunkelheit, er riecht muffig und weint.

Das ist nicht gut, sage ich zu Margot. Wir brauchen Claude. Das darf er nicht.

Vielleicht ist sein Papa gestorben, sagt Margot, oder vielleicht bekommt er ein Baby.

Männer bekommen keine Babys.

Ich höre, wie eine Tür zuknallt, und Füße, die die Treppe hochgehen. Zwei Füße, hinkende Füße. Eins-ZWEI, Eins-ZWEI, Eins-ZWEI. Margot dreht sich plötzlich im Kreis, und dann noch mal und noch mal. Wo, sagt sie, ist Merlin?

Merlin habe ich ganz vergessen. Merlin ist nicht da. Zwei Füße, keine sechs Füße. Eins-ZWEI und nicht Eins-ZWEI-Taps-Traps. Das ist nicht normal. Merlin ist doch immer bei Claude. Er ist wie ein Schatten, der zuhört. Er ist Claudes bester Freund. Das schlimme Gefühl strömt aus meinem Bauch heraus und kriecht über meine Haut, über meinen Hals und über mein Gesicht bis genau zu der Stelle, wo meine Haare aus dem Kopf wachsen, und mir ist gleichzeitig kalt und heiß. Ich kann es nicht sagen.

Es ist wegen Merlin, oder?, sagt Margot.

Ich zucke ganz leicht mit den Schultern. Aber die Tränen fangen schon an zu kribbeln. Weil ich weiß, es ist wegen ihm.

Ich setze mich auf die Fliesen, schiebe einen Stapel Fotos zur Seite und umklammere meine Beine. Jetzt fühlt es sich ein bisschen besser an. Während ich darauf warte, dass Claude zurückkommt, sehe ich mir die Fotos an, mit dem Finger löse ich sie voneinander. Kleine Mädchen, ganz viele Fotos von kleinen Mädchen. Mädchen in einem Garten, Claudes Garten. Mädchen, die auf Apfelbäume klettern. Mädchen auf Ponys, eines weiß, eines schwarz, oben auf dem Windigen Hügel, mit wehenden schwarzen Haaren, die aus ihren Reitkappen herausschauen, und hinter ihnen drehen sich die Engelsflügel. Mädchen in einem Baumhaus; aber nicht unser Baumhaus. Zwei Mädchen, die mit zwei glänzenden, kleinen roten Fahrrädern fahren.

Hinweise, sagt Margot, jede Menge Hinweise.

Viele kleine Mädchen und keines davon sind wir. Ich frage mich, warum Claude keine Bilder von uns gemacht hat. Warum durften die Mädchen auf dem Bild mit den zwei kleinen Fahrrädern fahren und wir nicht? Die Mädchen haben dunkle Augen, genau wie Claude. Sie grinsen uns aus den Fotos heraus an. Vielleicht ist es wegen ihrer Augen. Wir fahren mit den Fahrrädern, sagen sie. Uns hat er lieber. In dem kleinsten Bilderrahmen, auf dem Tisch neben dem Stuhl, ist ein winziges Bild von einer Frau. Sie lächelt. Ich nehme das Bild in die Hand. Die Frau sieht so ähnlich aus wie Maman, als sie noch glücklich war, als Papa noch gelebt hat. Langsam geht die Türklinke herunter. Langsam, ganz langsam. Die Tür öffnet sich einen Spalt, noch ein bisschen, ganz langsam. Claude ist wieder da. Er hat jetzt Kleider an. Zerknitterte. Er hat seine Haare gekämmt. Er sieht runter zu mir auf seinem Fußboden.

Entschuldigung, Claude, sage ich.

Claude bückt sich und fängt an, die Fotos einzusammeln. Vorsichtig nimmt er eines aus meiner Hand. Er riecht immer noch ziemlich furchtbar. Er nimmt das Foto mit den Fahrrädern. Er liest die Fotos auf, als wären sie Brombeeren; drückt man zu fest, zerfallen sie einem in der Hand.

Geht es dir gut?, frage ich. Claude seufzt, seine Schultern gehen hoch und runter, sein Mund wird schmal. Wir warten.

Es ist wegen Merlin, sagt er schließlich. Er ist gestorben. Deshalb bin ich traurig.

Ich weiß, sage ich. Ich bin auch traurig.

Du weißt es?

Es gab Hinweise, sagt Margot.

Wir haben es uns zusammengereimt.

Ach so. Du hättest nicht herkommen sollen, Pivoine.

Noch ein Schlag in meinen Bauch. Claude will uns nicht bei sich haben. Maman will uns nicht bei sich haben. Claude nennt mich Pivoine.

Weil wir nicht eingeladen waren?, sage ich.

Weil es, es ist nicht ... Claude weiß nicht mehr, wo er gerade ist in seinem Satz, und schüttelt den Kopf.

Claude, sage ich, ich weiß, dass du sehr traurig bist,

aber kannst du bitte trotzdem noch mit uns spielen? Bitte bleib nicht nur in deinem Zimmer.

Wie bitte? Claude beugt sich näher zu mir.

Wie Maman. Wir finden es schön, wenn du mit uns auf der Wiese spielst.

Ja, sagt er, ich weiß. Ich habe nur ein bisschen Zeit gebraucht. Manchmal brauchen die Menschen Zeit für sich, um traurig zu sein.

Wie Maman.

Claude schüttelt den Kopf. Ja und nein, sagt er.

Ich muss was tun, damit Claude sich besser fühlt. Margot sagt, dass Leute sterben, um Platz zu machen für die anderen Leute, sage ich, vielleicht ist es ja bei Hunden auch so. Vielleicht macht Merlin Platz für ein Hundebaby?

Claude lächelt ganz leicht und Margot sieht mich an und hebt den Daumen. Gut, dass mir das eingefallen ist.

Bestimmt hat er das gemacht, sagt Claude, aber trotzdem war er mein Freund und ich werde ihn vermissen.

Wenn ich ein Hund wäre, dann würde ich nicht sterben, sagt Margot.

Vielleicht doch.

Nein, würde ich nicht. Ich wäre ein Hund, der für immer lebt.

Wie bitte?, sagt Claude.

Nichts, sage ich. Ich zeige auf seine Hand, auf den Stapel mit den Fotos. Auf dem obersten sind die Mädchen in Claudes Garten. Sie haben dunkle, glänzende Haare und blaue Kleider.

Wer sind die?, frage ich. Und warum durften die mit deinen Fahrrädern fahren?

Claudes Gesicht sieht auf einmal genauso aus wie das von Maman, als wir erfahren haben, dass Papa gestorben ist. Und wie das, das man macht, wenn man so traurig ist, dass die Leute dazu sagen, man hat ein gebrochenes Herz.

Na gut, sagt er, ich erzähle euch jetzt mal eine Geschichte. Er steht in der Mitte des Zimmers und schaut aus dem Fenster. Wir sitzen auf den weißen Fliesen neben seinen Füßen. Diese kleinen Mädchen heißen Emeline und Sophie – und die zwei kleinen roten Fahrräder? Die haben den zwei kleinen Mädchen gehört. Es war einmal, sagt er, ein Bauernsohn, ein ziemlich hübscher, der sich in eine wunderschöne Prinzessin verliebte. Sie heirateten und die Prinzessin bekam zwei Kinder, Emeline und Sophie. Es waren die hübschesten Kinder im ganzen Land und der Mann und seine Familie waren sehr glücklich. Sie lebten in einem kleinen Palast mit einem wunderschönen Garten, und die Prinzessin pflanzte darin Blumen und Gemüse, was ihr sehr viel Spaß machte. Sie hatten alles, was sie brauchten.

Claudes Stimme ist sehr leise. Ich mache meinen Mund auf, um eine Frage zu stellen, aber er unterbricht mich.

Eines Tages, sagt er, im Sommer, beschlossen sie, einen Ausflug zum Strand zu machen. Emeline und Sophie hatten an dem Tag dunkelblaue Kleider an, mit einem weißen Saum ungefähr auf Höhe ihrer Knie. Hier auf dem Foto haben sie die Kleider an, aber das Weiß unten sieht man nicht. Es war ein wunderschöner Sommer und in dem Jahr waren viele Urlauber unterwegs. Die Straßen waren sehr voll. Manche Leute hatten es zu eilig. Es gab einen schweren Unfall, viele Autos stießen zusammen und die beiden Mädchen sind nie am Strand angekommen.

Haben sie sich verletzt?

Sie sind gestorben. Die Frau auch. Und der Mann war am Boden zerstört.

Waren die kleinen Mädchen schon sehr alt?, frage ich. Claude weint jetzt, ich habe noch nie einen Erwachsenen so weinen gesehen, er ist zerknüllt wie Papier.

Sie waren überhaupt noch nicht alt, sagt er.

Und ich zähle eins und eins zusammen, denn ihre Fahrräder waren nämlich auch nicht sehr groß.

Ich gehe hinüber zu Claude und umarme seine Beine. Er geht in die Hocke, sodass ich zwischen seinen Knien stehe, und umarmt mich auch, richtig. Genau genommen ziemlich fest. Sanft klopfe ich ihm auf den Rücken, wie es Papa früher bei mir immer gemacht hat. Claude zittert am ganzen Körper, als ob er raus in die Kälte gegangen wäre, und lässt mich los. Dann wandert er hinüber zum Fenster.

Das ist alles vor langer Zeit passiert, sagt er, noch bevor ihr auf der Welt wart. Wenn sie noch am Leben wären, wären sie heute erwachsene Frauen, nicht viel jünger als eure *maman*. Vielleicht hätten sie selbst schon Kinder.

Ich weiß nicht, was ich dazu sagen soll. Ich weiß, dass Maman früher mal ein kleines Mädchen war, denn damals gab es Spinnen und Bienen und Wespen, aber keine Skorpione, und es gab einen Garten mit einer Schaukel. Es gab einen schmalen Durchgang hinter den Gärten und sie hatte ein Planschbecken und sie hat Watte gegessen.

Haben sie Watte gegessen?, frage ich.

Watte?

Ja, Watte an einem Holzstäbchen. Wie ein langer weißer Bart zum Essen. Maman hat das gemacht, vor langer, langer Zeit.

Claudes Augenbrauen machen einen Tanz. Nein, Watte haben sie nicht gegessen, sagt er. Emeline – die kleine Schwester –, du erinnerst mich übrigens sehr an sie.

Dürfen wir jetzt mit den Fahrrädern fahren?, sagt Margot.

Niemand sagt ein Wort. Claude fängt an, sich eine Zigarette zu drehen. Seine Pendeluhr macht ticktack, es hört sich laut an in der Lücke zwischen den Worten. Heute wird es keine Antwort auf die Fahrradfrage geben.

Na gut, also dann erzählen wir dir jetzt die ganzen Neuigkeiten, die du verpasst hat, verkündet Margot, steht auf und stellt sich vor den Fernseher, der ausgeschaltet ist. Als Erstes, sagt sie, sind die Nachtkerzen gestorben und deswegen mochte Maman sie nicht.

Wir haben die toten Blumen dann begraben, sage ich. Claude sieht hoch.

Dann haben wir alle Kleider aus der Küche gewaschen, auf denen Tomatensoße war, sagt Margot.

Sie hat nicht mehr weitergerührt wegen der toten Fliege an ihrem Fuß, sage ich.

Und Maman hat uns lieb gehabt, sagt Margot.

Ja, Maman hat uns lieb gehabt, sage ich. Bis sie das Vogelblut auf meinem Kleid gesehen hat.

Vogelblut?

Oh, und dann gab es noch ein großes Feuer und Margot hat ein fliegendes Feuerwehrauto bestellt.

Ein Feuer?

Ja und ein fliegendes Feuerwehrauto.

Man darf in den Nachrichten nichts zweimal sagen, sagt Margot, das ist langweilig und außerdem Zeitverschwendung.

Entschuldigung, sage ich. Und dann haben wir uns gefragt, wo du steckst, und das Spinnennetz ist verschwunden und wir hatten nichts zu trinken, als wir in unserem Nest waren.

Claude sieht jetzt noch trauriger aus.

Aber es hat uns gar nichts ausgemacht, sage ich schnell, weil wir nämlich gar nicht so viel Durst hatten.

Es funktioniert; ein kleines Lächeln. Ein guter Anfang.

Und gestern hat der ganze Hang gebrannt und Raupen waren in meinem Kopf. Und jetzt zum Wetter.

Aber für den Wetterbericht ist keine Zeit mehr. Es klopft dreimal, bum, bum, bum. Ein lautes Klopfen.

Wir machen besser nicht auf, sagt Claude.

Das sagt Maman auch immer, sage ich. Das darf man aber nicht. Das ist unhöflich.

Ich finde, dieses eine Mal ist es besser so, sagt Claude.

Ich schüttle den Kopf. Papa hat immer gesagt, dass es nie bei einem Mal bleibt. Wenn man sagt, nur dieses eine Mal, dann ist das immer das erste Mal von vielen, hat er gesagt. Komm, wir machen lieber auf.

Ich weiß, dass sie hier drin bei dir ist! Ein Schreien, eine Frauenstimme. Wütend. Draußen vor dem Haus.

Wer ist da?, sage ich.

Ich weiß es! Ich weiß es!, sagt Margot.

Josette, seufzt Claude.

Dürfen wir Hallo sagen?, sage ich.

Wir müssen, sagt Margot, wir sind doch gut erzogen.

Klopf, klopf, klopf. KLOPF, KLOPF, KLOPF!

Claude, du machst jetzt sofort die Tür auf! Josette klingt fuchsteufelswild.

Ist ja gut!, brüllt Claude. Aber hör bitte auf zu schreien. Und er stapft zur Tür und öffnet sie. Josette kommt hereingestürmt.

Ha!, sagt sie. Sie mustert mich. Ihre Hand schießt in meine Richtung, als wäre sie ein Zauberer und ich der Trick, den sie gerade gezaubert hat. Ta-da!

Josette, sagt Claude.

Hör auf mit deinem dauernden Josette, sagt Josette.

Und dann sieht sie Claudes Gesicht. Was ist denn passiert?

Merlin ist tot, sage ich. Und Claude ist traurig.

Da hättest du auch selber drauf kommen können, sagt Margot, hättest du mal besser auf die Hinweise geachtet.

Und du glaubst wirklich ...?, sagt Claude. Was überhaupt kein richtiger Satz ist. Und er sieht zu uns herüber.

Na ja, was hätte ich denn denken sollen?, sagt Josette.

Entschuldigung, sage ich, aber wovon redet ihr? Sie geben keine Antwort. Sie stehen Nase an Nase über uns, schreien und sind wütend.

Ich dachte, du würdest mich besser kennen.

Keiner kennt dich mehr, Claude. Es ist, als wärst du mit ihnen gestorben.

Tja, aber hier bin ich und ich bin anscheinend nicht der Einzige, der einsam ist. Du kannst dich um dich selbst kümmern, ich kann mich um mich selbst kümmern, aber wer kümmert sich um sie? Er zeigt auf mich.

Das ist nicht deine Aufgabe, sagt Josette.

Es ist zum Verzweifeln, sagt Claude.

Dann muss eben jemand was unternehmen, sagt Josette.

Gut, sagt Claude. Dann werde ich das tun.

Kapitel 18

Das Haus schläft und wir dürfen es nicht wecken. Stattdessen umarme ich es, ich stelle mich vor das kühle Weiß meiner Zimmerwand und drücke meine Haut dagegen. Ich mache sie grau mit meinem Schweiß. Die Fenster sind offen, aber die Fensterläden sind noch zu, damit die Sonnenstrahlen draußen bleiben. Nur ein dicker Strahl schießt durch die Ritzen wie ein Pfeil und durchbohrt meine Kleider, die ich auf einen Haufen auf dem Boden geworfen habe. Staubfeen tanzen im Licht.

Margot liest laut Bücher vor. Sie kann noch gar nicht richtig lesen, aber sie kennt die Wörter der meisten auswendig und sie blättert um und erzählt die Geschichte, eigentlich sogar ganz gut. Ihre Stimme macht, dass die Stille singt.

Noch bevor es an der Tür klingelt, höre ich die Schritte, ein unregelmäßiger Herzschlag auf den Pflastersteinen, und ich weiß, dass Claude gekommen ist.

Hör mal, flüstere ich Margot zu.

Wer könnte das sein?, sagt sie.

Tja, Sylvie die Brotfrau kann es nicht sein, weil sie nicht mehr hoch zu unserem Haus kommen darf, lache ich.

Und der Pfirsichmann kann es auch nicht sein, weil heute nicht der Tag ist, an dem er kommt!, sagt Margot.

Und Papa kann es auch nicht sein, weil ... Jetzt habe ich genug von unserem Spiel. Ich stehe auf und gehe zum Fenster, um nachzusehen, ob es wirklich Claude ist.

Weil er ja einen Schlüssel hat, sagt Margot mit Bestimmtheit.

Claude steht ein paar Schritte von der Tür entfernt. Er sieht komisch aus neben unserem Haus. Ein bisschen fehl am Platz, wie Erdbeeren auf einem Toastbrot. Er trägt einen großen Korb, der an den Seiten mit Zeitungen ausgeschlagen ist; darin liegt ein Riesenberg Fleischtomaten.

Ich stoße die Fensterläden auf und lehne mich hinaus. Die Steine fühlen sich warm an auf meiner Haut.

Buh!, flüstere ich.

Hallo, kleiner Floh, sagt Claude. Ich wollte deine *maman* besuchen. Ist sie da?

Warte kurz, sage ich, wir kommen gleich. Ich will nicht so laut schreien, um sie nicht aufzuwecken.

Ich ziehe mir das Kleid von gestern an und husche auf Zehenspitzen die Treppe runter. Als ich die Tür aufmache, sehe ich, dass Claudes Augen immer noch rot sind. Er sieht besorgt aus.

Komm rein, sage ich.

Wenn es dir nichts ausmacht, würde ich lieber warten, bis deine *maman* mich hereinbittet, sagt Claude.

Sie schläft noch, sage ich.

Hmm, und weißt du zufällig, wann sie normalerweise aufsteht?

Das weiß man nie so genau, sage ich. Vielleicht wenn Abendessenszeit ist; es kommt darauf an, ob das Baby viel geturnt hat.

Kannst du bitte gucken, ob sie noch schläft?, fragt er.

Mir ist ein bisschen schlecht. Ich will Maman nicht stören, aber Tomaten mag sie wirklich gerne.

Bist du gekommen, weil du unser neuer Papa sein willst?, schreit Margot.

Machst du jetzt Maman glücklich?, sage ich.

Na ja, ich hab ihr ein paar Tomaten mitgebracht. Mag sie Tomaten?

Ja.

Na, dann kann ich sie vielleicht ein kleines bisschen glücklicher machen.

Na gut, sage ich. Ich geh mal nachsehen. Margot, verkünde ich, du kannst ja hierbleiben und dich um unseren Gast kümmern.

Selbstverständlich, sagt Margot und nimmt Claude an der Hand.

Ich bin froh, dass Claude gekommen ist, vor allem, wenn er nun wirklich unser neuer Papa wird, aber ich bin nicht froh darüber, dass ich jetzt Maman aufwecken muss. In ihrem Zimmer ist es dunkel, der Ventilator an der Decke brummt und surrt. Maman liegt auf der Seite, auf einen Berg von Kissen gestützt. Ihre Augen sind geschlossen und ihr Kopf ist voller winziger Schweißtropfen, wie Tau auf dem Gras. Sie schnauft genau wie Merlin. Mein Herz klopft. Sie wird furchtbar wütend sein, wenn ich sie aufwecke, aber wenn ich sie nicht wecke, dann wird Claude vielleicht böse und er ist doch schon so traurig. Das ist zu viel Dunkelheit auf einmal. Außerdem, wenn Maman ihn nicht kennenlernt, dann kann er nicht unser neuer Papa werden und sie auch nicht glücklich machen. Unter dem Ventilator ist es schön kühl. Ich könnte mich hier neben ihrem Bett auf den Boden legen und auch ein bisschen schlafen. Stattdessen knie ich mich hin.

Maman?, flüstere ich ganz leise. Sie öffnet die Augen, sie hat gar nicht geschlafen. Gut. Maman, sage ich, wir haben Besuch. Du musst kommen, es ist sehr wichtig.

Besuch? Ist es deine Großmutter?

Nein.

Ist es wegen der Pfirsiche?

Nein.

Wer ist es denn dann?

Unser Nachbar, er wohnt gegenüber vom Pfirsichgarten. Claude.

Claude? Pea, ich versuche, mich auszuruhen. Hast du ihm gesagt, dass ich mich ausruhen muss? Weiß er, dass ich schwanger bin? Was will er denn?

Die Fragen strömen aus ihrem wütenden Gesicht heraus. Sie blickt nicht mich an, sie blickt auf ihren Bauch, der sich hebt und senkt wie Wellen auf dem Ozean, und bei jeder Welle entfährt ihr ein Stöhnen.

Er hat dir was mitgebracht. Um dich glücklich zu machen.

Was denn?

Kannst du bitte kommen?, sage ich.

Ach verdammt, sagt Maman und hievt sich langsam aus dem Bett. Eine Weile bleibt sie auf der Bettkante sitzen. Sie hat bloß eine Unterhose an. Sie streckt ihr Gesicht dem Ventilator entgegen und atmet mehrmals tief ein. Ihr Bauch ist schief und glänzend und dort, wo früher ihr Bauchnabel war, steht jetzt der Türknauf hervor. Ihre Brüste sind riesig, mit blauen Adern überzogen und mit großen dunklen Brustwarzen ungefähr hundertmal größer als meine. Ihre Beine sind aufgebläht und genauso riesig und glänzend, ihre Füße auch. Sie sieht aus, als wäre ihr ganzer Körper aufgeblasen worden wie ein Ballon. Das ist mir vorher noch gar nicht aufgefallen. Nur der riesige Babybauch.

Geht es dir gut?, sage ich.

Wenn dieses Baby sich endlich entschließen würde, auf die Welt zu kommen, würde es mir vermutlich besser gehen. Kannst du mir bitte mal mein Kleid rüberreichen?

Ich hebe das zerknitterte weiße Kleid vom Boden auf, reiche es ihr und sie zieht es sich über.

Na gut, dann komm, sagt sie, während sie sich die Haare hochsteckt. Dann wollen wir doch mal sehen, was dieser Nachbar – wie heißt er noch mal?

Claude.

Claude. Na dann wollen wir doch mal sehen, was Claude mir gebracht hat, um mich glücklich zu machen.

Maman geht vor mir die Treppe runter in die Küche, wo Claude in der offenen Tür steht, an den Türpfosten gelehnt; seinen Korb hat er vor sich auf den Fliesen abgestellt.

Maman starrt ihn an. Sie mustert sein Gesicht und die Stelle an seinem Kopf ohne Haare. Sie mustert seine Beine, die Kratzer und den Schorf, wo die Dornen die Haut aufgerissen haben und es geblutet hat. Sie mustert seine Schuhe, die so ähnlich wie Gummistiefel sind, nur keine Stiefel. Und sie mustert den Küchenboden, mit dem Staub und den Zwiebelschalen, den Krümeln und dem Schmutz von draußen. Dadurch scheint sie zu bemerken, dass sie Krümel und Schmutz an den Füßen hat, denn jetzt reibt sie ihre Füße aneinander ab, erst den einen, dann den anderen. Vielleicht fühlt sich ihre Fußunterseite dadurch besser an, aber jetzt ist auch die Oberseite ihrer Füße schmutzig.

Guten Tag, *Madame*, sagt Claude. Bitte entschuldigen Sie die Störung. Ich bin Ihr Nachbar.

Sind Sie gerade erst eingezogen?

Nein, *Madame*, ich lebe schon mein ganzes Leben hier.

Aha.

Maman wiegt sich hin und her, von einem Fuß auf den anderen. Sie steht nicht gern, wenn sie nicht unbedingt muss.

Warum setzt du dich nicht hin, Maman?, sage ich.

Nicht jetzt, Pea.

Margot stiehlt sich weg von Claude und stellt sich neben mich.

Ich heiße Claude. Claude runzelt die Stirn. Bestimmt fällt ihm nichts Wichtiges ein, was er sagen könnte. Ich kratze mich am Arm.

Ich bin Joanna, sagt Maman. Was wollten Sie denn? Peony meinte, es wäre wichtig.

Beh ... Ich habe Ihnen ein paar Tomaten mitgebracht, sagt Claude. Na ja, ähm, ich habe nämlich zu viele. Mein Garten ist recht groß. Ich dachte ... möchten Sie vielleicht ein paar Tomaten?

Maman mustert ihn erneut.

Fünf Jahre, sagt sie.

Verzeihung, wie bitte?

Seit fünf Jahren lebe ich hier. Und Sie leben schon Ihr ganzes Leben hier. Und jetzt haben Sie sich ausgerechnet heute ausgesucht, wo ich schlafe und Amaury tot ist, um mir Tomaten vorbeizubringen? Ihre Stimme wird immer lauter, ihre Hände liegen auf ihrem Bauch und die Luft in der Küche wird in sie hineingesaugt, damit sie laut herausschreien kann, was als Nächstes kommt.

Ich kann nicht atmen. Claude spürt es ebenfalls kommen. Er öffnet seinen Mund, um etwas zu sagen, aber es ist schon zu spät.

Tomaten!, brüllt sie. Wer hat Sie geschickt? War das wieder seine Mutter? Warum könnt ihr mich nicht einfach alle in Ruhe lassen?

Claude schüttelt den Kopf. Nein, nein, sagt er, es ist ganz anders, als Sie denken. Ich habe Pea kennengelernt, ich meine Pivoine ...

Was? Maman schreit immer noch.

Maman, sage ich, er will doch nur ...

Nicht JETZT, Peony, brüllt sie und dann beugt sie sich wieder nach vorne, über ihren Bauch, über das Baby.

Verschwinden Sie, sagt sie leise.

Es tut mir wirklich leid, sagt Claude und dann dreht er sich um und hinkt durch den Hof davon. Wir schlüpfen an Maman vorbei und versuchen, ihm nachzulaufen, aber er wirft uns über die Schulter hinweg einen Blick zu und hält einen Finger hoch.

Heute nicht, sagt er.

Wir beobachten, wie er weggeht. Hinter uns knallt die Tür zu.

Papa hat immer zu mir gesagt, dass man, wenn man wütend ist, bis zehn zählen soll, bevor man etwas sagt. Deswegen stehe ich jetzt in der Sonne und meine Augen brennen schon von dem ganzen Schweiß, der meinen Kopf runterläuft, obwohl ich sie fest zusammengekniffen habe gegen die Sonnenhelligkeit. Eins, sage ich laut, zwei, drei.

Zähl doch lieber so: ein Elefant, zwei Elefant, ..., sagt Margot.

Das ist kein Spiel, fahre ich sie an. Ich bin wütend.

Ich weiß, sagt Margot.

Ich zähle bis zehn und will dann zurück in die Küche gehen.

Sollen wir nicht lieber bis zwanzig zählen?, sagt Margot.

Nein, sage ich. Papa hat gesagt, zehn, und ich habe bis zehn gezählt und ich bin immer noch wütend und ich gehe jetzt rein und sage es ihr.

Wirklich? Warte doch lieber noch.

Margots Ratschläge sind nicht sehr hilfreich. Ich will jetzt nicht mehr warten, ich bin wütend und mir ist egal, was sie denkt, sie ist nämlich ...

Die Tür geht auf und Maman steht vor uns. Du kommst jetzt sofort rein, sagt sie. Was ist denn das für ein Geschrei hier draußen? Rein, aber sofort.

Aber inzwischen koche ich vor Wut und ich renne auf sie zu. Du bist KEINE gute Mutter!, schreie ich sie an. Du kümmerst dich überhaupt nicht um mich, du sagst nie Bitte und Danke. Du bist IMMER schlecht gelaunt. Du bist eine SCHLECHTE Mutter und ich bin nicht mehr deine Freundin.

Ihre Hand schlägt mich so fest, dass ich seitlich gegen den Stuhl knalle. Der Stuhl rutscht weg und ich lande mit dem Hintern auf dem Boden. Mein Hintern tut weh von dem Boden. Meine Schultern tun weh von dem Stuhl und mein Arm brennt von dem Schlag. Sie hat versucht, mir auf den Hintern zu hauen, aber mein Arm war im Weg und jetzt prangt darauf ein kirschroter Abdruck von ihrer Hand, als ob Maman bloß mit Farbe gespielt hätte.

Ich fange an zu schreien, nicht weil es wehtut, es tut nämlich gar nicht so doll weh, wie es aussieht, sondern weil ich richtig, richtig böse bin. Als ich loslege mit dem Schreien, weicht Maman vor mir zurück. Ich stehe auf und schreie noch ein bisschen weiter, ich schreie ihr genau ins Gesicht.

Fass mich NIE MEHR an!, brülle ich. Und dann schreie ich noch ein bisschen, bis mir der Hals wehtut, und dann wird mein Schreien zu Weinen. Richtiges Weinen, das nicht aufhören will, das mich durchschüttelt wie der Wind, mit Tränen.

Komm, wir gehen zum Mädchennest, Pea, sagt Margot.

Ich will aber nicht zum blöden Mädchennest gehen!, weine ich.

Na gut, dann lass uns auf die Apfelbäume klettern, sagt sie.

Ich will aber nicht auf irgendwelche blöden Bäume klettern.

Wir gehen zum Windigen Hügel, sagt Margot. Komm.

Ich habe keine Lust auf den blöden Windigen Hügel. Und zu der blöden Wiese will ich auch nicht gehen. Ich hab DIE NASE VOLL.

Margot sieht mich an. Maman sieht mich an.

Die Uhr tickt laut, als ich Luft hole zwischen den Schluchzern. Der Handabdruck auf meinem Arm brennt und ich halte ihn an meinen Mund. Ihre Hand ist noch da und sie ist heiß.

Dann, als würde ich einen Stock über den Regenbogen werfen, nehme ich den Arm wieder runter, hole aus und schlage zurück, fest. Ich kann immer noch nicht sehr gut zielen. Ich habe versucht, ihr Bein zu treffen, aber stattdessen treffe ich ihren Bauch. Sofort, noch bevor sie etwas sagen kann, weiß ich, dass ich nicht Maman getroffen habe. Ich habe das Baby in ihr drin getroffen. Die Zeit verstreicht und in der Pause, wo eigentlich die Entschuldigung sein müsste, stehe ich da und warte, ob das Baby anfängt zu weinen, ob ich ihm wehgetan habe.

Maman packt mich am Arm, ihre Fingernägel bohren sich in den roten Abdruck und sie blickt mir wütend ins Gesicht.

Du bist genau wie dein Vater!, schreit sie mich an.

Ihr Gesicht ist Feuer und Donner, aber meine Stimme kommt genauso laut heraus. Papa war ...

Nicht Papa, dein RICHTIGER Vater!

Maman umklammert den Bauch. Den Bauch mit dem Baby drin, das sie mit Papa gemacht hat, und dann verstehe ich auf einmal, dass ich nicht gut genug bin. Ich soll Platz machen, für das Baby in ihrem Bauch.

Muss ich jetzt sterben?, frage ich.

Geh mir aus den Augen, sagt Maman.

Also gehe ich. Ich fühle mich, als würde mich jemand von innen nach außen stülpen.

Als ich den steinigen Weg hinunterrenne, weg von Maman und weg vom Haus, bin ich eine kleine dunkle Wolke am blauen Himmel und Margot ist der Wind, der mich immer weiter weht.

Kapitel 19

Ich wollte das Baby nicht schlagen, sage ich zu Margot.

Ich weiß, sagt Margot. Aber bestimmt lebt es noch, du hast es nicht totgemacht, glaube ich.

Nein, sage ich. Ich fahre mit dem Finger über die Stelle auf meinem Arm, wo es wehtut, und befühle die Halbmond-Abdrücke, wo sich die Fingernägel in meine Haut gebohrt haben.

Maman hat mich geschlagen, sage ich.

Margot nickt. Ja. Das hat sie auch nicht gewollt.

Doch, sage ich. Sie wollte mich schlagen. Ich wollte sie schlagen. Ich wollte nur nicht das Baby treffen.

Wir sitzen unten am Weg, auf dem Gehsteig. Ich schmolle. Auf meinem Arm ist der riesige rosane Abdruck zu sehen. Ich will, dass die Autos vorbeifahren und dass die Leute aus dem Fenster sehen und mich fragen, warum ich einen riesigen rosanen Abdruck auf dem Arm habe. Dann werde ich ihnen alles erzählen. Dass Maman eine schlechte Mutter ist. Dass sie sich nicht um mich kümmert und dass sie unhöflich zu meinen Freunden ist und dass sie Lügen über meinen *papa* erfindet.

Wie hat sie das gemeint mit Papa?, frage ich Margot.

Margot streckt die Arme über ihrem Kopf aus. Ich glaube, sagt sie, dass du eine Prinzessin bist.

Eine Prinzessin?, sage ich.

Ja, sagt Margot. Auf einmal wird mir alles klar. Du bist eine englische Prinzessin und Maman hat dich gestohlen, als du noch ein Baby warst, und ist dann mit dir nach Frankreich geflohen. Vielleicht haben der König und die Königin versucht, sie aufzuhalten, und dabei ist dein einer Knochen gebrochen, der, der immer juckt, weil Maman dich von ihnen WEGZERREN musste.

Und Papa?

Papa hat das bestimmt gar nicht gewusst. Maman hat wahrscheinlich so getan, als würdest du zu Papa gehören.

Also ist das auf dem Foto Maman, wie sie mich stiehlt, als ich noch ein Baby bin.

Ja, bestimmt.

Aber warum hat sie mich überhaupt gestohlen und nicht ihr eigenes Baby bekommen?

Margot zuckt mit den Schultern. Vielleicht sterben alle Babys von Maman, sagt sie.

Es wird immer heißer und es gibt kein bisschen Schatten dort, wo wir sitzen. Allmählich bekomme ich Durst und mir wird ein bisschen schwindlig. Niemand kommt, um sich meinen Arm anzuschauen, und der Abdruck der Hand verschwindet langsam, während gleichzeitig der Rest meiner Haut rosa wird in der Sonne.

Komm, wir holen uns was zu trinken, sage ich.

Noch bevor unsere Füße auf der anderen Seite des Gatters im Gras gelandet sind, sind die Esel schon hergekommen, um Hallo zu sagen. Als hätte sie jemand angerufen und ihnen Bescheid gesagt, dass wir kommen und dass wir nicht gut gelaunt sind. Sie drängeln sich ganz nah an uns heran, stupsen mit ihren samtigen Schnauzen gegen meine Hände und blinzeln mit ihren langen Eselwimpern. Die Esel riechen freundlich.

Danke, sage ich. Und ich stehe lange neben dem grauen und streichle den dunklen Strich, der über seinen Rücken und seine Schulter verläuft, und rieche seinen grasigen Eselgeruch.

Der graue Esel mag dich am liebsten, sagt Margot, und der braune mag mich am liebsten.

Ja, sage ich. Und bleibe noch ein bisschen stehen.

Die Esel folgen uns bis runter zum Bach und blicken dann nach drüben auf die andere Seite. Jemand ist da gewesen und hat der unteren Weide die Haare geschnitten. Sie liegt ganz flach da, wird langsam gelb in der Sonne und riecht, als könnte man sie essen. Ich bin ganz sicher, dass ich hören kann, wie den Eseln die Bäuche knurren. Wir winken ihnen zum Abschied zu und gehen dann vooorsichtig über die Brückensteine. Die Weide sieht anders aus heute, größer und sauberer, als ob sie wollte, dass wir auf ihr herumrennen, also tun wir das auch. Genau an den langen Reihen mit abgemähtem Gras entlang. Es fühlt sich komisch an, über die stoppligen Reste zu rennen, keine Blumen, alles ist leer. Die Grasrispen knirschen unter meinen Sandalen.

Claude ist beim Mädchennest gewesen. Wasserflaschen und eine Packung Kekse warten auf uns. Aber Claude ist nicht da. Ich trinke ein bisschen Wasser und probiere dann die Kekse. Sie sind weich und klebrig und voller Feigen. Ich überlege, ob ich welche übrig lassen soll, ich habe mich nämlich noch nicht entschieden, ob ich später nach Hause gehen werde oder nicht. Ich bin müde und muss erst drüber nachdenken. Das Nest ist schattig und weich. Margot und ich kuscheln uns aneinander und versuchen, schöne Träume kommen zu lassen.

Als ich aufwache, ist der Traum immer noch hinter meinen Augen. Ich habe von einem Glas voller Perlen geträumt, mit roten Perlen unten, dann orangenen und gelben und blauen; es war bis oben hin gefüllt mit allen

Farben, sogar den Jungsfarben. Aber dann sind die Perlen eine nach der anderen herausgefallen. Ich wusste, dass in dem Moment, in dem die letzte rote Perle herausfällt, etwas ganz Schlimmes passieren würde, aber ich konnte sie gar nicht so schnell wieder einsammeln, wie sie herauskullerten. Es war kein schöner Traum und jetzt bin ich sehr hungrig. Ich schüttle den Kopf, damit der Traum weggeht.

Gib mir mal die Kekse, sage ich zu Margot.

Gib mir BITTE mal das Wasser, sagt Margot als Antwort.

Ich gebe ihr das Wasser und als sie mir die Kekse reicht, sage ich ein sehr großes und höfliches DANKESCHÖN. Ich habe schon fast die ganze Packung aufgegessen, bevor ich daran denke, ihr auch einen anzubieten.

Es tut mir schrecklich leid, sage ich, wie unhöflich von mir. Hättest du vielleicht gerne einen Feigenkeks?

Margot lächelt. Sehr freundlich, sagt sie, aber vielen Dank, ich habe gerade gar keinen Hunger. Hättest du gern ein bisschen Wasser?

Au ja, ich hätte SEHR gern etwas Wasser. VIELEN DANK, sage ich.

Danach fühle ich mich besser – nicht mehr schwindlig und nicht mehr so wütend. Aber nach Hause will ich noch nicht.

Sollen wir Claude besuchen?, schlage ich vor.

Das geht nicht, sagt Margot. Er hat seinen Finger gehoben und gesagt: Heute nicht.

Hmm, sage ich. Oder wir können zu Josette gehen.

Aber was sollen wir sagen, warum wir gekommen sind?

Wir wollten Hallo sagen?

Vielleicht stören wir sie.

Ich will aber nicht nach Hause gehen!, rufe ich. Margot darf ich anschreien, bei ihr ist es egal. Sie darf nämlich nicht böse auf mich werden.

Ja, na gut, sagt Margot. Dann gehen wir eben zu Josette. Sollen wir ihr ein paar Blumen mitbringen?

Das ist eine gute Idee, sage ich. Gelbe.

Josette ist in ihrem Garten und hängt Wäsche auf. Neben ihr im Gras steht ein rosaner Korb voller ungewöhnlicher Kleider. Wir sitzen im Gras und beobachten sie. Wir sind ganz leise gekommen und sie weiß noch nicht, dass wir hier sind. Sie nimmt eine Hose und schüttelt sie, damit sie nicht so knitterig ist. Da fällt eine Unterhose mit Rüschen aus dem Bein heraus und ich muss lachen.

Pivoine!, sagt Josette. Menschenskind, du hast mich aber erschreckt! Was machst du denn hier? Ist alles in Ordnung?

Ich halte ihr die Blumen hin. Hallo, sage ich.

Hoffentlich stören wir dich nicht, sagt Margot.

Hast du Hunger?, fragt sie.

Nein, sage ich. Claude hat uns Kekse und Wasser dagelassen.

Hat er das? Aha. Josette verschränkt die Arme.

Im Mädchennest, sagt Margot.

Auf der unteren Weide, sage ich.

Hoffentlich haben wir jetzt kein Geheimnis verraten, sagt Margot.

Maman hat Claude angeschrien, sage ich. Deswegen haben wir jetzt niemanden mehr zum Spielen.

Wer?, sagt Josette.

Ich und Margot, sage ich.

Plötzlich höre ich Musik, und als wir hochgucken, sehen wir, wie eine Gruppe von Musikern den Weg zu Josettes Haus hochkommt. Ein Mann hat lange

Haare und eine Trompete. Ein anderer Mann hat einen Hut auf mit einem grünen Band drum und ein Akkordeon. Dann gibt es noch eine Frau mit langen dunklen Haaren und ganz vielen Ringen an den Fingern und einer glänzenden braunen Gitarre. Und einen älteren Jungen, mit Fingerhüten an den Fingern und einem großen Tablett, auf dem er mit den Fingerhüten herumkratzt.

Feierst du ein Fest?, frage ich. Josette lacht.

Das ist die *llevant de taula*, sagt sie.

Die was? Die Wörter habe ich noch nie gehört. Aber Josette spricht kein Englisch.

Das ist Katalanisch und heißt Nachtisch, sagt sie.

Die Leute sind der Nachtisch?

Josette lacht wieder. Sie sind gekommen, um ein Lied für uns zu spielen und um uns zur *fête* im Dorf einzuladen.

Jetzt fällt mir wieder ein, wie sie letztes Jahr zu uns gekommen sind. Das war an dem Tag, als ich gesehen habe, wie Papa eine Zigarette raucht. Papa ist der Musikgruppe mit dem Traktor hinterhergefahren, den ganzen Weg hoch bis zum Haus. Sie sind alle zusammen im Hof angekommen und Maman war gerade dabei, die Wäsche aufzuhängen, genau wie Josette heute. Papa hat sie gebeten, ein Lied zu spielen, und darin kamen die ganze Zeit die Wörter *Je t'aimais, je t'aime* und *je t'aimerai* vor. Das ist Französisch und es geht darum, dass der Sänger jemanden geliebt hat und immer noch liebt und immer lieben wird. Eigentlich klingt es nach einem fröhlichen Lied, aber als sie es gespielt haben, kam es ganz traurig heraus. Ich dachte erst, dass sie vielleicht das falsche Lied spielen. Aber Maman und Papa haben dazu im Hof getanzt, so nah, dass es aussah, als würden sie zusammenkleben, und Papa hat gesungen und Maman hat geweint. Danach ist Maman zurück ins Haus gegangen und Papa und die Musiker haben *pastis* getrunken und Zigaretten geraucht und die Gläser klirren lassen.

Jetzt küssen alle Josette und der Mann mit dem Akkordeon umarmt sie ganz fest.

Mit welchem Lied können wir dir denn heute eine Freude machen?, fragt der Mann mit der Trompete.

La vie en rose, sagt Josette.

Das ist ein Lied darüber, dass das Leben rosa ist, sagt Margot.

Das ist ja dumm, sage ich. Man braucht doch alle Farben.

Jeder lacht, als hätte ich einen Witz gemacht.

Das war kein Witz!, sage ich. Sie lachen wieder und fangen dann an zu spielen. Es ist ein ziemlich fröhliches Lied und Josette singt mit, während wir zuhören.

Setzt euch, sagt Josette, als es aus ist. Also setzen sich die Musiker an den Tisch und Margot und ich setzen uns ins Gras und gucken sie an. Der Mann mit dem Hut hat den Hut abgesetzt und auf den Tisch gelegt. Er hat gar keine Haare drunter! Jetzt nimmt er ein rotes Taschentuch heraus und wischt sich die Schweißtropfen von seiner glänzenden Glatze.

Josette kommt mit einer Flasche Wein zurück und legt ein paar Münzen in den Hut mit dem grünen Band. Dann flüstert sie dem Mann mit dem Akkordeon etwas ins Ohr. Er lächelt mit seinen gelben Zähnen und hockt sich dann neben mich.

Wie heißt du?, sagt er.

Pea, sage ich.

Pi? Wie die Zahl?, sagt er.

Oder *Pie* wie der Vogel?, sagt eine der Frauen. Jeder lacht und ich werde ganz verlegen.

Pea wie Pea, ist doch klar, sagt Margot.

Ich heiße Pea, sage ich. P, E, A. Und das ist Margot. Ich bin fünfeinhalb Jahre alt, sage ich, und Margot ist vier.

Die Musiker haben alle die Augenbrauen hochgezogen.

Sie ist groß für ihr Alter, sage ich. Sie lachen.

Na dann, sagt er. Euer Haus ist übrigens als Nächstes dran, wenn ihr wollt, könnt ihr mit uns mitfahren.

Die Musiker haben einen weißen Lieferwagen, wie der vom Pfirsichmann, nur größer. Er ist hinten offen und alle klettern hinein und ziehen mich hoch. Na komm, P, E, A, Pea, sagen sie, na komm, Margot-groß-für-dein-Alter. Also steigen wir in den Lieferwagen mit der Trommel und dem Akkordeon und der Trompete und den ganzen Musikern und fahren dann los, die Straße entlang. Die Musiker spielen fröhliche Musik. Ein Auto fährt an uns vorbei in die andere Richtung und die Leute winken uns zu. Ich winke zurück und lächle mein schönstes Lächeln. Endlich fühle ich mich wie eine Prinzessin.

Die Musiker folgen uns um das Haus herum in den Hof. Sie necken mich immer noch.

Willst du deine Maman holen?, fragt der Mann mit den langen Haaren und der Trompete. Seine Haare glänzen und ich würde sie gern anfassen, um herauszufinden, wie sie sich anfühlen.

Lieber nicht, sage ich. Sie ist am liebsten drinnen und wahrscheinlich schläft sie gerade.

Vielleicht sollten wir dann besser nicht spielen, sagt er. Sonst wecken wir sie noch auf.

Ich denke darüber nach. Ich bin immer noch extrem böse auf Maman. Kein Problem, sage ich. Sie ist taub.

Ach so, sagt der Mann. Also schön, P, E, A, Pea, was für ein Lied sollen wir denn für dich spielen?

Ich denke angestrengt nach, aber mir fällt keines ein.

Ich habe eine Idee, sagt die Gitarrenfrau, beugt sich zu mir herunter und nimmt meine Hand. Sie hat ein weiches, freundliches Gesicht. Sie ist sehr hübsch. Wann ist denn dein Geburtstag, Pea?

Mein Geburtstag ist am siebzehnten September, sage ich. Und ich werde sechs Jahre alt.

Dann bist du aber schon älter als fünfeinhalb, sagt die Frau. Dann bist du ja schon fast sechs.

Das stimmt wahrscheinlich. Papa hat mir gesagt, dass ich fünfeinhalb bin, aber das war vor langer, langer Zeit.

Wie viele Tage dauert es noch bis zu meinem Geburtstag?, frage ich die Frau.

Mehr Tage, als du an deinen Fingern und Zehen abzählen kannst, sagt sie. Aber weniger Tage, als wenn wir meine Finger und Zehen mitzählen würden.

Aber wie viele denn dann?, sage ich. Das mit den Fingern und Zehen ist schwer zu verstehen. Warum müssen die Erwachsenen immer alles so kompliziert machen?

Pea kann übrigens schon bis hundert zählen, sagt Margot.

Fünfunddreißig, sagt die Frau lächelnd.

Drei und fünf, sage ich. Und ich male es mit dem Finger in die Luft.

Du bist ja ein kluges Mädchen, sagt die Frau.

Das ist nicht mehr lange hin, oder?

Nein, überhaupt nicht.

Wenn du mit dem Auto fahren würdest, wärst du noch schneller da, sagt Margot.

Mit einem Flugzeug wäre ich ganz schnell da, sage ich.

Die Frau lacht. Na komm, wir feiern einfach schon ein bisschen früher. Sie spielt einen Akkord auf der

Gitarre und dann fangen die Musiker an zu spielen. Sie spielen *Joyeux anniversaire* und die Frau singt dazu. Noch nie hat ein Orchester für mich *Joyeux anniversaire* gespielt. Ich fühle mich ein bisschen verlegen. Aber Margot ist überhaupt nicht verlegen.

Komm!, sagt sie und nimmt meine Finger und fängt an, mich im Kreis herumzuwirbeln, also wirble ich sie auch im Kreis herum. Wir tanzen zu meinem Geburtstagslied. Nicht wie Papa und Maman damals getanzt haben, eher wie Balletttänzerinnen oder Flamencotänzerinnen oder beides. Unsere bunten, funkelnden Spezialtanzkleider drehen sich und wirbeln um unsere Beine, sodass wir aussehen wie die Ballerina auf Mamans Spieldose.

Als das Lied aus ist, lächeln mir alle zu. Ich weiß, dass wir ihnen jetzt ein bisschen Geld geben müssen, um uns zu bedanken, oder etwas zu trinken. Aber bestimmt wollen sie nicht von dem Wasserhahn im Hof trinken.

Der Pfirsichmann hat uns kein Geld dagelassen, sage ich.

Das macht nichts, sagt der Mann mit dem Hut. Es war schön, dich kennenzulernen. Die Frau mit den langen Haaren kommt und nimmt seine Hand und er legt seinen Arm um sie.

Auf Wiedersehen, Pea, sagt sie.

Vergiss Margot nicht, sagt der Mann.

Auf Wiedersehen, Margot, sagt sie mit einem Lächeln und dann gehen sie alle zusammen fort.

Dann bis zum nächsten Jahr, rufen sie und winken uns zu. Margot und ich bleiben stehen und gucken, bis der Lieferwagen hinter der Wegbiegung verschwunden ist und der Staub aus seiner Wolkenform herausgefallen ist und sich wieder auf den Boden gelegt hat. Ich sehe mich um.

Komm, wir gießen die Blumen, sage ich. Sie sehen traurig und durstig aus.

Ja, gute Idee, sagt Margot. Aber ich weiß nicht, was wir mit den Blumen in den Blumenampeln machen sollen.

Die Blumenampeln hängen neben der Tür. Die Blätter sind gelb und spröde und an den Enden der ausgetrockneten Stiele sind tote Blüten. Aber ich komme nicht an sie dran, um ihnen zu trinken zu geben.

Wenn wir Claude hätten, könnte er uns eine Leiter bringen, sage ich.

Wir können doch die Leiter aus der Scheune holen, sagt Margot.

Glaubst du, wir können sie tragen?, sage ich.

Es ist sowieso blöd, Blumen so weit oben aufzuhängen, sagt Margot, wenn man will, dass die Kinder sie gießen.

Ja, stimmt, gebe ich ihr recht. Komm, wir lassen sie einfach.

Ich sehe hoch zu Mamans Schlafzimmer. Die Fensterläden sind zu, was bedeutet, zum Abendessen gibt es, was wir wollen, und Schlafenszeit ist dann, wann wir wollen. Am Anfang fand ich das alles noch gut, aber inzwischen ist es ziemlich langweilig. Es ist schon spät und ich will nicht noch mal rausgehen, aber eigentlich ist es noch zu früh, um ins Bett zu gehen. Heute war ein langer und komplizierter Tag.

Was fandest du heute am besten?, fragt Margot.

Am besten fand ich, sage ich, dass heute mein Geburtstag war. Was fandest du am besten?

Ich fand heute am besten, sagt Margot, den Hut von dem Mann mit dem grünen Band drum.

Den fand ich am zweitbesten, sage ich.

Und was fandest du heute blöd?, sagt Margot.

Nichts, sage ich.

Nichts?, sagt Margot.

Ich mag nicht drüber reden, sage ich.

Margot wartet eine Weile und als klar ist, dass ich sie nicht fragen werde, sagt sie: Also, was ich heute blöd fand, war ...

Pst, sage ich. Und sie ist still.

Doch nach einer Weile tut es mir leid, dass ich so unhöflich war. Hoffentlich geht es Claude gut, sage ich zu Margot.

Hoffentlich hat er die Tomaten dagelassen, entgegnet sie. Und dann zwinkert sie mir zu.

Wir gehen um das Haus herum und vor der Haustür steht immer noch der Korb mit den Tomaten. Sie sind ganz warm von der Sonne, fast wie gekocht, und ihre Schale ist fest. Als ich in eine hineinbeiße, spritzt sofort süßer warmer Saft heraus auf mein Kinn. Eine Zeit lang sitzen wir bloß da, essen die Tomaten, schauen nach oben in den rosablauen Himmel und sehen den Schwalben hinterher, die ab und zu im Sturzflug am Fenster vorbeischießen und dabei Insekten fangen. Eine Eidechse flitzt die Wand hinunter und um die Ecke, dorthin, wo wir unsere Präparate gefunden haben.

Sollen wir noch ein paar Präparate suchen, bevor wir schlafen gehen?, sage ich. Ich würde gern noch einen Schmetterlingsflügel finden, der zu dem in meiner Dose passt.

Das ist eine ausgezeichnete Idee, sagt Margot und ich sage: Ich weiß.

Das Problem, wenn man Insekten hinterherrennt, ist, dass sie fliegen. Man guckt dann nämlich hoch in die Luft und achtet nicht darauf, wo man hinläuft. So kommt es, dass wir der blaugrünen Wasserjungfer nachjagen und dabei genau in den Brennnesseln landen.

Das fällt mir jedoch erst auf, als mich die gezackten Blätter am Bein streifen und ein bisschen kitzeln. Ich sehe nicht mehr der Wasserjungfer hinterher, sondern gucke stattdessen nach unten und frage mich, warum ich noch kein Brennen gespürt habe. Doch da kommt es auch schon, ein heißes Brennen genau an meinem Knie. Ich will gerade den Mund aufmachen, um laut zu schreien, da sehe ich Margot vor mir. Die Brennnesseln haben sie noch viel schlimmer erwischt. Auf meinem Bein ist ein kleiner rosaner Fleck, in dem sich weiße Bläschen bilden. Aber Margot ist kleiner und sie hat deswegen auch überall an den Armen Brennnesselstiche.

Oje, hilf mir!, sagt sie.

Keine Angst!, sage ich. Ich komme. Wir finden ein Ampferblatt für dich. Mein Arm brennt, aber ich bin tapfer, und als ich die Ampferblätter gefunden habe, wird zuerst Margot eingerieben, bis es wieder besser ist, und erst dann bin ich dran.

Als ich im Bett liege, sind die Bläschen von den Brennnesseln verschwunden, doch ich kann immer noch nicht einschlafen. Ich höre das Dröhnen weit entfernter Musik aus dem Dorf. Bestimmt tanzen die Leute dort und sind fröhlich. Ich bin noch nie abends auf der *fête* gewesen, aber ich habe die Plakate gesehen, die an der Straße zum Dorf hängen. Darauf sind Männer abgebildet, die auf der Bühne stehen und weiße Hosen mit Gold drauf anhaben. Sie haben Mikrofone und Trompeten und hinter ihnen sieht man Frauen in glitzernden Badeanzügen, die einen Tanz aufführen. Und dann sieht man noch Leute, die der Musik zuhören, die Arme schwenken und dabei lächeln. Die weit entfernte Musik klingt ganz anders, als ich gedacht habe. Trotzdem kann ich mir vorstellen, wie unsere ganzen Nachbarn, die Leute aus dem Dorf, Tante Brigitte und Sylvie, der Pfarrer von Papas Beerdigung und der Mann von der Post die Arme hochstrecken und dazu tanzen. Ich frage mich, ob Claude auch dort ist, weil Claude bestimmt grottenschlecht tanzt und noch dazu hat er nicht viele Freunde. Vielleicht ist er zusammen mit Josette gekommen und sie machen bei einem Tanz mit, wo man ganz langsam tanzt. Essen gibt es auch. Lauter leckere Sachen, glaube ich, wie bei einer Party. Jetzt habe ich Hunger, aber ich will nicht aufstehen.

Stattdessen überlege ich mir, was es bei meinem Mitternachtsfestmahl geben würde, wenn ich mir alles wünschen und herbeizaubern könnte. Es würde Brot mit Butter und Schinken geben. Es würde die Beine vom Brathähnchen geben, die kann man nämlich mit den Fingern essen und abnagen und selbst nach langer Zeit noch Hähnchenfleisch dran entdecken. Und es würde *pain au chocolat* und Limonade, Pizza und Pfirsiche und Avocados und Pommes frites geben. Mir mein Mitternachtsfestmahl vorzustellen tut gut, und ich fühle mich gleich besser. Ich tue so, als würde ich die Butter und das Prickeln der Limonade schmecken. Ich fange an, Sachen halb zu träumen. Leute kommen zu meinem Picknick. Claude ist da mit Merlin. Ein paar Hasen auch. Margot. Wir sind auf dem Windigen Hügel und alle Winkturbinen drehen sich, obwohl es gar nicht windig ist. Ich sehe meiner Turbine Nummer fünf zu und atme mit ihr mit, während sie sich dreht. Mein Atmen wird zu Gähnen.

Da knarrt draußen vor dem Zimmer der Fußboden und ich schrecke aus dem Schlaf hoch. Ich höre, wie mein Herz in mir klopft. Ich warte darauf, dass die Toilettenspülung im Badezimmer geht, aber nichts passiert. Ich horche, aber alles ist still. Dann knarrt wieder der Boden.

Margot!, flüstere ich.

Was ist denn?, entgegnet sie gleich.

Da ist jemand vor unserem Zimmer.

Wieder knarrt es. Mein Bettlaken bewegt sich und Margot klettert zu mir ins Bett. Margot ist noch nie bei mir im Bett gewesen. Normalerweise habe ich mein Bett am liebsten für mich allein, wie ein großes Mädchen. Dann kann ich mein Kissen umdrehen, wenn es zu warm wird, damit ich die kühlere Seite an meiner Wange spüre. Die Kuh, die Papa mir geschenkt hat, habe ich am liebsten auf der Seite neben der Wand, und auf der anderen Seite habe ich den blauen Bär, den ich schon immer hatte. Mit Maman oder Papa würde ich mein Bett teilen, wenn sie mich fragen würden, obwohl ihr Bett ja größer ist, aber ansonsten ist es mein Bett. Als Beweis dafür hängt an der Wand über dem Bett ein kleines Schild, auf dem Pivoine steht und was der Name auf Französisch bedeutet. Aber heute macht es mir nichts aus, mein Bett mit Margot zu teilen, weil es schon spät ist und weil auf der anderen Seite der Wand jemand steht. Es ist schön, jemanden nah bei mir zu haben. Margot ist schlau und sie hat vor nichts Angst. So ist sie einfach, es ist ihr Charakter.

Na gut, sagt Margot, keine Panik. Lass uns in Ruhe nachdenken. Hast du die Toilettenspülung gehört?

Nein!, sage ich.

Hmm, sagt sie. War das Knarren sehr laut, wie von einem Monster, oder eher leise, wie von einer ganz schweren Katze?

Ich weiß es nicht genau.

Ich höre, wie etwas Weiches von außen gegen die Wand stößt. Ich setze mich auf und versuche zu schreien: Maman! Aber meine Stimme kommt als flüsterndes Nichts heraus.

Dann knarrt es wieder. Margot schlingt ihre Arme

fest um mich. Bestimmt gibt es eine logische Erklärung dafür, sagt sie. Sie redet wie eine Erwachsene.

Dann schwingt die Tür auf und Licht fällt ins Zimmer auf den Fußboden. Ich halte im Dunkeln den Atem an, starre auf das Scheibchen Licht und will unbedingt wissen, wessen Gesicht gleich darin auftauchen wird.

Es ist Maman, die zu uns hereinschleicht.

Da erinnere ich mich an etwas Erstaunliches. Wie, als ich vier Jahre alt war, jede Nacht die Tür aufging. Ich wurde jedes Mal wach von dem Knarren, aber ich ließ immer die Augen zu, weil ich ja wusste, dass es Papa und Maman sein würden. Das hatte ich ganz vergessen. Sie kamen jede Nacht, beide zusammen, mit ihrem Geruch nach Traktoren und Kochen und Rasiercreme und Gesichtscreme. Sie flüsterten miteinander und deckten mich zu. Jedes Mal streckte ich mein Bein wieder raus, weil ich das mochte. Manchmal passierte das sogar zweimal und dann lachte Maman immer ein winziges, leises Lachen. Danach gab es zwei Küsse, einen auf die Stirn (Papa) und einen auf die Wange (Maman). Und ich liebe dich und *je t'aime*. Dann wurde die Tür leise wieder zugemacht und die knarrende Stelle knarrte und ich schlief wieder ein. Das ist mir gerade eingefallen und jetzt bin ich traurig wegen allem.

Heute tue ich allerdings nicht so, als würde ich schlafen, ich setze mich auf und warte mit offenen Augen am Kopfende meines Bettes. Maman erschrickt, als sie mich sieht, als wäre ich ein Monster.

Oh!, sagt sie.

Entschuldigung, sage ich.

Sie kommt näher und setzt sich langsam hin, indem sie sich rückwärts auf das Bett sinken lässt, eine Hand liegt auf dem Bett, die andere auf ihrem Rücken.

Es tut mir leid, Pea, sagt sie. Sie versucht, mich zu sich heranzuziehen, um mich zu knuddeln, aber das

Baby ist im Weg. Ich rutsche neben sie und versuche es seitlich.

Maman, sage ich, denn die Frage ist zu groß, um sie in meinem Mund zu behalten, ist Papa nicht mein Papa?

Maman weint jetzt, ihre Tränen laufen auf meine Wange, was mich stört, deswegen entknuddle ich mich wieder von ihr. Sie schüttelt den Kopf. Peony, sagt sie, Papa wird immer dein Papa bleiben.

Aber wer ist dann mein richtiger Vater? Du hast doch gesagt …?

Ach Pea, das ist eine lange Geschichte. Früher, bevor ich hierhergekommen bin und deinen Papa kennengelernt habe, habe ich ganz weit weg in England gewohnt, und die Leute dort waren nicht immer nett. Also nicht, dass die Leute in England nicht nett sind, aber dort, wo ich gewohnt habe, waren viele nicht so nett …

Mamans Nase läuft. Sie wischt sie an ihrem Ärmel ab.

Bin ich eine Prinzessin?, sage ich. Hast du mich gestohlen?

Habe ich dich gestohlen? Sie lacht ein bisschen. Nein, Pea, du bist in meinem Bauch gewachsen, genau wie das neue Baby. Sie streichelt über ihren riesigen, runden Bauch.

Also bist du meine richtige Maman?

Ich fürchte, ja, sagt sie. Du musst mich leider nehmen, wie ich bin. Mit Ecken und Kanten und Falten und Warzen …

Hexen haben Warzen, sage ich.

Ja, sagt Maman. Ganz große auf der Nase. Kannst du bitte mal nachsehen, ob ich eine habe?

Ich betrachte ihr Gesicht ganz genau. Margot auch. Ihr Gesicht ist normal. Ihre Nase ist normal.

Du hast keine Warze, sage ich.

Also, dann ist hiermit entschieden: Ich bin keine Hexe, sondern bloß deine Maman.

Und Papa?

Ach Pea, eines Tages werde ich dir die ganze Geschichte erzählen, sagt sie, aber erst mal reicht es, wenn du weißt, dass Papa dich ganz doll lieb gehabt hat. Und dass ich dich ganz doll lieb habe.

Auch wenn ich dir manchmal im Weg bin?

Du bist mir nicht im Weg, sagt sie. Ihr Bauch hüpft jedes Mal auf und ab, wenn sie seufzt. Sie versucht, mir die kurzen Haare hinters Ohr zu streichen, aber sie fallen immer wieder nach vorne. Dann kommen die Tränen und sie gibt es auf und wischt sie sich stattdessen von ihrem eigenen Gesicht.

Es tut mir leid, dass ich immer so müde bin, sagt sie. Aber jetzt kann es nicht mehr lange dauern. Wenn das Baby erst einmal auf der Welt ist, wird alles besser.

Schon gut, sage ich. Auch wenn es eigentlich nicht gut ist, weil Maman immer noch weint. Aber ich weiß nicht, was ich sonst sagen soll.

Frag nach dem Foto, flüstert Margot.

Nein!, flüstere ich zurück.

Was denn?, fragt Maman.

Es tut mir so leid, dass ich das Baby geschlagen habe, sage ich. Das habe ich nicht gewollt.

Ich weiß, sagt sie. Aber Pea?

Ja?

Tu das nie nie wieder. Dein kleiner Bruder ist so winzig und so zerbrechlich und ...

Wir bekommen einen kleinen Bruder?, sage ich.

Ja, sagt Maman. Es wird ein kleiner Bruder.

Oh, sage ich. Maman sieht mich prüfend an und wartet darauf, dass ich mich freue.

Wie heißt er?, frage ich.

Er wird Pablo heißen und Amaury wie dein Papa. Wir werden uns um ihn kümmern, wir beide, du und ich.

Jetzt fange ich an, ein bisschen zu weinen. Ich wollte lieber eine Schwester.

Dann versuch jetzt, schön zu schlafen, ja?, sagt Maman und küsst mich auf die Stirn. Es ist die falsche Stelle, aber es fühlt sich trotzdem gut an. Ich lege mich wieder hin und sie steht auf und zieht die Decke über mich drüber. Ich strecke mein Bein raus, so wie ich es mag, und hinter ihrem Tränenwasserfall ist auf einmal ein halbes Lächeln zu sehen, wie ein Zipfel vom Regenbogen.

Kapitel 20

Unsere Musikkapelle marschiert von Baum zu Baum, macht alle froh, trinkt überall ein Gläschen und sammelt Geld. Wir machen die Ameisen froh und die Feen und die Aprikosenspinne, die ein neues Netz gesponnen hat. Wir machen die Apfelbäume froh und die Kirschbäume und den Maulbeerbaum. Ich habe zwei Stöcke. Wenn ich sie gegeneinanderschlage, machen sie eine gute Marschmusik. Margot hat eine Gitarre, aber die ist nur gespielt. Außerdem hat sie noch eine Tuba. Die Kuckucke singen auch mit, genau wie die Tauben. Unsere Musik ist genial und wir wollen alle dazu bringen, dass sie zu unserer *fête* kommen, die wir später feiern.

Auf unserer *fête*, sage ich, werden alle tanzen und wir auch.

Wenn wir nicht gerade die Kapelle sind natürlich, sagt Margot.

Dann denken wir uns Lieder aus, die wir zu unserer Musik singen können. Ich habe mir eins über Maman ausgedacht. Es ist nicht besonders fröhlich.

Jetzt reicht's aber, sagt Margot. Dein Lied ist extrem langweilig und außerdem kein gutes Lied, um die Leute froh zu machen und zu unserer *fête* einzuladen.

Und was sollen wir stattdessen singen?, frage ich.

Ich habe mir ein besseres Lied ausgedacht, sagt Margot. Es handelt von einem Drachen, der heißt Grimpy, und einem Zauberer. Der Zauberer heißt Merlin.

Aber Merlin ist doch ein Hund, sage ich.

Ja, sagt Margot, ich weiß. Merlin ist ein Hunde-Zauberer.

Also singen wir ihr Lied. Wir denken es uns zusammen aus. Am Ende wird der Drache mit einem Tötungs-Zauberspruch getötet, weil er so schlecht gelaunt war, und Merlin bleibt am Leben.

Das Beste an selbst ausgedachten Liedern ist, sagt Margot, dass man selber bestimmen kann, wie die Geschichte ausgeht.

Jemand hat das Heu auf der unteren Weide zu Päckchen gebündelt. Margot und ich rennen jetzt auf der Wiese herum und setzen uns auf jedes genau einmal drauf. Die Päckchen sind stachelig und piksen ein bisschen an den Beinen, aber sie riechen süß und warm. Nachdem wir auf jedem Heuballen einmal gesessen haben, rennen wir zur Abwechslung rüber zum Mädchennest. Ich bin froh, endlich zu Hause zu sein. Ich nehme meine Sachen aus der Dose und schaue sie mir an und mag sie – das einsame Foto, die Feder, den glatten runden Stein, die Muscheln, Papas Handschuh. Die Fee sehe ich nicht, aber ich sage trotzdem Hallo und ich glaube, ich kann sie singen hören. Die Feder ist schön und fühlt sich weich an. Papas Handschuh fühlt sich gut an und riecht gut. Die Muscheln sind schön und riechen nach Meer. Das einsame Foto riecht überhaupt nicht gut. Es fühlt sich auch nicht gut an. Trotzdem betrachte ich es von allen Sachen am längsten.

Warum spiele ich die ganze Zeit mit was, das nicht schön ist, das nicht gut riecht und sich nicht mal gut anfühlt?

Meinst du Claude? Margot tut so, als würde sie eine stinkende Zigarette rauchen.

Nicht Claude, das Foto. Ich mag das Foto nicht mal.

Aber Claude mögen wir.

Ja, aber Claude fühlt sich innen drin gut an.

Ja. Margot kratzt sich am Kopf. Es ist ein Rätsel, sagt sie.

Ich glaube, ich bin doch keine englische Prinzessin, sage ich.

Wieso? Es könnte doch sein, sagt Margot.

Es könnte schon sein. Aber vielleicht bin ich auch bloß ein normales Mädchen. Maman ist keine Königin und sie hat gesagt, sie ist meine richtige Mutter.

Vielleicht sagt sie ja nicht die Wahrheit, sagt Margot.

Aber warum sollte Maman mich deswegen anlügen?, sage ich. Doch sobald ich es gesagt habe, fallen mir jede Menge Gründe ein. Dass sie nicht will, dass ich die Polizei anrufe zum Beispiel.

Wir müssen nachdenken wie richtige Wissenschafter, sagt Margot. Was ist deine früheste Erinnerung an Maman?

Ich versuche, mich an die Zeit zurückzuerinnern, als ich ein Baby war, aber ich kann mich an überhaupt nichts erinnern. Maman hat gesagt, wir sind aus England gekommen, also versuche ich, mich an ein anderes Haus, an einen anderen Garten, an ein anderes Zimmer zu erinnern. Aber ich kann mich nur an unser eigenes Haus erinnern, in dem wir jetzt wohnen. Mein Knochen juckt und ich reibe ihn ganz fest an meinem Knie, damit es aufhört.

Ich kann mich nicht erinnern, sage ich.

Du erinnerst dich ganz falsch, sagt Margot. Du musst rückwärts denken.

Also versuche ich es. Margot hat recht, es ist leichter, rückwärts zu denken.

Ich schließe die Augen und denke an gestern Abend. Ich denke an den Streit. Ich denke an den Ausflug ans Meer, als ich gefragt habe, ob wir eine Wassermelone bekommen, und an den Tag, als sie die Pfirsiche auf den Traktor geworfen hat. Ich denke an den Tag, als sie das Glas mit ihrem Bauch kaputtgemacht hat, als sie meine Marmelade wollte und nicht die von Margot, und an den Tag davor, als unsere Kleider lauter Flecken bekommen haben, weil ihr eine Fliege am Fuß klebte. Über die dunklen Stellen denke ich schnell drüber und über die schönen Stellen langsam. Ich denke an sie in der Kirche, als Papa gestorben ist, und an davor, als Papa noch bei uns war, und an das Essen, das sie früher für uns alle gekocht hat. Ich denke an den Tag, als sie aus dem Krankenhaus nach Hause kam ohne das Baby, und an davor, als sie noch glücklich war. Früher war sie nämlich schon glücklich. Ich denke an die ganzen Gutenachtküsse, als ich vier Jahre und drei Jahre alt war. Ich erinnere mich an Geburtstagsfeste und Ausflüge mit Picknick am Strand und Spaziergänge auf der unteren Wiese. Ich erinnere mich an einen Tag, als wir einfach nur auf der unteren Wiese herumgelaufen sind. Davor haben wir Pfirsiche gegessen, es muss also Sommer gewesen sein. Wir haben uns an den Händen gefasst und die Pfirsichklebrigkeit hat unsere Hände zusammengepappt. Dann wuschen wir uns im Bach die Hände und übten die Namen der ganzen Bäume und Blumen und Vögel. Maman kannte sie alle, deswegen durfte ich immer zuerst raten. An dem Tag, das weiß ich noch, habe ich einen Marienkäfer gefunden und ich wollte ihn ihr zeigen. Sie setzte sich auf den Boden neben mich. An dem Tag war es ihr egal, dass ihr Kleid schmutzig wurde, sie ging mit dem Gesicht ganz nah heran an die verschiedenen Blumengerüche mitten in der taufeuchten Wiese, wo die Esel hingepinkelt und die Spinnen ihre Netze gewebt haben. Ich weiß noch, dass ich auf dem Nachhauseweg ganz müde war und dass sie mich auf der Schulter den Hügel hochgetragen hat. Es hat ihr nichts ausgemacht. Sie hat gesungen dabei.

Und?, sagt Margot.

Lass mich, sage ich. Ich bin dabei, mich zu erinnern. Margot trommelt mit den Fingern und ich mache wütend die Augen wieder auf.

Ich bin keine Prinzessin, sage ich. Und ich räume alles wieder zurück in die Dose. Ich binde eine gelbe Schleife um meine ganzen Erinnerungen und lege sie dazu. Ich kann sie ja später wieder angucken.

Margots Haare werden schon wieder länger. Meine nicht. Das ist wirklich ungerecht. Sie dreht sich die Haare um die Finger und versucht, damit bis an den Mund zu kommen, damit sie besser nachdenken kann.

Ich lese gerade ein Buch, sagt sie, über ein Mädchen, das keine Prinzessin ist. Es ist eine schöne Geschichte. Wenn du dich brav hinsetzt, dann lese ich sie dir vor.

Ich sitze doch schon, sage ich. Margot rollt mit den Augen.

Es war einmal, sagt sie, ein Mädchen, und das war keine Prinzessin. Aber es lebte trotzdem in einer Burg, oben auf einem Berg, weit, weit weg von hier.

Ich schließe die Augen und höre Margots Geschichte zu.

Die Burg war auch weit, weit weg von den ganzen normalen Leuten im Königreich. Das Mädchen, das keine Prinzessin war, war deswegen sehr einsam; ihre Maman, die keine Königin war, war nämlich den ganzen Tag damit beschäftigt, sich um das Baby in ihrem Bauch zu kümmern. Also hatte das Mädchen niemanden zum Spielen.

Und dann?, frage ich.

Dann kam das Baby auf die Welt und dann hatte das kleine Mädchen endlich jemanden zum Spielen und dann hat es einen neuen Papa für ihre Maman gefunden und wenn sie nicht gestorben sind, dann leben sie noch heute. Aus.

Und jetzt, sagt Margot, ist es höchste Zeit, dass das Baby auf die Welt kommt.

Ich habe nämlich vorher die Decke genommen, die auf dem Boden des Mädchennests lag, und sie mir unter mein grünes Kleid mit den Gänseblümchen gestopft, sodass es aussieht, als hätte ich ein Baby in meinem Bauch.

Ich bin der Arzt, sagt Margot. Willkommen im Krankenhaus.

Danke, sage ich.

Bitte, sagt Margot.

Können Sie bitte das Baby rausholen?, sage ich.

Ja, natürlich, sagt Margot. Kommen Sie mit mir mit, dann bringen wir jetzt das Baby auf die Welt. Hinlegen, bitte!

Ich lege mich hin. Der Boden des Mädchennests ist kalt und rau.

Na gut, sagt Margot, dann sehen wir uns erst mal Ihre Tür an. Sie hebt mein Kleid hoch.

Aha, aha, da ist es ja schon!, sagt sie. Dann nimmt sie die Decke heraus und drückt sie an sich wie ein Baby. Ich setze mich auf, um es besser sehen zu können.

Oje, es tut mir sehr leid, *Madame*, sagt Margot. Leider ist es ein Junge geworden.

Aber ich wollte doch ein Mädchen, sage ich.

Tja, mal sehen, was sich da machen lässt, sagt Margot. Ich hole kurz mein Stethoskop und meine piksige Spritze.

Pea hätte gerne eine Schwester, sage ich, können Sie das hinkriegen?

Hmm, sagt Margot und dann stethoskopt sie das Baby und gibt ihm piksige Spritzen. Und dann sagt sie: Hier!, und reicht mir das Baby.

Oh!, sage ich. Es ist ein wunderhübsches Mädchen geworden! Vielen Dank, Herr Doktor.

Gern geschehen, sagt Margot.

Hallo, sagt eine Stimme.

Claude! Du bist es!

Er steht unter dem Baum. Ohne Merlin an seiner Seite sieht er aus wie ein nicht fertig gemaltes Bild. Ich will Merlin dazuzeichnen, mit rotem Buntstift, haarig und schlau.

Hallo, Pea, sagt Claude. Wie geht es dir heute?

Mir geht es gut, sage ich.

Wie bitte? Claude hält sich die Hände an die Ohren und sieht angestrengt zu mir hoch. Ich beuge mich nach vorne, damit er meinen Mund sehen kann.

Mir geht es GUHUT!, sage ich.

Und Margot?

Margot ist ein sehr guter Arzt, sage ich laut. Sie kann aus kleinen Brüderchen kleine Schwesterchen machen, was sehr genial und nützlich ist.

Das stimmt, sagt Margot.

Kann ich mir vorstellen, sagt Claude, mit hochgezogenen Augenbrauen.

Wie geht es dir?, frage ich.

Tja, sagt Claude, eigentlich ganz gut. Es ist schön, euch zu sehen.

Ich mag es am liebsten, wenn du hier bist, sage ich, und ich finde es blöd, wenn du nicht hier bist.

Ich vermisse dich auch, sagt Claude. Er blickt sich auf der unteren Weide um. Vielleicht will er sich vergewissern, ob Merlin nicht doch wieder auftaucht.

Ich glaube nicht, dass er kommt, sage ich.

Wie bitte?, sagt Claude. Er hört mich nicht.

Kann ich hochkommen?, sagt er plötzlich.

Ins Mädchennest?

Ja.

Zu uns?

Ja. Wenn es euch nicht stört.

Nein, sage ich. Natürlich darfst du kommen.

Langsam steigt Claude die Leiter hinauf ins Mädchennest. Er setzt sich neben mich. Es gibt nicht so viel Platz und wir müssen uns zusammenquetschen. Das Sich-Zusammenquetschen fühlt sich schön an und ich quetsche mich noch näher ran, als ich eigentlich müsste. Claude riecht nach Rauch, was kein schöner Geruch ist, aber er fühlt sich sehr bequem an.

Die Schwalben machen das, sage ich.

Claude guckt auf meinen Mund. Schwalben?, sagt er.

Ja, sage ich, weil sie nämlich keine Finger oder Arme haben zum Umarmen und Händchenhalten. Willst du einen Keks?

Ja gerne, sagt Claude.

Ich gebe ihm die Dose und er macht sie auf.

Oh!, sagt er. Und ich lache, denn in der Dose sind ja gar keine Kekse mehr drin, sondern nur meine Schätze.

Reingelegt!, sage ich.

Was hast du denn da Schönes?

Das ist ein Präparat, sage ich.

Er nimmt das bröckelige gelbe Ding, hält es in seinen großen Fingerspitzen und betrachtet es. Aha, sagt er, ein Kokon.

Wusste ich's doch, sagt Margot.

Weißt du, wer das gemacht hat?, fragt Claude.

Waren es ganz kleine Wespen?

Claude lacht. Nein, keine ganz kleinen Wespen. Eine Gottesanbeterin. Dort hat sie ihre Eier abgelegt.

Aber Gottesanbeterinnen sind doch viel größer als Wespen, sage ich.

Stimmt, sagt Claude.

Aber warum bauen sie dann kleinere Nester?

Na ja, es ist ja eigentlich kein Nest, sondern ein Kokon.

Und außerdem machen die Wespen viel größere Löcher. Die hier sind winzig.

Ja, sagt Claude. Manchmal hört sich eine Regel logisch an, aber dann stimmt sie trotzdem nicht. Er legt das Gottesanbeterinnen-Kokon-Präparat zurück in die Dose, aber lässt den Deckel offen. Seine Augen sehen sich in der Dose um. Dort, wo eigentlich Kekse sein sollten, liegen jetzt Federn und das traurige Foto, Papas Handschuh und ein Schmetterlingsflügel. Claude nickt, während er sich alles anguckt, als ob er einverstanden wäre mit den Sachen in der Dose. Er ist nicht böse, dass wir alle Kekse in der Dose aufgegessen haben und nichts mehr für ihn übrig ist. Er mag meine Schätze.

Eine Minute lang sitzen wir einfach da und hören den Vögeln und den Grillen zu. Wir vergessen zu sprechen. Sogar Margot hat zur Abwechslung mal nichts zu sagen.

Dann sagt Claude: Oh, mein Arm ist eingeklemmt.

Oh, sage ich, beuge mich ein bisschen nach vorne und Claude bewegt seinen Arm, sodass er um meine Schultern liegt. Es fühlt sich schön an. Nach einer kleinen Weile fängt er an, mich sanft zu drücken. Es fühlt sich an wie eine einarmige Umarmung. Ich lege meinen Kopf an seine Brust und denke über das Umarmtwerden nach. Ich kann meinen Atem hören. Ich kann Claudes Atem hören. Und ich kann sein Herz klopfen hören. Jetzt muss ich an Papa denken. An Papas Umarmungen, daran, wie er morgens Frühstück gemacht hat und daran, wie sich seine Küsse nachmittags zu kratzig anfühlten.

Kann man sich gleichzeitig traurig und glücklich fühlen?, sage ich.

Ja, sagt Claude. Genau so fühle ich mich gerade.

Ich mich auch, sage ich.

Wir überqueren die Brückensteine und gehen gemeinsam wieder zurück über die untere Wiese.

Wenn das Baby auf der Welt ist, sagt Claude, komme ich noch mal vorbei und besuche eure Maman. Da hat sie bestimmt nichts dagegen.

Es wird ein kleiner Junge, sage ich.

Das ist ja toll!, sagt Claude.

Nein, ist es nicht, sage ich. Ich wollte eine Schwester.

Ach so, sagt Claude. Natürlich.

Wir bleiben bei der Aprikosenspinne stehen, weil Margot zählen will, wie viele Grillen sie für ihr Abendessen gefangen hat. Die Spinne sitzt mitten in ihrem Netz. Margot guckt sich für ihre Untersuchung das Netz von Nahem an. Sie hat drei gefangen.

Ja, bestätigt Margot, das reicht.

Aber wisst ihr was?, sagt Claude, der immer noch über Pablo nachdenkt, wartet doch erst mal ab. Brüder können auch gut sein.

Hast du einen?, frage ich.

Nein.

Die Brombeersträucher sind inzwischen über den ganzen Weg gewachsen, sie bilden riesige verschlungene Knoten überall dort, wo wir unsere Füße hinsetzen wollen. An manchen Stellen ragen sie so weit hinein, dass wir gar nicht mehr um sie herumgehen können, ohne auf der anderen Seite vom Rand des Pfads herunterzufallen. Wir müssen uns vorsichtig einen Weg bahnen oder drunter durchschlüpfen. Ich kann das ganz leicht, aber Claude ist zu groß. Er versucht, im Vorbeigehen das Gestrüpp hochzuheben, damit es mir nicht im Weg ist, aber es fällt jedes Mal gleich wieder herunter.

Ungefähr auf der Hälfte des Wegs bücke ich mich, um mir eine hellgrüne *punaise* anzugucken, die auf einer Brombeere sitzt, als sich auf einmal meine Haare im dornigen Teil verheddern. Die Dornen zerkratzen mir das Gesicht und ich versuche, mich herauszuwinden, aber es wird bloß immer kratziger.

Au!, schreie ich.

Claude blickt sich um. Halt!, sagt er. Nicht bewegen!

Ich bleibe ganz still stehen und bewege nur die Augen von einer Seite zur anderen.

Was?, sage ich.

Nicht bewegen, sagt Claude. Nicht, dass dir noch ein Dorn ins Auge sticht.

Seine rauen Finger fahren in meine Haare und befreien sie von dem Dornengestrüpp.

Du musst vorsichtig sein, sagt er. Hier ist es wie im Dschungel!

Bloß dass es nicht so viele Elefanten gibt, sagt Margot.

Stimmt, es gibt bloß nicht so viele Elefanten, nicke ich. Aber du könntest trotzdem nächstes Mal dein Elefantenmesser mitnehmen, sage ich zu Claude.

Weißt du was?, sagt Claude, das ist eine ausgezeichnete Idee. Er fährt mir durch die vom Dornengestrüpp befreiten Haare und öffnet dann seine andere Hand, die langsam eine lilane Haut bekommt, weil er darin lauter Überraschungsbrombeeren versteckt hat. Ich nehme mir eine und stecke sie in den Mund. Claude leert die restlichen in meine Hand. Es sind so viele, dass ich beide Hände brauche.

Na, so was, sagt Claude. Wieso bin ich denn da nicht selbst draufgekommen?

Kapitel 21

Maman macht heute alles sauber.

Der Wäschekorb aus dem Bad ist leer. Alle Kleider sind sauber und nass, sie hängen draußen auf der Wäschespinne im Hof und werden in der Sonne weiß. Drinnen im Haus ist der Boden gekehrt und immer noch glänzend nass vom Wischmopp. Der Wischmopp und der Eimer stehen zum Trocknen an der Tür. Die Fenster sind alle offen, damit das Haus die warmen Nachmittagsgerüche nach Salbei und Jasmin einatmen kann und damit die ganzen alten Gerüche nach Abendessen und Traurigkeit rausgeweht werden.

Maman ist im Babyzimmer. Sie sitzt in einem riesigen Kleiderberg, füllt den ganzen Fußboden aus und macht kleine Häufchen.

Kann ich dir helfen?

Sie hebt den Kopf, aber die Haupthochguckarbeit machen ihre Augen. Ihre Wangen sind rosa.

Nein danke, sagt sie. Willst du nicht lieber spielen gehen?

Maman hat Ohrringe drin, die genauso aussehen wie Granatapfelkerne.

Ich kann mich einfach dazusetzen, sage ich, oder die Kleider falten.

Maman schüttelt den Kopf. Es dauert nicht lange, sagt sie. Ich will es nur schnell erledigen. Ab mit dir.

Wir wandern in Mamans Zimmer. Dort auf dem Bett liegt ein Koffer, auf einer Seite halb voll, auf der anderen halb leer. Vorsichtig spähe ich hinein. Hausschuhe, Schlafanzüge, ein Buch, Shampoo, eine Zahnbürste und Zahnpasta, Kleider, Unterhosen, eine Bürste ...

Sie verlässt uns, sage ich zu Margot. Die Dunkelheit füllt mich von oben bis unten aus und ich klettere auf das Bett zu dem Koffer und kuschle mich um ihn herum. Die Bettlaken sind weich und haben eine Maman-Form angenommen und meine Tränen fallen in ihren Geruch. Ich schließe die Augen.

Das kann nicht sein, sagt Margot leise. Bestimmt gibt es eine Erklärung.

Sie hat alle ihre Unterhosen eingepackt, sage ich. Und jetzt richtet sie gerade die ganzen Babysachen. Sie wird uns verlassen und dann mit dem neuen Baby zusammenleben.

Red keinen Quatsch, sagt Margot. Sie nimmt mich an der Hand. Komm, wir gehen zu ihr und fragen sie.

Nein!, brülle ich. Das dürfen wir nicht, sonst wird sie furchtbar wütend.

Und wenn schon. Sie ist ja dann sowieso weg.

Aber was machen wir denn dann? Vielleicht könnte ja Claude kommen und sich um uns kümmern?

Ja, vielleicht, aber dann müsste er aufhören zu rauchen; das stinkt immer so.

Ich will Maman und sonst niemanden, sage ich.

Na komm, sagt Margot und zieht mich vom Bett herunter.

Maman sitzt immer noch mitten in dem riesigen Kleiderhaufen. Ihr Gesicht hat geweint.

Bitte verlass uns nicht, platze ich heraus.

Peony, ich – Was?, sagt sie.

Bitte verlass uns nicht. Kannst du nicht bei uns bleiben, bitte?

Pea, mein Schatz, sagt Maman, ich würde dich nie verlassen. Nie im Leben. Wie kommst du denn auf so was?

Weil du einen Koffer gepackt hast, sage ich. Der ist für dich und Pablo. Aber ich will, dass du hierbleibst, ich kann nämlich viel besser auf dich aufpassen. Ich kann dem Baby beibringen, wie man auf Bäume klettert.

Maman lächelt ein trauriges Lächeln. Ein Windhauch weht durch die halb offenen Fensterläden und verwuschelt ihre Haare.

Wir müssen für dich auch noch einen Koffer packen, Pea, sagt sie.

Wo gehen wir denn hin?

Im Moment noch nirgendwohin, aber bald müssen wir in die Stadt, ins Krankenhaus.

Wegen dem Baby?

Ja, wegen dem Baby.

Maman, sage ich.

Sag's nicht!, flüstert Margot und knufft mich.

Woher weißt du ...?

Sag nichts über das gestorbene!

Warum nicht?

Was ist denn?, sagt Maman.

Nichts, sage ich und beuge mich vor und schlinge meine Arme um ihre Schultern.

Wenn wir ins Krankenhaus gehen, bekommen wir eigene Betten. Eins für mich und eins für Maman. Margot wird auch da sein. Es dauert gar nicht mehr lange, aber wir wissen nicht genau, wann es sein wird. Wir werden mit einem Krankenwagen hinfahren, Maman hat nämlich gesagt, dass man nicht Auto fahren kann, während das Baby versucht, herauszukommen.

Ich habe jetzt auch einen Koffer. Na ja, genau genommen ist es eine Plastiktüte, weil wir keinen zweiten Koffer hatten. Darin sind saubere Unterhosen und meine Kuh. Mein blauer Bär muss bei mir im Bett bleiben, denn wenn ich ihn auch einpacke, mit wem soll ich denn dann schlafen?

Ich denke darüber nach und versuche, eine Antwort zu finden. Es ist schon fast Abendessenszeit, aber ich kann noch nicht nach Hause, weil ich viel zu beschäftigt bin mit Nachdenken und Gucken. Ich liege auf dem Blaue-Flecken-Boden auf dem Windigen Hügel. Ich beobachte die kleinen weißen Wolken, solche, die man in einem Bild malen würde, wie sie vom Wind weitergeschoben werden, und ich beobachte, wie sich die weißen Engelsarme vor dem blauen Himmel drehen; sie stehen verkehrt herum über meinem Kopf und sehen riesig aus.

Mir geht es besser und gleichzeitig fühle ich mich schwindlig.

Igitt!, sagt Margot.

Was?

Das.

Margot streckt ihren Arm aus. Auf ihr sitzt eine Zecke. Ich weiß, wie Zecken aussehen, weil die Katzen, die uns besuchen kommen, manchmal welche haben, und einmal hat auch Maman eine gehabt. Diese hier sitzt in der Nähe von Margots Schulter und sieht aus wie eine alte gelbe Erbse. Sie hat acht wacklige Beine, die fast Margots Haut berühren. Normalerweise mögen wir Insekten, aber ich finde es unhöflich, dass Zecken das Blut von einem trinken wollen, und ich mag es nicht, wie ihr Körper aussieht, wenn sie sich festgesaugt haben.

Maman auch nicht. Als sie eine Zecke hatte, hat sie laut geschrien. Ich habe sie im Badezimmer gefunden, sie hat versucht, sich über ihre Schulter hinweg selber anzugucken. Mit einer Hand hat sie sich die Haare hochgehalten. Die Zecke saß hinten auf ihrer Schulter.

Was ist das?, habe ich sie gefragt.

Mach dir keine Sorgen, meine süße Erbse, hat sie gesagt. Das ist nur eine Zecke.

Es sieht aus wie ein dickes Insekt, sage ich. Aber es hat acht Beine, ich hab sie gezählt. Tut es weh?

Nein, es tut nicht weh. Ich wollte nicht schreien, tut mir leid. Ich habe mich nur erschrocken.

Soll ich sie dir wegmachen?, habe ich gefragt.

Sie geht nicht so einfach ab, hat sie gesagt, man muss ganz vorsichtig dabei sein. Wir müssen Papa holen.

Aber Papa war draußen bei der Arbeit, also mussten wir ihn suchen gehen. Wir konnten nicht warten, bis er wieder zu Hause war. Wir gingen zusammen, ziemlich langsam. Sie war nicht so dick wie jetzt, aber trotzdem war ihr Bauch ganz rund. Da war nämlich noch das andere Baby drin. Das kleine Mädchen. Das nicht gut genug war und das wir nicht behalten durften. Wir liefen überall herum und Maman rief die ganze Zeit: Amaury? Amaury? Wir brauchten nicht lange, um ihn zu finden. Er war bloß bei den Pfirsichbäumen und kam ganz schnell angerannt, als er uns sah. Maman drückte sich sanft an ihn und er küsste ihre Stirn. Papa wollte die Zecke mit seinen Fingernägeln herausziehen, aber Maman hatte eine Pinzette mitgebracht.

Nachdem er die Zecke weggemacht hatte, legte er sie auf den Boden und trat auf sie drauf. Dadurch wurde sie totgemacht und Papa zeigte uns, was von ihr übrig war. Man konnte kaum noch eine Zecke erkennen, bloß einen Spritzer von Mamans Blut auf dem Boden. Ich ging in die Hocke, um ihn mir anzusehen, und Papa kniete sich neben mich hin.

Sag Maman, dass sie das desinfizieren soll, wenn ihr reingeht, sagte er.

Mach ich, sagte ich. Dann bekam ich auch einen Kopfkuss.

Also, sage ich zu Margot, ich bin jetzt der Papa und ich mach sie dir weg.

Margot streckt ihren Arm aus. Nimm aber die Pinzette, sagt sie, nicht bloß die Finger.

Na klar, sage ich, schau, ich hab die Pinzette dabei. Mach dir keine Sorgen.

Und das muss sie auch nicht. Ich kriege sie gleich beim ersten Mal ab und lasse sie auf den Boden fallen. Vor lauter Margot ist sie zu dick, um wegzurennen, also trampeln wir zusammen auf der Zecke herum. Wie ein trampeliger Tanz.

Iih, sagt Margot, sieh mal, das Blut!

Ja, stimmt, so viel Blut. Die Zecke hat dich bestimmt schon fast leergetrunken. Gut, dass ich sie weggemacht habe.

Danke, dass du dich um mich kümmerst, Pea, sagt sie.

Bitte, sage ich.

Kapitel 22

Wir haben die Hühner gefüttert und das Brot geholt. Wir haben gefrühstückt und ganz lange auf Maman gewartet, aber dann ist es sehr langweilig geworden und ich wollte unbedingt Claude sehen, also habe ich unsere Frühstückssachen wieder weggeräumt und nur den Teller für Maman stehen lassen.

Jetzt traben wir auf unseren Pferden nach unten durch den Pfirsichwald, springen dabei über Baumstämme und schlängeln uns zwischen den Ästen durch. Die Ränder der Tränentropfenblätter werden schon langsam orange. Margot blickt sich nach mir um.

Mein Pferd ist ein Apfelschimmel und heißt Ausreißer. Wie heißt deins?

Saskia, sage ich. Und es ist schwarz wie Black Beauty.

Als wir uns der Straße nähern, höre ich ein merkwürdiges Geräusch. Es klingt, als würde jemand meinen Namen rufen und ich bleibe stehen, um genauer hinzuhören.

Komm, weiter, sagt Margot, hü!

Hörst du das nicht?, sage ich. Ist das nicht Mamans Stimme?

Glaub ich nicht, sagt Margot. Wir haben doch alle Aufgaben erledigt. Also warum sollte sie nach dir rufen?

Vielleicht hat sie wieder eine Zecke?

Könnte sein. Margot steigt von ihrem Pferd ab und tätschelt ihm den Hals. Ich tue das Gleiche. Komm, wir lassen unsere Pferde hier stehen, sagt sie, damit sie sich nicht mit den Eseln streiten. Wir treffen uns mit Claude, aber nur kurz. Dann gehen wir wieder zurück und sehen nach, ob Maman eine Zecke hat.

Au ja, sage ich, das ist eine gute Idee, ich will nämlich unbedingt Claude sehen und ihn noch mal fragen, ob er nicht doch unser Papa werden will.

Wir überqueren die Straße und klettern über das Gatter drüber zur unteren Wiese. Ich kann Claude schon sehen, er steht ganz unten am Ende des Wegs.

Schau mal!, sagt Margot. Er hat sein Messer zum Elefantenjagen dabei!

Claude schneidet die Brombeersträucher und hackt die Schlingen und die herunterhängenden Ranken weg. Jedes Mal, wenn das Messer niedersaust, bekommen die Sträucher flache Kanten, und dornige Zweige, Brombeeren und kleine braune *punaises* prasseln auf den Weg. Sogar die reifen Brombeeren werden abgehackt.

Oh nein!, sage ich.

Komm, wir retten die Brombeeren!, sagt Margot.

Ja, gute Idee!, sage ich und wir rennen den Hügel hinunter. Claude hat uns noch nicht gehört.

Peony!

Ich bleibe stehen und drehe mich um. Es ist wirklich Maman. Sie steht am Gatter und schwenkt die Arme über dem Kopf.

Peony!

Es sieht so aus, als würde ich richtig Ärger bekommen, auch wenn ich gar nicht weiß, warum. Außer Maman hat wirklich wieder eine Zecke. Aber selbst wenn sie eine hat, weiß ich nicht, wie ich ihr helfen soll. Meine Pinzette ist bloß gespielt und ich bin doch erst fünf Jahre alt.

Maman kommt langsam den Weg hinunter. Ich stehe da und sehe zu, wie sie näher kommt.

Peony, komm her!, schreit sie. Doch ich habe Angst. Nach ein paar wenigen Schritten bleibt sie stehen und lehnt sich an eine Eiche. Sie presst den Kopf gegen den Stamm und ihre Schultern bewegen sich hoch und runter.

Ist sie böse oder traurig?, frage ich Margot.

Sie sieht traurig aus, glaub ich, sagt Margot. Oder vielleicht krank.

Komm, wir gehen besser nachsehen.

Ja, stimmt Margot mir zu.

Wir kehren um und laufen den Weg wieder hoch, ihr entgegen. Aber ohne zu rennen.

Als wir näher kommen, kann ich sehen, dass wirklich etwas nicht stimmt mit Maman; sie ist noch ein paar Schritte weitergegangen, aber dann wieder stehen geblieben. Tränen laufen ihr über das Gesicht und sie brüllt wie ein Löwe. Es ist noch schlimmer als an dem Tag, als sie den Traktor mit Pfirsichen beworfen hat.

Margot packt mich am Arm. Lass, sagt sie.

Margot, ist Maman hinter uns her?

Ich weiß nicht, sagt Margot. Komm, wir fragen Claude; er weiß bestimmt, was wir tun sollen.

Margot nimmt mich an der Hand und wir rasen wie die Wilden den Weg hinunter, um Claude zu holen. Er ist immer noch damit beschäftigt, das Gestrüpp wegzuschneiden.

Claude!, rufe ich.

Wusch, hack.

Es sieht aus, als wäre er böse auf die Sträucher.

Claude!, ruft Margot.

Hack, wusch.

Es stimmt, sie haben ihn oft gekratzt.

Claude!

Wenn Merlin da gewesen wäre, hätte er jetzt schon gebellt.

Wusch, hack.

Wir sind jetzt ganz nah, mein Atem geht schnaufend. Ich strecke die Arme aus, damit ich an seinen Beinen abbremsen kann.

Hack, wusch.

Claude!, rufe ich.

Gleichzeitig ruft Maman hinter uns: Peony! Peony!

Wir sind so laut, dass sogar Claude uns jetzt hören kann und er sieht hoch von den Brombeersträuchern und dreht sich um, um zu sehen, wo der Lärm herkommt. Aber sein Messer schwingt immer noch.

Wusch.

Und wir rennen immer noch.

Und zum Stehenbleiben ist es zu spät.

Ich sehe, wie das Messer direkt auf mein Gesicht zukommt.

Kapitel 23

Blut strömt aus meiner Stirn wie Regen. Es tropft mir in den Mund, klebrig und unerwartet. Maman kommt auf mich zugerannt. Ihr Gesicht ist so weit aufgerissen, dass es aussieht, als würde die Sonne direkt aus ihr herausscheinen. Ihre Augen sagen: Entschuldigung, Entschuldigung, Entschuldigung, und sie schreit immer noch meinen Namen. Neben mir ruft Claude, Oh! Oh! Oh! Die Geräusche wirbeln herum und verschmelzen und hinter meinen Augen knallt es.

Mamans Arme sind nach vorne ausgestreckt, als wollte sie versuchen, mich zu fangen. Ich öffne den Mund, um etwas zu sagen, aber mein Atem wird aus mir herausgesaugt wie eine zufallende Tür. Margot lässt meine Hand los und ich fühle, wie ich weg von ihr rückwärts auf den Weg falle.

Ich werde von sanften Händen aufgefangen. Um mich herum ist sehr viel Stille. Ich bin an einem wunderschönen weißen Ort, er lächelt mir zu. Die Luft ist fröhlich und kühl. Ich fühle mich so wohl, vielleicht liege ich ja auf einer Wolke oder bin zugedeckt mit einer Wolke. Schwer zu sagen. Aber es ist eigentlich egal. Ich fühle mich schläfrig und leicht und das ist erst mal gut so.

Wach auf! Wach auf! Wach auf!

Ich will nicht aufwachen.

Peony, du musst aufwachen. Peony, mach die Augen auf, Komm zu mir zurück, Pea.

Maman kommt durch das Weiß spaziert; sie ruft nach mir.

Es wäre schön, mit Maman spazieren zu gehen. Oder vielleicht doch nicht.

Peony, sieh mich an. Peony, geh nicht weg!

Das Weiß füllt sich langsam mit Farbe, ich spüre, wie mein Körper in einen anderen Körper eingeschlungen wird. Bin ich irgendwie zurück in Mamans Bauch gekommen? Ich strecke die Hand aus, aber da ist kein Baby, nur etwas Weiches. Mein Kopf tut weh, ich habe einen sauren Geschmack im Mund. Ich zucke zusammen, ich will den fröhlichen Ort zurück.

Peony! Peony! Peony!

Es ist Maman. Ich liege an sie gekuschelt am Gatter, das zur Wiese führt. Sie hält mich umklammert, ihre Hand ist gegen meine Stirn gedrückt. Sie presst einen Lappen an mich dran, der nach Claude riecht. Er ist heiß und nass. Mir ist schwindlig.

Bleib hier, bleib hier, Pea, flüstert sie. Gleich kommen sie und holen uns, es dauert nicht mehr lange.

Die Hexen?, sage ich. Müssen wir weglaufen?

Keine Hexen, Pea. Hilfe. Hilfe ist schon unterwegs. Halte durch, meine Kleine.

Wir sitzen auf der Straße in der Sonne. Als ob wir ein Picknick machen würden. Maman hat ihre Arme um mich gelegt. Ich fühle mich immer noch, als würde ich wieder in sie hineingesaugt werden. Ich habe Durst. Ein Auto hält vor meinen Füßen an. Die Räder sind silberne Sterne.

Wir sind im Auto, die Fenster sind offen. Ich lehne mich an Maman. Ihr Kleid ist rot von meinem Blut. Bestimmt wird sie böse sein. Alles verschwimmt, wird herein- und herausgespült wie das Meer. Ich mache die Augen zu, damit es aufhört.

Wir sind jetzt weg vom Dorf und fahren an großen Gebäuden vorbei, die alle verschwommen aussehen durch die Fenster. Claude fährt. Er hat kein Hemd an. Sein Gesicht ist ein grauer Berg und seine Tränen sind die Bäche.

* * *

Papa trägt mich an seiner haarigen Brust. Er riecht salzig wie der Windige Hügel. Seine großen Arme sind unter meinen Beinen und um meinen Rücken gelegt und seine große raue Hand hält meinen Kopf. Halte durch, Pea, flüstert er und sein Atem ist ein warmer Hauch. Überall sind Stimmen, um mich herum und weiter weg. Schreie.

Ich hab dich lieb, Papa, sage ich, aber er antwortet nicht.

Kapitel 24

Das Krankenhaus ist weiß und riecht nach Wischmopp. Ich liege auf einem Bett und starre hoch zu einem viereckigen Licht an der Decke und auf die Haare in der Nase des Arztes. Er wackelt mit dem Finger vor mir herum und blickt mir in die Augen, die ganz verschwommen sind vor lauter Tränen, obwohl ich mich gar nicht daran erinnern kann, geweint zu haben.

Maman steht neben dem Bett und singt. Sie kennt die Wörter nicht, sondern denkt sich das Lied aus, während sie singt. Ein Lied schwappt über in das nächste und sie hört gar nicht mehr auf. Sie hält meine Hand ganz fest, beugt sich über das Bett und flüstert: Es tut mir so leid, Pea. Es tut mir so leid, Pea. Es tut mir so leid.

Ihre Tränen fallen auf meinen Bauch.

Als wir ankamen, gab es erst mal eine Menge Spritzen. Die erste ging direkt in die Wunde, die Claude mit dem Elefantenmesser gemacht hat. Das hat viel mehr wehgetan als das Messer. Danach wurde ich zusammengenäht wie eine zerrissene Hose. Die Krankenschwester hat mir eine Spritze zum Spielen geschenkt und ich habe jedem eine Spritze gegeben, aber das Spiel hat nicht so viel Spaß gemacht, denn das Zusammennähen hat so gezogen und ich habe Angst bekommen und mir ist schlecht geworden.

Mir ist immer noch ziemlich schlecht.

Der Arzt richtet mich langsam auf.

So, du kleine Kämpferin, sagt er, jetzt hast du alles überstanden. Und dann wendet er sich an Maman.

Sie hat sehr viel Blut verloren, sagt er. Aber so ist das nun mal bei Platzwunden am Kopf. Ihre Tochter hat aber wirklich nur einen Kratzer abbekommen. Er sieht mich an.

Du hast Glück gehabt, dass dich nur die flache Seite getroffen hat, sagt er. Ab jetzt rennst du nicht mehr von hinten auf Leute zu, verstanden?

Ja, flüstere ich.

Der Arzt blickt wieder zu Maman. Sie wird eine ziemlich große Beule bekommen, sagt er. Behalten Sie sie im Auge, falls ihr schlecht wird oder ...

Er hört auf zu sprechen, weil die Krankenschwester ihn am Ellbogen rüttelt und heftig Richtung Boden nickt. Alle gucken nach unten. Maman steht plötzlich in einer Pfütze.

Kapitel 25

Pablo ist da. Nachdem Maman im Zimmer des Arztes in die Hose gepinkelt hat, haben sie sie mitgenommen, damit er auf die Welt kommen kann. Ich wurde in ein Zimmer mit einem Bett und einem Fernseher gebracht und eine Frau hat mir mein Abendessen auf einem Tablett serviert. Es gab Brot, einen Joghurt, einen Pfirsich und Fleisch mit Gemüse. Claude blieb die ganze Zeit bei mir, während ich mich aufrecht hinsetzte, im Bett zu Abend aß, Fernsehen guckte und manchmal auch aus dem Fenster hinunter auf den Parkplatz schielte, wo die Leute mit Autos kamen und gingen.

Es tut mir leid, Pea, sagte er wieder und wieder, was ehrlich gesagt ziemlich langweilig war.

Sieht mein Verband gut oder doof aus?, fragte ich ihn. Und dann frage ich noch: Ist das Messer wirklich zum Elefantenjagen? Ich frage mich nämlich schon die ganze Zeit, ob das vielleicht eine erfundene Geschichte war. Aber Claude wollte nicht über sein Messer reden.

Nach dem Abendessen kam eine Frau mit rosanen Kleidern, um mich abzuholen und zu Maman zu bringen, und Claude fuhr nach Hause, um unsere Koffer zu holen.

Maman sitzt aufrecht im Bett. Pablo schläft neben ihr in einem Plastikbabybett, das *bassinette* heißt. Er ist irgendwie orange und hat schwarze Haare. Er sieht überhaupt nicht aus wie ein richtiges Baby.

Ich setze mich ans Bettende und Maman hält meine Hand. Darf ich deinen Bauch sehen?, frage ich sie.

Meinen Bauch? Ja, wenn du willst, aber wozu?

Ich wollte nur wissen, ob die Tür noch da ist, jetzt wo Pablo herausgekommen ist.

Die Tür? Aber Maman hebt ihr Nachthemd hoch und ich lege meine Hand auf ihren Bauch. Maman erschrickt ein bisschen, als ob ich sie gekitzelt hätte. Aber eine Tür sehe ich nicht, und ob es mal eine gab, kann ich auch nicht erkennen. Ihr Bauch ist jetzt viel kleiner und außerdem weich und zerknittert. Wie ist Pablo herausgekommen?, frage ich.

Pablo hatte es sehr eilig, herauszukommen, sagt sie. Er wollte unbedingt seine Schwester kennenlernen. Der Arzt hat uns geholfen.

Eine Weile lang bleibt sie still und streckt die Hand nach mir aus, eine Hand legt sich um meine Taille und die andere kämmt sanft mein Haar zurück, damit Maman den Verband an meiner Stirn anschauen kann.

Es tut mir so leid, Pea, sagt sie noch mal.

Es war doch nicht deine Schuld, sage ich. Und Claudes Schuld eigentlich auch nicht; er ist taub, hast du das gewusst?

Maman schüttelt traurig den Kopf.

Ich meine, es tut mir leid, dass ich dich ganz alleine gelassen habe.

Aber ich war doch nicht alleine, Maman. Ich hatte doch Margot.

Was hast du gesagt?, fragt Maman und in dem Moment kommt Claude durch die offene Tür.

Hallo, Pea, sagt er und reicht mir eine Puppe, rosa und mit rundem Kopf und noch in ihrer Schachtel. Sie sieht aus wie ein richtiges Baby und es ist ein Mädchen. Ich klettere vom Bett herunter und umarme Claudes Beine. Er umarmt mich nicht. Immer noch nicht.

Ich war auch bei ihr, sagt er zu Maman.

Und das soll mich jetzt trösten, oder wie?, sagt Maman und ihre Stimme bleibt ruhig, wird aber trotzdem gleichzeitig schreiig.

Ich habe es zumindest probiert, sagt Claude. Und mir war durchaus klar, wonach das aussehen könnte. Aber ich habe wirklich versucht, mit Ihnen zu sprechen. Ich dachte, wenn ich ein Auge auf Peony habe, ist das besser als nichts.

Sie ist ein kleines Mädchen, sagt Maman. Das ist doch nicht normal!

Claudes Gesicht wird wütend, aber auch seine Stimme bleibt ruhig. Pablo schläft.

Ihre Tochter ist den ganzen Sommer lang auf der Wiese herumgerannt, sagt er. Sie spielt Verstecken mit sich selbst. Ich hab sie ganz alleine unter einem Baum aufgelesen, als es neulich so gehagelt hat. Herrgott noch mal, sie muss sich sogar Fantasiefreundinnen ausdenken, damit sie sich nicht so einsam fühlt. Ich weiß, dass es nicht leicht für Sie ist, aber Pivoine braucht ihre Mutter, sie braucht Sie.

Wie haben Sie sie genannt?, sagt Maman mit glasigen Augen.

Pivoine.

Sie heißt Peony.

Eigentlich heiße ich Pea, sage ich.

Tut mir leid, Pea, sagt Claude. Ist Margot auch hier?

Nein, sage ich. Margot ist weg.

Maman hat ein weißes Gesicht und ihre Kaleidoskopaugen sehen mich durch Tränen hindurch an.

Ich weiß, dass ich dieses Mal was ganz Schlimmes gemacht habe.

Claude sieht Maman an und er sieht mich an. Ich lasse meinen Kopf hängen und schaue auf meine Füße.

Das Baby, das ... Sie verloren haben, sagt er schließlich.

Es ist nicht verloren gegangen, glaub ich, es ist ..., sage ich, aber Claude sieht mich an und schüttelt den Kopf. Maman weint eine Tränenflut, ihre Schultern beben, ihr Gesicht ist rot und ihre Nase läuft. Pablo schläft immer noch tief und fest.

Ich gehe wieder rüber zum Bett, ganz langsam.

Es tut mir leid, Maman, flüstere ich.

Maman öffnet ihre Arme. Ich stürme auf sie zu und sie fällt nach hinten gegen ihre Kissen. Sie umarmt mich fest und drückt mich an ihren weichen Bauch.

Nein, sagt sie, mir tut es leid.

Ich klettere wieder hoch aufs Bett und kuschle mich in Mamans Schoß, als wäre ich eine Katze. Maman streicht mir über die Haare und mir fallen die Augen zu. Vom offenen Fenster weht mir ein kühler Luftzug über das Gesicht. Während ich halb einnicke, kann ich ihre geflüsterten Stimmen über meinem Kopf hören.

Ich bin selbst Vater.

Ich bin ihre Mutter.

Ich wollte nicht mit ansehen, wie Sie sie verlieren.

Könnten Sie bitte aufhören, mich anzustarren?

Ich lese Ihre Lippen.

Ach so.

Seit dem Autounfall bin ich taub.

Ach so.

Niemand sollte ein Kind verlieren müssen ... Ich weiß, wovon ich spreche.

Haben Sie ein Kind verloren?

Meine gesamte Familie.

Oh. Das tut mir leid. Maman ist still.

Ich weiß, ich bin keine Augenweide, aber ich meine es doch nur gut.

Ja ...

Hören Sie, es ist kein Geheimnis, dass Amaurys Mutter den Bauernhof zurückhaben will. Und auch wenn viele im Dorf Sie für ein bisschen eingebildet halten, will doch niemand, dass Sie dort rausgeworfen werden. Amaury hat sie geliebt. Aber Sie brauchen Anschluss, Sie brauchen Freunde, wenn Sie hierbleiben wollen.

Maman ist wieder still. So still, dass ich hören kann, wie Claude atmet.

Vielleicht kann ich ja den Anfang machen?

Maman muss eine Woche im Krankenhaus liegen. Ich darf bei ihr bleiben, in ihrem Zimmer, weil sich zu Hause niemand um mich kümmern kann, obwohl ich das bestimmt auch alleine hingekriegt hätte. Ich habe ein eigenes Bett, das in der Ecke steht, und Pablo hat seine *bassinette* genau neben mir. Pablo schläft ziemlich viel, und wenn er schläft, schläft auch Maman ziemlich viel und ich beobachte sie. Sie liegt auf ihrem Bauch und seufzt kleine Seufzer. Ihre Augenlider zucken.

Jeden Tag kommen die Ärzte und Krankenschwestern zu Maman ins Zimmer, um nach ihr zu schauen. Sie messen ihre Temperatur mit Thermometern und ihren Blutdruck mit einem Pumpe-Ärmel und Stethoskopen, und sie geben ihr Medizin gegen ihre Schmerzen. Und sie machen noch andere Sachen mit ihr. Deswegen habe ich jetzt auch nicht mehr so viele Fragen wie früher, ich weiß nämlich inzwischen, dass Frauen DOCH keine Tür haben, durch die die Leute rein- und rausgehen. In Wirklichkeit ist alles noch viel seltsamer.

Pablo hat bisher alles gut hingekriegt. Er ist eigentlich schon komplett fertig, bis auf seinen Bauchnabel, und um den kümmern wir uns jetzt alle gemeinsam. Jeden Tag macht Maman die Stelle sauber, wo später sein Bauchnabel sein wird, und ich reiche ihr den Mull zum Drumwickeln. Und wir baden Pablo in dem großen Waschbecken. Wir schöpfen Wasser über seinen Kopf, der sich samtig anfühlt wie die Haut auf einem Pfirsich. Maman sagt, er sieht aus wie Papa, was das Bescheuertste ist, was sie je gesagt hat. Papa war groß und hatte ein stoppeliges Kinn und ist auf einem Traktor gefahren. Pablo ist so winzig klein, dass er im Waschbecken badet, er hat eine lustige orangene Farbe und seine Haut passt ihm noch nicht richtig. Er sieht wirklich kein bisschen aus wie Papa.

Ab und zu kommen Leute zu Besuch. Hauptsächlich Claude, aber heute schaut Mamie Lafont vorbei. Claude hat sie hergebracht. Als sie zur Tür hereinkommt, ist ihr Gesicht mürrisch und ihre Lippen sind schmal. Ihre hexigen Hände halten blaue Blumen, die sie auf das Bett legt.

Hallo, sagt sie, ohne Maman oder mich anzusehen. Dann stürzt sie gleich hinüber zu Pablos *bassinette*.

Dann wollen wir uns den Kleinen doch mal ansehen, sagt sie.

Er schläft gerade, sagt Maman.

Mamie Lafont späht hinein. Pablo liegt auf dem Rücken; seine Arme liegen neben seinem Kopf und seine Hände sind zu Fäusten geballt, als würde er jubeln oder als hätte er gerade einen Wettlauf gewonnen.

Oh!, sagt Mamie Lafont. Und ihr Gesicht bricht auf wie die Schale von einem gekochten Ei. Außen hart, unten drunter weich. Tränen laufen ihr Gesicht herunter. Sie holt ein Taschentuch aus ihrer Handtasche und wischmoppt sie weg.

Was hast du denn, Mamie Lafont?, sage ich. Gefällt er dir nicht?

Doch Mamie Lafont kann ihren Blick nicht von Pablo abwenden.

Mein Amaury, sagt sie, er sieht aus wie mein Amaury.

Ja, sagt Maman mit weicher Stimme, er sieht seinem Vater wirklich sehr ähnlich.

Warum sagen alle das die ganze Zeit? Ich glaube, ich werde später mal Claude fragen. Er ist der Einzige, der es noch nicht gesagt hat.

Dann sieht Mamie Lafont Maman an und Maman sieht sie an. Ihre Gesichter zucken, Augenbrauen, Münder, aufgerissene Augen, zugekniffene Augen, doch niemand sagt etwas. Sie sehen aus wie zwei Hunde, die sich gerade erst kennenlernen. Als Nächstes fangen sie entweder an, sich zu beschnüffeln, oder einer von beiden wird gebissen.

Wir bleiben, sagt Maman schließlich.

Ich weiß, sagt Mamie Lafont. Ich danke dir. Er ist wirklich ein hübscher Junge. Pass mir gut auf ihn auf.

Sie könnten doch dabei helfen, sagt Claude, der in einer Ecke steht und die beiden beobachtet, als würde er fernsehen.

Wenn du das möchtest?, sagt Mamie Lafont.

Du bist seine Großmutter, sagt Maman.

Bist du auch meine Großmutter?, sage ich. Alle drehen sich zu mir und sehen mich an, als hätten sie vergessen, dass ich auch noch da bin. Maman wirft Mamie Lafont einen grimmigen Blick zu, die daraufhin fast unmerklich nickt. Sie kommt herüber und umarmt mich mit einer Umarmung, die sich erst ziemlich schlaff anfühlt, aber dann immer wärmer und fester wird.

Natürlich bin ich deine Großmutter, sagt sie.

Bevor sie zur Tür rausgeht, dreht Mamie Lafont sich noch mal um. Kann ich morgen wiederkommen?, sagt sie.

Natürlich, sagt Maman.

Kapitel 26

Heute ist der letzte Sommertag. Morgen gehe ich zum ersten Mal in meine neue Schule. Ich habe einen neuen Schulranzen mit Rädern, in den ich meine ganzen Bücher packen kann, und neue Kleider und sogar einen neuen Haarschnitt, der viel schöner aussieht als der, den Josette mir geschnitten hat. Unter meinem Pony schaut meine Narbe hervor, hellrosa und glänzend wie meine zwei kleinen roten Fahrräder. Eins ist für mich und das andere ist für meine Schulfreunde, wenn sie zum Spielen vorbeikommen. Jeder sagt, dass ich in der Schule ganz viele Freunde finden werde.

Im Hof stehen vier Betten ohne Matratzen. Claude hat sie gelb gestrichen und jetzt sitzt er neben ihnen und wartet darauf, dass sie trocknen. Er hält den schlafenden Pablo in seinen Armen. Pablo schläft jetzt fast immer, außer nachts. Und dann wacht er bloß auf, um seine Milch zu trinken. Es ist doch nicht so lustig mit ihm, wie ich dachte. Er hat noch keinen einzigen Purzelbaum gemacht, seit er auf die Welt kam. Maman meint, er hat vergessen, wie es geht, aber wenn er ein bisschen älter ist, kann ich es ihm beibringen.

Pablo mag es am liebsten, wenn wir mit ihm spazieren gehen. Wenn man nicht mit ihm spazieren geht, dann schreit er und schreit und schreit. Das ist genial. Deswegen gehen wir jetzt nämlich die ganze Zeit spazieren, Maman, Pablo und ich. Wir holpern mit dem Kinderwagen den Feldweg runter bis zur Dorfstraße.

Maman spaziert mit erhobenem, spitzem Kinn die Straße entlang und wir kommen an Leuten vorbei und ich sage Hallo und Maman sagt auch Hallo und sie lächelt ein breites Lächeln, weil sie nämlich stolz auf Pablo ist. Und jeder bleibt stehen, um Hallo zu sagen und: Ist er nicht ein hübscher Junge?, und: Ist er nicht Amaury wie aus dem Gesicht geschnitten? Warum sagen das alle Leute? Sind sie alle vollkommen verrückt und durchgeknallt? Er sieht wirklich überhaupt kein bisschen aus wie Papa.

Während sie stehen bleiben und Maman gratulieren und ihre bescheuerten Sprüche sagen und mir durch die Haare wuscheln, ist es meine Aufgabe, Pablos Kinderwagen zu schaukeln – rüttel, rüttel –, damit er nicht böse wird, dass wir uns nicht vom Fleck bewegen. Dann fahren wir weiter und stolzieren durch das Dorf, als wären wir Könige und Königinnen.

Inzwischen kommen auch Leute bis an unsere Tür, Besucher, und wir heißen sie willkommen. Claude kommt jeden Tag. Er bringt Essen und Blumen aus seinem Garten mit und er repariert immer irgendwas. Jeden Tag sagt Maman Sachen wie: Das reicht jetzt aber, wie soll ich Ihnen das je zurückzahlen, Sie haben doch wirklich schon genug getan. Aber Claude beachtet sie einfach gar nicht. Es ist nicht so, dass er sie nicht hören könnte, er beachtet sie einfach nicht. Manchmal antwortet er ihr und sagt Sachen wie: Lassen Sie das ruhig meine Sorge sein, Sie haben doch mit sich und dem Baby schon mehr als genug zu tun.

Mamie Lafont ist auch oft zu Besuch gekommen und Tante Brigitte auch. Sie kommen und dann reichen sie Pablo herum und wiegen ihn hin und her und reden lauter dummes Zeug mit ihm. Sie bringen Marmelade und Kuchen und Oliven und Würstchen mit. Jeden Tag. Mamie Lafont hat auch gewaschen und die Wäsche aufgehängt. Sie hat die Fenster geputzt. Sie ist sogar in die Scheune geschlichen und hat die Pfirsichsauerei von Papas Traktor weggewischt.

Josette ist zweimal dagewesen. Das erste Mal hat sie eine Quiche und Bier mitgebracht. Sie hat gesagt, Maman soll das Bier trinken. Es wäre gut für sie und für die Milch. Maman hat das Bier nicht getrunken, aber nachdem Josette gegangen ist, hat sie ein bisschen geweint und gesagt, wie nett die Leute doch seien. Das war die Traurigkeit, die man spürt, wenn man glücklich ist, glaube ich. Als Josette zum zweiten Mal kam, hat sie mir ein paar von ihren Weintrauben mitgebracht, die gerade erst reif geworden sind, und sie haben süß und sauer geschmeckt und sind in meinem Mund zerplatzt. Und eine Strickjacke für Pablo hat sie auch noch mitgebracht. Sie ist gelb und rot; Josette hat sie selber gemacht. Es ist eine lustige Strickjacke, sie ist nämlich winzig klein und trotzdem ist sie Pablo noch viel zu groß. Josette meint, bis zum Herbst wird er in sie reingewachsen sein. Genauso wie in seine Haut vielleicht.

Bis zum Herbst ist es nicht mehr lang. Die Urlaubsleute auf dem Markt sind weniger geworden und die Tage sind nicht mehr so heiß, heiß, heiß. Aber trotzdem ist es immer noch sonnig. Die gelben Betten sind für die Urlaubsleute. Claude hat alles organisiert und nächste Woche kommen schon die ersten zwei Gäste. Sie bezahlen Maman ein bisschen Geld dafür, dass sie in den Sommerzimmern schlafen und mit uns zu Abend essen dürfen. Maman hat die letzten Tomaten eingekocht, um daraus Soßen zu machen.

Heute essen wir unser Abendessen draußen. Auf dem grünen Plastiktisch liegt die gelbe Wachstischdecke, über und über bedruckt mit schwarzen Oliven und blauem Enzian. Brot und Tomaten und Oliven sind in

Schüsseln angerichtet und auf einem großen weißen Teller liegt das Obst, das Maman für das Dessert klein geschnitten hat, jede Obstsorte in einem eigenen Bogen: Erdbeeren, Cantaloupe-Melonen, gelbe Pfirsiche, Trauben, Brombeeren, Pflaumen und Feigen.

Der Geruch nach Würstchen und mit Honig eingeriebenen Schweinerippchen steigt brutzelnd vom Grill auf und malt rauchige Muster in die Luft. Maman steht am Grill. Sie hat eine Gabel in der Hand, aber sie dreht nicht die Würstchen um. Sie singt. So leise, dass man die Melodie gerade noch hören kann, nur die Wörter gehen verloren, sie verheddern sich in dem aufsteigenden Rauch. Maman schwingt hin und her wie eine Blume im Wind.

Danksagung

Einen Roman zu schreiben ist in vielerlei Hinsicht ein einsames Unterfangen, und doch waren zahlreiche Menschen daran beteiligt, dem Buch zum Leben zu verhelfen. Ich bin daher voller Dankbarkeit.

Zunächst möchte ich von ganzem Herzen Annette Green, meiner Agentin, und Helen Garnons-Williams, meiner Lektorin bei Bloomsbury UK, dafür danken, dass sie sich mit großer Begeisterung für diesen Roman und seine Autorin eingesetzt haben.

Ein großes Dankeschön möchte ich auch dem gesamten Bloomsbury-Team und meiner Korrektorin Sarah-Jane Forder für ihr Engagement, ihre Mühe und ihre Sorgfalt aussprechen. Die Zusammenarbeit mit euch allen ist ein Vergnügen und ein Privileg zugleich.

Vielen Dank auch an die Freundinnen, die frühe Auszüge des Romans gelesen haben – Janet, Tracey, Alison und Mary –, für eure Ratschläge und euren Enthusiasmus, und auch an alle anderen Freunde, viel zu viele, als dass ich sie hier aufzählen könnte (ja, ihr seid gemeint!), für eure fortwährende Unterstützung. Besonders möchte ich hier Charlie hervorheben, meinen besten Freund und treuesten Fan, der einfach alles versteht. Vielen Dank.

Nicht zuletzt haben mich viele gefragt, ob *Der Nachtregenbogen* reine Erfindung sei oder ob nicht doch ein Körnchen Wahrheit darin stecke. Ist irgendein Teil davon wirklich passiert? Wie Pea sagen würde, in Wirklichkeit ist alles noch viel seltsamer. Ein Wort des Dankes geht daher auch an meine Mum, Jenny, die mir vorgelebt hat, dass man, selbst wenn man denkt, es geht nicht mehr weiter, trotzdem weitermachen kann – und auch wird.